FVA

Lasha Bugadze

LUCRECIA515

Roman

Aus dem Georgischen von
Nino Haratischwili und Martin Büttner

FRANKFURTER VERLAGSANSTALT

1. WIE SOLLTE MAN ANFANGEN?

Der Tag begann mit einer harmlosen SMS:
Wollen wir zusammen einen Tee trinken?
Er war nie ein passionierter Teetrinker gewesen, ganz im Gegenteil, und seitdem er zugenommen hatte, vermied er grundsätzlich Heißgetränke, weil man dabei zu sehr schwitzte – die Einladung zum Tee war einfach nur ein guter Vorwand.
Mit etwas musste man ja anfangen. Bislang hatte er sich zwei Mal mit ihr in der Öffentlichkeit gezeigt, bei irgendwelchen seltsamen Veranstaltungen, auf denen er ihre muntere Art auch öffentlich gelobt hatte (wortgewandt und würdevoll hatte sie dort den Avancen eines aggressiven Alphatiers widerstanden, und das tat sie – darauf legte er besonderen Wert – in einem korrekten Georgisch).
Gerne, lautete Anas Antwort.
Selbstverständlich gefolgt von einem wohlwollenden Smiley.
Bevor Sandro sich mit ihr auf Ort und Zeit einigen konnte, musste er genau überlegen, welche Gefahr dabei von seiner Frau ausging: Es galt zuerst, Ketis Aufenthaltsort in Erfahrung zu bringen, dann erst durfte er Ana schreiben. Die verlockende Freiheit konnte er nur dann genießen (und auch das nur für maximal anderthalb Stunden), wenn er sich auf einem vor seiner Frau abgesicherten Terrain befand.

Sandro lief in Gedanken die Straßen ab (dabei hielt er den zitternden Daumen erwartungsvoll über die Tastatur, bereit, Ana zu schreiben), nervös versuchte er, sich an Cafés und Restaurants zu erinnern, in die Keti niemals gehen würde, und wählte aus mehreren sicheren Optionen ein bereits erprobtes, Glück verheißendes Restaurant mit einem vielfältigen gastronomischen Angebot aus.

Es wäre übertrieben zu behaupten, dass alles fantastisch für ihn lief – den ganzen Abend musste Sandro seinen Bauch einziehen und sich bemühen, einen *recht schmalen* Eindruck zu hinterlassen. Doch seine Bedenken waren unnötig. Ana mochte ihn bereits – mitsamt seines Bauches.

Auch wenn Ana Männer nicht nach ihrer Kleidung beurteilte, so waren ihr doch einige Details nicht entgangen. Für gewöhnlich traf sie sich mit eher nachlässig gekleideten Männern, doch mit Sandro hatte sie einen edel und geschmackvoll angezogenen Menschen vor sich, der stets glänzte wie eine Werbetafel. Jedes Mal wenn sie ihn sah, war er auf die gleiche Weise gekleidet. Fast hätte sie ihn gefragt, ob er nur dieses eine Outfit besitze; Sandro ging damit auf Nummer sicher, und tatsächlich stand ihm sein blauer Anzug mit Weste und roter Krawatte so außerordentlich gut, dass Ana schnell sämtliche leger gekleideten und auch die entkleideten Männer ihres vorigen Lebens vergaß.

Ja, genau das brauchte sie. Einen Mann in Erfolgskleidung. Sandro schien im Licht eines unsichtbaren Werbeslogans zu stehen: *Wohlstand, Stabilität, Optimismus.*

Ana gehörte nicht zu der Kategorie von Frauen, die,

bevor sie zu einem Entschluss kommen, zuerst den Hintern des Mannes begaffen müssen, den sie grade kennengelernt haben. Aber dieses Mal – aus purer Neugier – blieb ihr Blick an Sandros Rückansicht haften, und sie urteilte ohne jede Zielvorstellung: »Der Hintern ein wenig flach, aber insgesamt ein cooler Typ.«
Anas Parameter hatte Sandro bereits am Tag des Kennenlernens überprüft. Diesmal studierte er möglichst unauffällig und durchaus mit einem gewissen Taktgefühl jene Details, deren Begutachtung ihm in einem weniger intimen Rahmen nicht möglich gewesen wäre. Seit Tagen beschäftigte ihn die eine Frage: Trug Ana einen gepolsterten BH, oder war das ihre natürliche Oberweite? Sandro schwankte zwischen Angst und gesundem Interesse hin und her. Doch wovor fürchtete er sich eigentlich?

1. Dass Keti unerwartet auftauchte.
2. Dass Keti anrief.

Letzteres, also Punkt B, kümmerte ihn weniger, da er in dem Fall eine bewährte und nachvollziehbare Antwort parat hatte: *Bin in einem Meeting, rufe zurück.* Da müsste man schon nicht ganz richtig ticken, um nach solch einer Ansage den viel beschäftigten und mit Terminen beladenen Mann weiter auszuquetschen: *Wo steckst du? Mit wem bist du unterwegs?*
Klar wäre es für ihn viel entspannter, das Handy auszuschalten, aber wenn man etwas niemals tun durfte (kategorisch nicht tun durfte), dann genau das: Ein ausgeschaltetes Handy weckt automatisch gefährliche Zweifel und würde sogar die entspannteste Ehefrau der Welt in Rage versetzen und somit die Heimkehr erschweren. Also sollte er lieber nicht über

diese Option nachdenken. Er sollte sich nur um einen angemessenen Tonfall bemühen, nämlich um einen natürlichen, ruhigen, vertrauten Tonfall, der keinesfalls Ketis Misstrauen erwecken würde.
Dieses Mal hatte er eine volle Stunde und fünfundzwanzig Minuten geschenkt bekommen. Genau diese Zeit verbrachten die beiden im Restaurant. Wenn man von Omar absah, der sich geschickt versteckt hielt (aus irgendeinem Grund wollte Sandro nicht, dass Ana ihn mit seinem Chauffeur sah), traf er auch draußen auf niemanden, der eine Gefahr darstellte.
Er geleitete Ana schnell und elegant zum Taxi, und da er es eilig hatte, blaffte er den Taxifahrer ein wenig mehr als nötig an.
Ana fuhr friedlich davon.
Jetzt konnte Sandro endlich frei atmen und streckte den Bauch raus.

2. DIE LISTE

Mindestens zwei Mal im Jahr wechselte Sandro seine Passwörter. Das tat er, seit seine letzte Geliebte seinen Account geknackt hatte. (Oder vielleicht hatte sie ihn auch gar nicht geknackt.)
Zurück bei der Arbeit, checkte er seinen passwortgesicherten Rechner, und nachdem er seiner Mitarbeiterin T. L. eine dezent leidenschaftliche Frage gestellt hatte (»Kommt es mir nur so vor oder hast du etwas mit deinen Haaren gemacht?«), fügte er der Liste *Zum näher Kennenlernen* auch Anas Namen hinzu. Diese Liste war in *Nach der Offenbarung* und *Vor der Offenbarung* unterteilt. Unter den Namen der *Geoffenbarten* waren Eindrücke festgehalten, neben den Anwärterinnen aus *Vor der Offenbarung* kleine strategische Pläne angemerkt:

1. Sofio K. (Habe ihr bereits an die zwanzig SMS geschickt, treffe sie Ende März in Telawi. Wenn alles gut läuft, wird sie bereits im Hotel die Beine breit machen. Mittwochs und freitags fastet sie. Telawi an allen anderen Tagen möglich.)
2. Lela O. (Einmal geknutscht. Der Ehemann stellt ein Problem dar. Holt sie ab, ruft ständig an.)
3. Tiko Tsch. (Seit zwei Monaten in SMS-Kontakt. Lebt in Hannover. Kann auf keinen Fall

hinfliegen. Habe sie dazu gekriegt, vorm Bildschirm ihr Shirt hochzuziehen. Redet zu viel. Wenn bis Mai keine Perspektive in Sicht – löschen.)

4. Ana M. (Erstes Treffen bereits gehabt. Ab heute bombardiere ich sie mit Kurznachrichten. Wird höchstwahrscheinlich beim dritten Treffen klappen. Kein boshafter Charakter. Weiß, wie sie tickt.)

Die Frauen waren nach Saison, Datum und Wohnort unterteilt. Zum Beispiel:

Die Saison 2010/11

1. Irma N. (9. Februar, Bakuriani. Geht so. Ist zudem schnell beleidigt.)
2. Mariana K. (22. März, Amsterdam. Wirkt im Bett sehr unglaubwürdig.)
3. Anuka L. (14. Juli, Tbilissi. Lässt mich nicht schlafen. Trinkt. Quatscht.)
4. Vika E. (2. September, Tbilissi. Ließ mich nicht in Ruhe.)

Sandros pedantischer Natur entsprechend, gab es sogar eine zusätzliche Liste für seine Misserfolge. Hier waren all die Frauen aufgelistet, die er aus den verschiedensten Gründen nicht hatte zum Sex überreden können. Außerdem befanden sich auf dieser Liste die Namen jener Mädchen, auf die er während seiner Schulzeit scharf gewesen war und die für ihn trotzdem unerreichbar geblieben waren. Diese Einträge wiederum waren folgendermaßen unterteilt:

Die in Erinnerung Gebliebenen
Die aufs Heiraten Fokussierten
Fatal Sture
Damals zu Sture
Schreckhafte
Hochstaplerinnen
Leicht zu Habende (Für Notfälle)
Die dritte Kategorie – Supermärkte, Banken, Apotheken
Die Flopsaisons

Als missglückt galten die Monate Oktober bis August der Saison 2005/06, denn genau zu diesem Zeitpunkt hatte er nach fünf Jahren Beziehung seine damalige Freundin verlassen und Keti geheiratet.
Anfangs hatte er diese Liste aus Spaß angelegt. Er schwelgte in Erinnerungen, schrieb alles auf und las seinen engen Freunden (natürlich nur den männlichen) daraus vor; doch dann ergriff ihn eine ungewohnte Glückseligkeit, wenn er die Zeit dafür fand, die Einträge zu ergänzen und zu lektorieren – nicht selten saß er staunend davor.
Ausgehend von dieser Liste, hätte man einen ganzen Roman schreiben können.

3. DIE B-KATEGORIE

Die Mitarbeiterin am Kassenschalter trug ein Namensschild auf der Brust. Sein Blick blieb auf den lateinischen Buchstaben haften: MEGI.
»Leider steht da nicht Ihre Telefonnummer unter Ihrem Namen«, sagte Sandro lächelnd. Megi lächelte höflich zurück und druckte die Quittung aus.
»Bitte unterschreiben Sie hier«, sagte sie.
Es war bereits das dritte Mal, dass sie sich sahen. Megi hatte ihre Unterschrift anscheinend noch nicht unter eine Eheurkunde gesetzt, da Sandro keinen Ring an ihrem kräftigen Finger erkennen konnte – deswegen wurde er wagemutiger:
»Für Sie unterschreibe ich doch überall ...«
Sehr banal, sicherlich, aber irgendwas musste er ja sagen.
Megis Gesicht wurde von einem ziemlich großen Mund zweigeteilt, um das Schlüsselbein baumelte elegant eine Goldkette, und unter ihrem Ohr war ihr Hals – wegen der Hitze oder wegen eines unverschämten Kunden – vielsagend gerötet. Megi saß hinter einer dicken Glasscheibe, Sandro stand vor ihr am Schalter. Megi zählte das Geld, während Sandro ihr zwischen die Knöpfe starrte, wo sich seinen Blicken eine fingernagelgroße Fläche nackter Haut offenbarte.
Am gleichen Tag war er noch engagiert genug, sie

nach der Arbeit abzupassen. Die Bank machte um sieben zu, doch Megi ließ sich noch eine halbe Stunde Zeit. Sandro blieben demnach nur noch zwei Stunden, bis er zu Hause zu sein hatte. (Danach würde Keti höchstwahrscheinlich anfangen, Fragen zu stellen.)

Zum Glück erschien Megi dann irgendwann, allerdings nur zur Hälfte.

Gesicht und Oberkörper gehörten jener Kassiererin, die er erwartet hatte, aber anstelle ihres Unterkörpers schleppte sie etwas höchst Unpassendes mit sich, als hätte man zwei verschiedene Körper miteinander verbunden. Nichts vollkommen Unakzeptables, aber Megis Schenkel waren auf traurige Weise zu kräftig geraten, und ihre Waden steckten in dicken Wollsocken, wie bei einem Hirten.

Sandro hatte mit einem solchen Missverhältnis unter keinen Umständen gerechnet. Deswegen verwarf er sein Vorhaben und verließ wortlos den Ort.

Er fand es schade, die verbleibenden zwei Stunden ungenutzt zu lassen, und wählte die in seinem Telefon kurz und knackig unter ihrem Nachnamen *Gvazava* abgespeicherte Nummer, über deren Körper er eine vollständige, wenn auch bis dahin nur theoretische Vorstellung besaß.

Bei Gvazava fehlte ihm nur noch der eine, entscheidende Schritt, und wenn nicht heute, so würde er ihm in naher Zukunft gelingen. Gvazava ging nicht ans Handy, sondern schrieb vielsagend:

Bin auf der Probe. Kannst kommen, wenn du willst, kommst durch den Hintereingang rein.

Welchen Hintereingang meinte sie? Was sollte Gvazava schon groß proben? Sie sang mit ihrer traurigen

Sopranstimme bloß im Chor des Opernhauses und kämmte ab und an die staubige Perücke der Amneris.
Gut, er würde hinfahren, sie würde runterkommen, sich zu ihm in den Wagen setzen, er würde die Scheinwerfer aus- und die Musik einschalten. Um Gvazava rumzukriegen, sollte die Autoromantik völlig ausreichen. Doch Gvazava zeigte sich unkooperativ und schrieb:
Komm rein, ist keiner da.
Klar war es besser, wenn sie rauskam. Andererseits war es vielleicht auch denkbar, mit ihr in der Garderobe zu verschwinden? Zog sich eigentlich der gesamte Opernchor in der gleichen Garderobe um? Hauptsache, er traf keinen Bekannten oder jemanden, der eine Verbindung zu Keti hatte. Aber wen sollte Keti schon in der Oper kennen?
Beim Reingehen fiel Sandro ein, dass er Gvazavas Vornamen nicht erinnerte.
»Zu Gvazava«, teilte er dem Pförtner mit.
»Dem Tenor?«
Nein, so schlimm war es um ihn nun auch nicht bestellt ...
»Nein, sie ist eine Sopranistin«, erwiderte er etwas zögernd.
Man ließ ihn rein. Es war unmöglich, Sandro nicht zu vertrauen. Seine Kleidung, sein Teint, seine etwas überlangen Koteletten, die rosig-gesunden Wangen – all das schloss ein *Nein* in jeder Hinsicht aus.
Sandro ging Richtung Hinterbühne und traf schon im Gang auf dickliche und überschminkte Bauern und Blumenverkäufer, die alle gleich gekleidet schienen. Gleichzeitig vernahm er dumpf den Klang des

Orchesters. Um ein Haar wäre Sandro auf der Bühne gelandet, also bog er in einen engen Korridor rein und rief Gvazava an.
»Bin im Zuschauerraum«, flüsterte sie. »Und wo bist du?«
»Keine Ahnung, ich glaube irgendwo auf der Hinterbühne.«
»Wo denn genau?«
Sandro sah sich um. Vor ihm stand eine kopflose, grau gestrichene Pappstatue, die ihre riesige Hand auf einem Schwert abstützte.
»Hier steht so ein Kerl rum, ohne Kopf«, sagte er.
»Okay, warte, ich bin gleich da«, antwortete Gvazava.
Sandro sah Richtung Bühne, wo gerade ein bärtiger Typ mit Maske dabei war, eine Frau in blonder Perücke, die mindestens zwei Köpfe größer war als er, ziemlich grob zu betatschen. Die Frau entkam relativ schnell Richtung Sandro, dann rannte ein Rentner auf die Bühne, mit Wuschelhaaren, einem Schwert und einer Kerzenattrappe ausgestattet. Aus der Tür, durch die man anscheinend in den Zuschauerraum gelangte, kam einer der Blumenverkäufer, passierte den neben der kopflosen Statue stehenden Sandro und marschierte Richtung Bühne.
»Gvazava«, flüsterte Sandro. Ja, er sprach sie mit Nachnamen an, als wären sie zwei alte Klassenkameraden. Das war definitiv besser, als sie mit einem falschen Vornamen anzusprechen.
»Hier bist du also?« Sie schien sich zu freuen.
Sandro nahm sich vor, sie auf den Mund zu küssen (er hatte eh genug Zeit mit ihr vergeudet), aber Gvazava schaffte es noch rechtzeitig, ihm die mit Schminke überzogene gelbliche Wange hinzuhalten.

»Was hast du denn an?« Er musste schmunzeln. Gvazava strich ihre Schürze glatt.
»Ich spiele die Freundin von Zerlina.« Derweil gelang es dem Maskierten, den Rentner umzubringen, er stieg über ihn und lief Richtung Hinterbühne davon.
... Taci, non mi seccar ...
Gvazava bewegte sich Richtung Tür.
»Ich sitze im Zuschauerraum, willst du nicht auch mit zugucken?«, fragte sie.
Langsam wurde Sandro ärgerlich. Dieses Mädchen forderte von ihm Aufmerksamkeit und einen unangenehm in die Länge gezogenen zwischenmenschlichen Austausch, er aber wollte nach dem heutigen Schock vor der Bank – und einfach Mal aus Gründen der Gerechtigkeit – etwas Handfestes, bevor er sich nach Hause trollte. Deswegen sprang er sie übereilt an und drückte ihr einen Kuss zwischen Hals und Wange.
»Warte mal!«, Gvazava schien beleidigt.
»Ich kann da jetzt nicht mit rein«, sagte Sandro. Eigentlich war sie ihm egal, deswegen konnte er es sich auch leisten, Fehler zu machen. Er könnte sie gegen ihren Willen küssen, seine Hand zwischen ihre Titten schieben, und wenn sie nachgab, so konnte er später eventuell etwas mehr einfordern, zum Beispiel eine schnelle Fellatio. Dunkle Ecken gab es ja hier genügend. Mit etwas gutem Willen hätte man sich auch hinter der kopflosen Statue zusammenhocken können – die Statue war auf der Rückseite ausgehöhlt, höchstwahrscheinlich, um einem Sänger dort ein Versteck zu bieten.
»Bloß eine Sekunde, eine Sekunde«, begann Sandro ihr zuzuflüstern. »Bitte.«

»Du machst mein Kostüm kaputt, warte ...«
Mit Mühe ließ er sie den Mund öffnen, fuhr mit der Zunge über ihre Lippen und berührte mit der Hand ihren Oberschenkel. Gvazava stieß ihn mit dem Ellenbogen.
»Spinnst du? Was soll das?«
Das war jetzt wirklich beleidigend. Er sah sie angewidert und vorwurfsvoll an, drehte sich um und ging den Weg zurück, den er eben gekommen war. Auf der Bühne wurde gerade die Frau mit der blonden Perücke wiederbelebt, und der Tenor hielt ein in Spiritus getränktes Stofftaschentuch vor ihre Nase.
... Anima mia ... consolati ... fa cuore ...
Zwanzig Minuten später saß er Keti gegenüber und berichtete ihr den exklusiv für sie erdachten Abendverlauf.
Später schickte er N. T. eine SMS.
Der Tag war schließlich noch nicht zu Ende.
Was?, kam von N. T. zurück.
Hatte plötzlich Sehnsucht nach dir, antwortete er.
All das fand ein Jahr vor Ana statt.

4. DIE C-KATEGORIE

Sie wechselten in ein anderes Café. Er hätte nicht erwartet, dass sie ihn auffordern würde, hierhin umzuziehen. Denn Sandro passte weder mit seiner Kleidung noch vom Erscheinungsbild in dieses Ambiente: Niemand außer ihm trug eine Krawatte, und kein anderer hatte dort einen dermaßen hochroten Kopf. Natürlich war es für ihn riskant, sich an solch einem Ort aufzuhalten, nichtsdestotrotz blieb er stoisch neben der verzogenen Neunzehnjährigen und ihren vier Freundinnen sitzen. Allmählich hatte er genug von *diesem Kind*, war diese Infantilität und diese Klugscheißerei leid, aber er wollte sich auch nicht von seiner Hoffnung verabschieden. Wie ein Idiot folgte er ihr also den ganzen Abend auf Schritt und Tritt.

»Gleich platzt mir der Kopf.« Lächelnd schrie er Taso D. diesen Satz ins erhitzte Gesicht. (Im Café lief ohrenbetäubend laute Musik.) Taso legte ihr Handy nicht aus der Hand: Unabhängig davon, ob sie sich unterhielt, herumsprang, saß oder stand, schaffte sie es trotzdem, irgendwie Satzfetzen und Smileys zu tippen.

»Geh doch, wenn du müde bist«, erwiderte Taso halb vorwurfsvoll.

»Bist du verrückt? Wo soll ich denn hin?« Er trotzte sich ein erzwungenes Lächeln ab und gab ihr einen

Kuss auf die Wange. Taso zog die Schultern hoch, »Ooohhh«, als wäre sie grade von einer Mücke gestochen worden.
»Bist du müde?«
»Nein«, er versuchte leicht melancholisch zu klingen, musste die Antwort aber trotzdem brüllen: »Ich wünschte nur, wir könnten uns in Ruhe unterhalten!«
»Wir können uns doch hier unterhalten.«
»Kann hier so nicht ... Lass uns nachher ein wenig rumlaufen.«
»Wo denn?«
»Irgendwo.«
Taso sprang auf, nahm ihrer Freundin K. S. die Minzlimonade aus der Hand, trank daraus und setzte sich wieder zu Sandro.
Das Kleid war bis zum Steißbein hochgerutscht, sie presste ihre glänzenden, sonnengebräunten Beine (im Licht sah er die zarten, goldenen Härchen darauf glänzen) mit einer naiven Ungeschicktheit und einer gewissen Ungezähmtheit gegen Sandro, als beherrschte sie ihren Körper nicht, und tippte mit ihren Daumen in atemberaubender Geschwindigkeit eine Textnachricht.
»Wem schreibst du denn ständig?« Sandro versuchte, einen Blick auf die Nachricht zu erhaschen.
»Niemandem. Hier.« Sie drehte das Handy zu ihm und zog es dann schnell wieder zurück.
»Habe nichts gesehen«, sagte Sandro. Taso zeigte sich genervt.
»Ist nichts ...«
Wenn sie mit Sandro redete, hatte sie eine völlig andere Stimme, als wenn sie sich mit ihren Freundinnen

unterhielt. Wenn sie mit ihren Freundinnen sprach, hatte sie diesen bestimmten jugendhaften Tonfall eines eitlen Pfaus, mit Sandro wurde ihre Stimme tiefer und gereizter.

Sandro starrte ihre Beine an. Die anderen Mädchen nahmen ihn nicht mehr wahr. Sie hatten ihn bereits im vorigen Café observiert. Er versuchte auch nicht mehr, sie zu unterhalten – er hatte bereits seine Pflicht erfüllt, schließlich hatten sie sich auf seine Kosten vollgefressen. Er hätte nie gedacht, dass so viele Mädchen in seinem Auto Platz finden könnten.

»Hey, Schlange!«, schrie eines von ihnen.

Wer ist denn bitte Schlange?

Schlange entpuppte sich als ein aggressiver Wurm – gewunden wie ein Fragezeichen: ein Junge mit dem Aussehen eines Wiederholungstäters und einer piepsigen Stimme.

Schlange küsste alle nacheinander zur Begrüßung mit einer derart großen Ernsthaftigkeit, als müsste er alle Probleme der Welt schultern. Sandro grüßte er nicht ... vielleicht wegen seiner Krawatte.

»Und, was treibt ihr so?« Schlange grinste wie ein Schwachkopf. Taso streckte ihm mit einer einladenden Geste die Arme entgegen.

»Setz dich doch«, flötete sie ihm zu.

Steht sie auf ihn? Hat er sie schon flachgelegt?

Schlange wand sich noch mehr.

»Nee, sind da drüben«, antwortete er. Taso verlor augenblicklich das Interesse an ihm und widmete sich wieder ihrem Handy.

»Und was macht ihr so?«, fragte Schlange.

»Sitzen rum«, gab die Dickliche zur Antwort, die im Sitzen zur Musik hin und her wippte. Schlange be-

wegte sich nicht vom Fleck, schien weder gehen noch sich setzen zu wollen.
Er soll sich verpissen!
Schlange ersparte es sich, den aufgesetzt lächelnden Sandro eines Blickes zu würdigen, und beinahe hätte man ihm den Satz von der Stirn ablesen können: »Irgendein Vollarsch in blauem Anzug.« Schlange und Sandro lagen ganz offensichtlich so weit auseinander, dass nicht einmal ein Hauch von Verlegenheit aufkam. Friedlich zog er davon. Langsam und bedeutungsschwanger.
»Heißt er wirklich Schlange?«, wandte sich Sandro an Taso.
»Ja, ist mit einer Freundin von mir zusammen.«
»Und wieso heißt er Schlange?«
»Hey, Mako, wieso heißt Schlange Schlange?« Taso sah zu ihrer sitztanzenden Freundin.
»Ich glaube, der ist voll schlau oder so, weiß nicht mehr genau«, antwortete diese.
Der Abend war in einer Sackgasse angekommen. Nichts geschah. Sandro hatte auf einmal Lust, nach Hause zu gehen, aber die golden glänzenden Beine hielten ihn zurück.
Endlich war er mal alleine zu Hause. Keti war nicht da. Wie konnte man solch eine Gelegenheit ungenutzt verstreichen lassen?
»Hab Hunger«, sagte Taso. Diese Irren brachen vor Müdigkeit fast zusammen, und doch fanden sie kein Ende. Sie würden die ganze Nacht so weitermachen.
Geht weg! Um die kümmere ich mich!
Eigentlich müsste er sie mit nach Hause nehmen. Es wäre die schiere Ungerechtigkeit, alleine heimzukehren!

Drei Tage zuvor hatte er mit ihr im Auto geknutscht. Sie hatte nach Tabak geschmeckt, aber es war trotzdem gut gewesen.
Das erste Mal hatte er sie auf dem Wiener Flughafen getroffen. Er schleppte ihre Tasche, teilte mit ihr den Sessel in der VIP-Lounge und versuchte die ganze Nacht, sie rumzukriegen. (Der Flieger startete mit vier Stunden Verspätung.) Nun war er schon die zweite Woche hinter ihr her. Sogar tanzen musste er wegen ihr. Taso hatte gefragt: »Und, tanzt du?« Dabei sah er sich ängstlich um, ob ihn jemand beobachtete. Draußen wartete Omar auf ihn. Sandro ging davon aus, dass er noch am gleichen Abend mit ihr Sex haben würde. Mit der Hand fummelte er an ihrer Hose herum.
»Ich habe Hunger«, wiederholte Taso. Sandro tat so, als hätte er es nicht gehört, schämte sich aber gleichzeitig dafür.
»Gut, ich bestelle dir was«, sagte er. Bestellen, warten, dann zusehen, wie sie fertig gegessen hatte ... Noch eine Stunde, mindestens!
Taso verzog das Gesicht.
»Hier ist das Essen voll scheiße.«
Okay, dir kaufe ich was zu essen, diesen Kühen hier – nicht.
Sie erhoben sich. Samt den Kühen. Sandros Laune war im Eimer. Erst nach einer ganzen Weile fanden sie ein Restaurant, dessen Küche vierundzwanzig Stunden geöffnet hatte. Sie schlugen sich die Mägen mit Sandwiches voll und wurden nüchterner. Irgendein Typ rief derweil Taso an, sie zählte die Namen sämtlicher Anwesenden auf und schlug ihm vor vorbeizukommen. Sandro war beleidigt.
Dann tauchten ein gewisser Jumberiko, Lana und

Schulze auf. Im Unterschied zu Schlange entpuppte sich Jumberiko als ein kontaktfreudiges und gutmütiges Walross. Schulze hingegen hatte denselben schlangenähnlichen verschlagenen Blick eines Wiederholungstäters und lächelte wie eine Leiche. Es stellte sich heraus, dass auch Jumberiko und Lana Hunger hatten, und Sandro musste noch zwei Sandwiches nachbestellen. (Zusätzliche fünfzehn Minuten!)

»Sandro, hast du schon ein Kind?«, fragte die Dickliche.

»Er hat sowohl ein Kind als auch eine Frau«, gab Taso als Antwort. Sandro lächelte sie an: »Mach dir darüber keine Gedanken.«

Du Idiot, was hast du mit diesen Bastarden zu tun, steh jetzt endlich auf, was willst du von dieser Ziege ...

»Wo bist du so braun geworden?« Schulze starrte unverschämt Tasos Beine an.

»Bei mir auf dem Balkon.«

»Regnet es bei dir nicht?«

»Ich akzeptiere den Regen nicht!« Schulze musste lachen.

»Sie ist so weiß«, Jumberiko blickte auf Lana. »Ich schäme mich schon, mit ihr unter Leute zu gehen.«

Die Sandwiches wurden gebracht. Jumberiko aß auch noch die Hälfte von Lanas Sandwich auf.

»Brrr«, er gab einen rülpserartigen Laut von sich. »Tschuldigung!«

»Er ist ein Idiot!« Lana erhob sich.

Sandros Geduldsfaden begann zu reißen.

»Bitte«, er wandte sich an Taso. »Komm kurz mit mir mit. Will dir was zeigen ... Und ich versuche es dir den ganzen Abend schon zu sagen ... wirklich ...«

»Sag's doch jetzt«, zierte sich Taso.
»Du hast es mir doch versprochen.«
»Was denn?«
»Den ganzen Abend warte ich auf dich ...«
»Wo?«
»Was wo? Hier.«
»Wir sind unter Leuten, Sandro, willst du, dass sie sich den ganzen morgigen Tag die Mäuler darüber zerreißen?«
»Und wenn die gehen? Dann auch nicht?«, fragte er hilflos, doch an diesem Punkt wollte er nicht mehr nachgeben.
»Du willst doch schlafen ...«
»Nein, lass uns nachher reden, bitte ...«
»Na gut«, gab sie leise als Antwort.
Sandro beruhigte sich. Sicherlich konnte er sich doch noch ein wenig in Geduld üben. Allerdings war er später auch noch dazu genötigt, einen in der Metrostation eröffneten Musik-Bunker aufzusuchen.
Das Furchtbarste war, dass Schulze dort auf seinen Doppelgänger Schlange traf. Wieder dieser Schlange! Immer noch die gleiche Nacht! Nur jetzt noch durch Schulze, Jumberiko und Lana bereichert!
Vielleicht kann ich sie auf die Toilette locken, und wir vögeln dort? – Sandro verspürte Hoffnung. Er musste sie unbedingt betrunken machen.
»Kann nicht trinken, eine Lebensmittelvergiftung«, sagte sie. Die anderen tranken. Alle waren betrunken, außer Taso. Dafür tanzte sie wie eine Irre. Sie war einfach nicht müde zu kriegen. Der Schweiß färbte ihre Achseln dunkel.
Wo soll ich sie hinlocken? Wo ist hier das Klo? Sandro sah sich um.

»Wo arbeiten Sie?«, fragte ihn Schulze.
»In einer Fabrik«, gab er als Antwort. Die Mädchen mussten lachen. Was gab es da zu lachen? Er konnte alle sechs samt Familienmitgliedern, Verwandtschaft und Nachbarn kaufen.
»Bist du also ein Fabrikarbeiter?«, wollte Jumberiko wissen. Dieses Tier hatte nicht einmal eine Vorstellung davon, dass in der georgischen Grammatik auch eine Höflichkeitsform existierte.
Taso hörte endlich auf herumzuhüpfen, wedelte sich mit der Hand Luft ins Gesicht und hockte sich unvermittelt auf Jumberikos Schoß. Sandro warf einen Blick auf Lana, doch der war es anscheinend scheißegal, wo sich Taso hinsetzte. Schulze näherte sich Taso und Jumberiko, ging vor ihnen in die Hocke und redete leise auf die beiden ein.
Sandro hatte das Gefühl, dass dieser Schulze sich in einer ähnlichen Lage wie er selbst befand – vermutlich hatte auch er eine konkrete, höchstwahrscheinlich physische Erwartung an dieses blöde Mädchen.
Na gut, in fünf Minuten stehe ich auf und gehe …
»Oh, mein Bein ist eingeschlafen«, klagte Jumberiko.
Taso sprang auf und rannte Richtung Korridor.
Das Klo ist in der gleichen Richtung, freute sich Sandro und erhob sich langsam. Er folgte ihr. Er nahm durchaus wahr, dass ihm alle hinterhersahen, aber gerade interessierte es ihn einen Scheißdreck, was Schlange, Schulze oder diese Dickliche dachten. Er blieb vor der Frauentoilette stehen, wollte zuerst dort auf sie warten, aber dann öffnete er vorsichtig die Tür und sah sie dort ihre Hände trocknen.
»Was machst du?«, fragte er. Es war niemand zu sehen.
Er trat ein und versuchte sie in den Arm zu nehmen.

»Warte, hier sind doch Leute ...«
»Du hast es doch versprochen.«
»Lass das ...«
»Niemand ist hier.«
»Doch, irgendein Mädchen ...«
»Wo denn?«
»Drinnen.«
»Scheiß drauf, sie hört uns eh nicht.«
»Sie ist am Kotzen ...«
»Kann auch einen Arzt holen. Komm für zehn Minuten mit, ich sag dir was, und dann bringe ich dich auch gleich wieder zurück ...«
»Kann nicht.«
»Ich werde echt gekränkt sein.«
»Kann nicht ...« Tasos Stimmung veränderte sich, sie wirkte nahezu boshaft.
»Warum kannst du nicht mitkommen?«
»Kannst nicht selber draufkommen, warum nicht?«
»Steht dieser Schmidt auf dich?«
»Wer?«
»Schmidt oder Schulze ...«
»Was hat das damit zu tun?«
Taso bewegte sich Richtung Ausgang, Sandro ergriff ihren Ellenbogen.
»Lass mich los, was soll das?«, schrie sie ihn an.
Stand es ihm bevor, wieder in dieser Runde zu sitzen?
»Den ganzen Tag sitze ich wie ein Volltrottel unter diesen Halbstarken«, Sandro hatte die Nase gestrichen voll. »Was sollen diese Spielchen? Erst sagst du: Ja, ich komme, ich komme, und dann lässt du mich betteln!«
»Lass mich los!«
»Komm fünf Minuten mit!«

Wofür hatte er den ganzen Tag geopfert? Sandro zog sie Richtung Waschbecken, hob sie hoch, unternahm einen Versuch, sie darauf zu setzen, und drückte ihr einen Kuss auf die Lippen.

»Ich schreie gleich, du Arschloch!« Taso begann zu flennen. Sie schien wirklich erschrocken, und vor Schreck schossen ihr die Tränen in die Augen. Sandro erstarrte. Aus der Toilettenkabine trat eine verschlafene Frau heraus, mit in der Stirn hängendem Haar wankte sie Richtung Ausgang. Taso hüpfte wieder vom Waschbecken runter.

»Tut mir leid«, versuchte er sich zu erklären. »Hatte kurz eine Art Blackout ...«

»Du Schwein!«

»Ich war heute schon an fünf verschiedenen Orten mit dir, du gehst einfach so kindisch mit mir um, und da habe ich die Fassung verloren ...«

»Dann verpiss dich!«

»Sag so was nicht zu mir ...« Er versuchte sie erneut zu küssen.

»Geh«, sie schubste ihn weg, wenn auch ziemlich kraftlos. Sandro nahm ihre Hand und legte sie auf seinen ausgebeulten Hosenschlitz.

»Guck mal, was mit mir los ist, guck mal ...«

»Interessiert mich nicht!«

»Will es dir nur zeigen, nur zeigen ...«

»Will nicht. Mann, du spinnst, echt ...«

»Ich kann nicht mehr, schau mal ...«

Mit einer Hand zog er den Reißverschluss runter. Taso kniff die Augen zusammen.

»Schau mal, nur eine Sekunde ...«

Aus der Hose sprang ein hochroter sehniger Penis.

»Will nicht, geh ...«

Sandro presste sich gegen Tasos Bauch.
»Fass ihn an, bitte ...«
»Ich schlag dich gleich ...«
»Nicht schlagen, mir geht's wirklich beschissen ...«
Taso zierte sich weiterhin mit zusammengekniffenen Augen. Anfassen wollte sie ihn auch nicht. Sandro stellte sich auf Zehenspitzen und ergriff ihren Nacken, wobei er gleich merkte, dass er in dieser Position ihren Mund nicht erwischen würde. Also drückte er sich wieder gegen ihre Schenkel. Und dann auf einmal, ohne selbst damit zu rechnen, kam er auf ihrem Kleid.
»Du Idiot!«, begann sie wieder zu schreien und setzte sich mit einem Hüpfer auf das Waschbecken.
»Oh Gott ...«, sagte Sandro erschrocken.
»Spinnst du?«
»Tut mir leid, bitte ... Es ist deine Schuld, den ganzen Tag starre ich dich an ...«
»Wie soll ich das Zeug vom Kleid abkriegen?«
Sandros Penis schwoll fast unverschämt schnell wieder ab. Taso bespritzte das Kleid mit Wasser.
»Alles klebt.« Sie begann noch lauter zu flennen.
»Jetzt übertreib nicht, du wirst davon doch nicht schwanger ...«
»Er bringt mich um ...«
»Wer?«
Wie eine Verrückte spritzte sie Wasser auf das Kleid. Er steckte seinen abgeschwollenen Penis zurück in die Hose und verließ die Toilette. Am Ausgang fiel ihm noch ein, dass es noch die Rechnung für die Cocktails zu begleichen gab (er vermied den Blick Richtung Mädelstisch), aber er kehrte nicht mehr um.

An der Treppe stand Schlange. Sandro lächelte ihm zu. Schlange erwiderte das Lächeln nicht. Null Reaktion.
Ich gehe in aller Ruhe hinauf …
Schnaufend rannte er die Treppen hoch.
Ob es hier Kameras gab? Zum Beispiel in den Toiletten? Er sprang ins Auto.
Ob sie ihr etwas ansehen werden? *Sich nie wieder auf Halbwüchsige einlassen …*
Es war immerhin etwas gewesen. Viel mehr war vielleicht gar nicht nötig. Den Rest sollte Schmidt erledigen oder Schulze.
Sandro erhielt eine SMS:
Wo steckst du?
Es war Taso. Er antwortete nicht. Er musste das Geschehene möglichst schnell aus dem Kopf kriegen.
All das fand zwei Jahre vor Ana statt.

5. DIE D-KATEGORIE

»Sie haben das Video seiner Frau gezeigt. Anscheinend gab es da Kameras. Sie waren im Hotel. Von der Frau sieht man nur die Beine, er liegt auf ihr drauf.«

Sandro blickte eher ängstlich als mitleidig zu K. S. rüber, der bleich und mürrisch an der Treppe stand. Man sprach über K. S. Alle wussten, was ihm passiert war. Sie hatten die schwarz-weiße, körnige Aufzeichnung seiner Frau gezeigt (dann sogar ins Netz gestellt), in der man erkennen konnte, wie er sich die Socken und die Unterhose auszog, sich auf den Rücken legte, irgendeine Frau streichelte, wie er sie umdrehte und sich auf sie legte ... und wie durch ein Wunder blieb das verborgen, was man eigentlich unbedingt hätte sehen müssen.

K. S. wurde erpresst, weil er die Koalition verschiedener politischer Parteien finanzierte, doch er weigerte sich beharrlich zuzugeben, dass dieses keuchende, schwarz-weiße Wesen er selbst war.

Sie waren gerade bei der Totenwache für die Großmutter eines Mitarbeiters. Sandro steckte im Eingang fest, K. S. war gegen die Wand gepresst, alle waren gezwungen, Kreise um ihn zu drehen, statt das, wie es Brauch war, um den Sarg zu tun.

»An seiner Stelle würde ich mich nicht nach draußen wagen«, sagte Menabde zu ihm.

»Wo hat seine Frau es gesehen?«

»Sie bekam eine CD zugeschickt.«
Die Verstorbene sah erheblich besser aus als K. S. Zumindest war ihr Ausdruck ruhig und friedlich.
»Ich habe irgendwo mal gelesen, dass in einem Kino in Thessaloniki als Vorspann zu einem Film eine private Sexaufzeichnung gezeigt wurde«, fuhr Menabde fort. »Der Ehemann hatte das arrangiert, da er wusste, dass seine Frau und ihr Macker im Zuschauerraum saßen. Er hatte das Personal bestochen und seine Frau gezwungen, mit fünfhundert anderen Leuten zuzusehen, wie sie ihn betrog. Na, wie ist es, wenn du dir das vorstellst?«
»Ziemlich zivilisiert, würde ich sagen.«
Menabde musste kichern. Niemand wirkte betrübt, außer K. S. Es war eine lustige Totenwache.
K. S. löste sich von seinem Fleck und ging an Sandro vorbei. Sein Parfum stach in der Nase, anscheinend hatte er den ganzen Flacon über sich geleert. Versuchte wohl, seine Sünden in Wohlgeruch zu ersticken.
Nach der Totenwache traf sich Sandro mit Nato T. Zwei Stunden standen ihm zur Verfügung. Dann wurde es dunkel, und demnach stand die Familienzeit an.
Noch konnte er überall sein.
Nato T. hatte keine Lust auf eine schnelle Nummer. Sie hasste seine unangekündigten Stippvisiten. Sie wollte, dass er sich mit ihr unterhielt.
Vor vier Jahren hatte Nato T. im Sekretariat der Begnadigungskommission gearbeitet und daher die Ehre gehabt, alle zwei Monate den Präsidenten zu treffen. Zum Präsidenten ging sie in Begleitung des Kommissionsvorsitzenden und zweier weiterer

Kollegen. Sie stellte ihm die Liste der Begnadigungskandidaten vor und kehrte stolz (wegen der Ehre) und aufgeregt (wegen des anzüglichen Verhaltens des Präsidenten) in ihr Büro zurück. Eines Tages, nach einer dieser Audienzen bereits zu Hause angekommen (der Gatte war ebenfalls daheim), erhielt sie eine SMS von einer unterdrückten Nummer:

Darf ich dich anrufen?

Selbstverständlich hatte Nato T. keine Lust, dass irgendein Heimlichtuer sie anrief. Aber der Unterdrückte rief trotzdem an. Nach dem sechsten Läuten ging Nato T. ran. (Der Gatte hatte schon nachgefragt, warum sie nicht ans Telefon ging.) Es war die wohlbekannte Stimme. Nato T. erhob sich instinktiv. Dann berichtete sie ihrem Mann davon. Wobei es nicht wahnsinnig viel zu berichten gab: Der Präsident wollte einfach wissen, wie es ihr ging, und machte ihr ein – eigentlich gar nicht so banales – Kompliment. Der Gatte schrak zusammen.

Einmal hatte auch Sandro an solch einem Tisch, in solch einer Runde gesessen, wo die Möglichkeit gegeben war, dass zwischen dem Präsidenten und seiner Keti ebenfalls »diese Chemie« hätte entstehen können. (So hatte es Nato T. formuliert.) Aber Sandro hatte sich keine Sorgen gemacht: Der Präsident besaß aus nächster Nähe keinerlei Ähnlichkeit mit seinem öffentlichen Ich. Er lachte wie ein Irrer.

Nato T.s Ehemann vergaß den Vorfall ziemlich schnell. Aber das, was darauf folgen sollte, folgte ziemlich rasch. Und es war mehr als bloße Chemie. Daraufhin musste Nato T. ihre Arbeitsstelle aufgeben und – ein Jahr später – auch ihr Zuhause. All das berichtete Nato T. Sandro in aller Ausführlichkeit.

»*Er* ist sehr vielschichtig«, sagte sie. »Entweder er verhält sich sehr romantisch und ist kindlich aufgeregt oder aber er fällt wie ein Neandertaler über einen her und benimmt sich wie ein Grobian. Kann sogar wehtun ...«
Sie klang fast verliebt.
Deshalb wollte Sandro zum Einstieg ein Neandertaler sein, damit ihm dann noch weitere fünfunddreißig bis vierzig Minuten für ein zivilisierteres Auftreten blieben.
»Ich hasse dieses Über-einen-Herfallen«, sagte Nato T. Sie beharrte zu Beginn stets auf einer Unterhaltung. Sandro legte mit großem Eifer feurige Leidenschaft an den Tag (er musste sich kaum verstellen, schließlich war er schon mächtig in Wallung): Er verhielt sich wie jemand, der sich nur mit Mühe zurückhalten kann. Nato T. wirkte gereizt.
Hat sie ihre Tage?
»Setz dich, unterhalt dich mit mir«, forderte sie ihn auf.
Na gut, er würde sich hinsetzen, sie würden sich unterhalten. Aber die Minuten, die dabei verstrichen, würden ihn unaufhaltsam näher zu Keti bringen. Wieso begriff sie nicht, dass sie umso enttäuschter sein würde, wenn er gezwungen wäre, direkt auf die schnelle Nummer zu gehen?
Wie sehr war er es doch leid, sich mit Widersprüchen und übertriebenen Hoffnungen herumzuärgern. Wieso traf ausgerechnet er ständig auf solche naiven Menschen? Anfangs schienen sie alle so pflegeleicht, und zwei Tage später wuchsen ihnen bereits giftige Hörner – wo schon ein Kratzer lebensgefährlich sein konnte.

»Sie haben einen Bekannten von mir beim Sex gefilmt und das Video dann seiner Frau geschickt«, erzählte er.
»Wieso?«
Sandro erklärte es ihr. Nato T. wurde auf einmal sauer. Erst jetzt begriff er, dass es nicht sonderlich geschickt war, ihr davon zu erzählen – er hätte ebenso gut an der Stelle seines Bekannten sein können, man hätte ja auch ihn filmen können und nicht jemand anderen … Doch anstatt das bereits Gesagte irgendwie zu relativieren, beging er eine noch größere Dummheit:
»Wurdest du auch schon Mal beim Sex gefilmt?«, fragte er.
»Was?«
Ihre Reaktion verwirrte ihn, er nahm sich fest vor, alles wiedergutzumachen.
»Na ja, manche turnt das ja richtig an, nur das Angucken später ist dann der Horror. Man begreift, dass man richtig schlecht ist …«
»Ich?«
»Nee, nicht du, man selbst.«
Er schwieg. Er fühlte sich hier nicht mehr wohl. Er hatte keine Lust mehr, zu reden und darüber nachdenken zu müssen, was und wie er es sagen sollte … und ausziehen wollte er sich auch nicht. Die Zeit verstrich. Gnadenlos. Er hatte aber noch weniger Lust, seine Stimme zu verstellen und in den Telefonhörer die magischen Wörter »Bin in einem Meeting« zu hauchen. Und auf einmal gab er ehrlich zu:
»Lass uns loslegen, bin echt müde. Du willst jedes Mal aufs Neue rumgekriegt werden. Und lass mich dabei bitte in meinen Klamotten bleiben.«

Aber Nato T. wusste seine Ehrlichkeit eindeutig nicht zu schätzen.
»Bin nicht in Stimmung«, sagte sie.
»Bitte.«
»Worum bittest du mich?«
»Lass mich jetzt nicht einfach so gehen.«
»Na, so sehr scheinst du ja aber auch nicht zu wollen.«
»Was? Bitte ...«
»Mein Gott, was ist bloß mit dir los, Sandro?«
Sandro war gereizt. Ja, warum bat er sie überhaupt? Um ein Haar hätte er ihr gesagt: »Ich bitte dich fast schon aus Gewohnheit, dabei habe ich schon gar keine Lust mehr auf das Herumsitzen hier, aufs Ausziehen, das Vorspiel für dich, das Kommen und dann das Duschen – habe echt genug andere Sorgen.« Er dachte daran, aufzustehen und einfach zu gehen, und tatsächlich erhob er sich auch, aber dann näherte er sich Nato T. und küsste ihren Hals.
»Komm, setz dich zwei Sekunden ...«, schlug sie vor.
»Kann nicht«, er gab sich widerspenstig (und freute sich, dass er sich das leistete). »Hänge seit neun im Büro rum. Worüber sollen wir uns unterhalten? Na gut, dann unterhalte du dich mit mir, von mir aus ...«
Er wollte noch etwas sagen, wurde aber von Ketis Anruf unterbrochen. Sofort kam Bewegung in ihn, er drehte sich instinktiv zum Schrank um (als ob es aus der Perspektive heraus einfacher wäre, Nato T.s Existenz zu verleugnen) und sprach schnell, gedämpft und streng in den Hörer:
»Meld mich gleich, bin im Meeting.«
Nato T. erhob sich. Sandro umschloss sie von der

Rückseite und grabschte nach ihrer Brust. Nato T. sträubte sich.
Soll ich jetzt anfangen, mit ihr zu ringen?
Nein, es reichte jetzt. Mit ihr war er durch.
Er warf sich die Jacke über und ging. Vom Wagen aus rief er Keti zurück:
»Qiqi, war bei einer Totenwache«, (und er vergaß, dass er vorhin das magische Meeting erwähnt hatte). »Komme jetzt.«
»Wer ist denn gestorben?«, fragte Keti nach.
»Niemand.«
All das fand einen Monat vor Ana statt.

6. AN WEN GING DIE SMS?

Der Hauptverantwortliche für Anas unglückliche Vergangenheit war ihr damaliger Gatte gewesen, der neun Jahre ältere Jaba M., ein mit dem Fluch der ewigen Arbeitslosigkeit belegter, chronisch betrunkener Demagoge.

Trotz seiner ansehnlichen Erscheinung wirkte sich der Familienfluch auch auf ihn aus, und er schaffte es gleich drei Mal hintereinander, die Arbeitsstelle zu verlieren, aber das hinderte ihn keineswegs daran, die folgenden acht Jahre immer bis zwei Uhr nachmittags zu schlafen. Und wenn er sich manchmal – mal besser, mal schlechter – der ehelichen Pflichterfüllung widmen musste, so befanden sich die Gedanken seiner distanzierten Ehefrau mit der erwähnten Aktivität keineswegs im Einklang. Vielmehr befasste sie sich währenddessen mit eher unpassenden Themen und Problemen. (»Im Bad ist die linke Glühbirne kaputt.« »Muss meiner Mutter etwas Geld dalassen.« »Mäusegift muss besorgt werden.«)

Ana musste seit ihrem dreiundzwanzigsten Lebensjahr für vier Personen aufkommen und sorgen – für die eigene Mutter, für den Ehemann, die psychopathische Mutter ihres Mannes und für die unterdrückte Tante. Wo sie überall schon gearbeitet hatte – als Redakteurin beim Fernsehen, als Korrespondentin, als

Nachhilfelehrerin für Deutsch, als Dekorateurin ... Jaba M. hatte, das musste man ihm lassen, zumindest zu Beginn theoretisch ein schlechtes Gewissen und – um es mit seinen Worten auszudrücken: Er war bereit, gleich morgen als Taxifahrer anzufangen, wenn es sein musste. Aber dieses Morgen kam und kam nicht. Das Einzige, was er hinbekam, war, dass er das Auto, welches Ana ihr Vater hinterlassen hatte, einigermaßen anständig verkauft bekam – und das hielt er ihr auch noch nach der Trennung vor.

Aber als er es gleich drei Mal hintereinander schaffte, bei seiner Arbeit rausgeschmissen zu werden, gab er sein Scheitern offen zu und schmiedete nicht mal mehr aus Höflichkeit neue Pläne. Binnen eines Jahres verwandelte er sich in einen zerzausten Affen. Egal was er trug, nichts sah an ihm gut aus: Entweder war alles nur noch zu groß oder zu klein. Es gab einfach nichts Passendes mehr für ihn – und das nicht nur im Hinblick auf die Kleidung. Sogar Jahre später konnte Ana es nicht so recht fassen, was diesen verblüffenden Wertverlust von Jaba M. hervorgerufen hatte.

Ihr Weg zur Entscheidungsfindung wurde in erster Linie durch einen multiplen und angenehm wechselseitigen Orgasmus geebnet, hervorgerufen durch die Mühen des gut gekleideten Malers und Dekorateurs Zotne F. Und so war es nur folgerichtig, dass die Konsequenz eintrat: Ana beschloss, Jaba M. zu verlassen. Auch wenn bis zur Umsetzung ihres Entschlusses noch ein ganzes Jahr verstreichen sollte. Und ganze zwei weitere Jahre zahlte sie ihm pflichtbewusst seinen »Tageslohn« (jeden Morgen während ihrer Ehe hatte sie ihm sein Taschengeld ausgehändigt) und hörte damit erst auf, als ihre Freundin Maia Achba energisch auf sie einredete: »Mach dir keine Sorgen, er wird schon nicht sterben, solche wie er können viele deinesgleichen verdauen.«

Die Option, mit Zotne F. zusammenzuziehen, wurde recht schnell ausgeschlossen. Es stellte sich heraus, dass Zotne bereits eine Frau hatte (wobei er diese Tatsache zuvor weder verneint noch angesprochen hatte), und so ging ihr Verhältnis in einen Zustand über, den man am ehesten als die Ruhe vor dem Sturm bezeichnen konnte.

Ana zog zu ihrer Mutter. Jaba unternahm hilflose Versuche, um sie zu kämpfen: Er fing sie zwei Mal im Treppenhaus ab und wollte sie mit zusammenhanglos-erpresserischen Maßnahmen umstimmen, beschimpfte höchst emotional ihre Freunde, ganz besonders Maia Achba, und vergab ihr großzügig das Abenteuer mit »irgendeinem Arschloch«. Aber Ana war es mittlerweile wirklich egal, was dieser Mann empfand (falls er überhaupt noch irgendwas empfand). Die Zeiten, in denen die kleine Ehefrau ihren durch Wodka redselig gewordenen Mann am mit Teelichtern dekorierten Tisch empfing, waren ein für alle Mal vorbei.

Ana zeigte sich nach der Trennung nicht sonderlich betrübt, im Gegenteil – sie kam sichtlich zu Kräften: schrieb in kurzer Folge mehrere bemühte, sozialkritische Reportagen über unterdrückte Frauen, dazu auch noch Beiträge über obdachlose Kinder, verdeckte Pädophile und über Homophobe mit sadistischen Neigungen. Aber ihr Ansehen erreichte seinen Höhepunkt erst, als das Gerücht in Umlauf kam, dass sie ein pikantes und für die meisten kei-

neswegs ehrenrühriges Angebot des jungen Präsidenten ausgeschlagen hatte.
Von Anas Prinzipientreue beeindruckt, veröffentlichte ein anonymer Bewunderer auf der Seite eines sozialen Netzwerks daraufhin folgenden Ausruf: »Man kann eben nicht alle ficken!«
Wie zu erwarten, wurde ihr Popularitätszuwachs von drei unmittelbar aufeinanderfolgenden Affären begleitet, die ähnlich wie die beiden Verhältnisse zuvor mit einer leichten Enttäuschung endeten.
Über ein Jahr ließ sie keinen mehr an sich ran. Wie sie selbst erklärte, vermied sie ernste Beziehungen, wobei sich allerdings auch nichts weniger Ernstes in Sicht befand. Einmal ergab sich die Möglichkeit, mit einem Typen etwas anzufangen, den sie am gleichen Tag kennengelernt hatte, aber trotz ihrer Trunkenheit schlich sie ziemlich schmachvoll von dannen und verarbeitete ihre Ängste daraufhin in einem Essay, den sie mit »Die Angst vor der Angst: die Kultur der Asexualität« betitelte. Aber Sandros plötzliches Auftauchen in ihrem Leben weckte in ihr erneut den Wunsch, das Unbekannte zu erkunden ...
Ana ging das alles wenig seriös an.

7. SANDROS CURRICULUM VITAE*

Er ist verheiratet und hat ein Kind. Hat einen Vater (theoretisch) und eine Mutter (nicht nur theoretisch, sondern auch praktisch). Hat einige spezielle Freunde. Erwähnenswert ist jedoch nur einer: der Ersteller ebendieses Fragebogens.
Seine berufliche Tätigkeit: äußerst langweilig. Eine Saucenfabrik.
Das zweite Leben: Musik, Neigung zur Polygamie.
Sein Hauptproblem: das ewige und verwirrende Gefühl, dass es immer dort besser ist, wo wir nicht sind. Neigt zur Eifersucht. Bei ihm findet sich der ödipale Komplex der männlichen Nachkommen und sogar auch etwas vom Ödipuskomplex der weiblichen Nachkommen. Ebenso: Anzeichen des Agamemnonkomplexes, Komplexe in Bezug auf ein paar uncoole Verwandte (siehe einige ziemlich uncoole Cousins) und Komplexe der bemitleidenswerten Kinder von Medea (Anm: Erfindungen des Autors).

* Erstellt zu Sandros siebenunddreißigstem Geburtstag, der Autor: anonym.

8. DER KLEINE KATECHISMUS

A. Sollte man zugeben, dass man verheiratet ist?

Früher, als ihm noch einiges an Erfahrung fehlte, log er meist intuitiv: »Haben uns gerade getrennt«, »Leben getrennt«, »Haben beschlossen, eine Beziehungspause einzulegen«, »Sie ist für vier Monate zu ihrer Mutter gezogen, mal sehen, was daraus wird«. Dabei wusste er, dass eine interessierte Frau durch nichts abzuschrecken war (weder durch seine Gattin, den Sohn Nikuscha noch die im 24-Stunden-Modus arbeitende Nanny von Nikuscha), aber irgendwie vermied er es trotzdem, die Wahrheit zu sagen.

Gia pflegte zu sagen: »Sie wird sich dir so oder so hingeben, Hauptsache, du lässt dich nicht aus der Fassung bringen. Die Lüge, du hättest keine Frau, ist in jedem Fall schlecht. Wenn es ernster wird zwischen euch, wird sie im Nachhinein noch beleidigter sein, dass du sie belogen hast, und wird es das nicht, wird dir deine Frau leidtun, weil du sie totgeschwiegen hast, und du wirst Gewissensbisse haben.«

Nahezu berühmt war Sandros Standardsatz: »Bin gerade ausgezogen, wir haben uns etwas Zeit zum Nachdenken gegeben.«

Eine taktvolle Frau würde daraufhin niemals verfängliche Fragen stellen, aber wenn Höflichkeit doch nicht ausreichte, so hatte er auch für solche Dreistig-

keiten eine passende Antwort parat: »Bitte, ich will jetzt nicht darüber reden.«
Die richtige Form für die Verkündung seiner Wahrheit hatte Sandro nach langen Überlegungen ausgearbeitet. In derartigen Situationen war das Wie wichtiger als das Was. Die entscheidende Rolle spielte in solchen Fällen der richtige Ton und nicht nur die Weitergabe der Information an sich.
Die halbwegs Erfahrenen und die übermäßig Interessierten wussten sowieso, in welchem Umfeld sich dieser Mann bewegte, doch auch sie verloren nach einer Weile ihr Taktgefühl und begannen – anfangs vorsichtig und dann immer offensiver – Fragen zu stellen, die gut versteckte Tretminen enthielten.
Zu Beginn verhielt sich auch Ana auf diese Weise: Es schien sie gar nicht zu interessieren, wer diesen »äußerst gut aussehenden Typen« anrief, im Gegenteil – Sandro war es, der über seine Frau sprechen wollte.

B. Sollte das dritte Treffen das entscheidende sein?
Die Psychologen schweigen sich darüber aus. »Das dritte Treffen sollte unbedingt im Sex münden«, pflegte Sandro zu sagen. »Oder sie sollte zumindest kapieren, dass sie ihre Chance verpasst.«
Obwohl Ana vor diesem Treffen ihre Beine nicht extra rasiert hatte (was eindeutig darauf hinwies, dass sie keineswegs vorgehabt hatte, mit Sandro ins Bett zu gehen), entschloss sie sich leicht angetrunken (diesmal in einem der versteckten Cafés der Tbilisser Altstadt), das selbst auferlegte Tabu zu brechen und Sandro schon beim dritten Date näherzukommen – sofern dieser angenehme Mensch keine gravierenden

Fehler beging oder sie in aufdringlicher Weise unter Druck setzte. Ihr Leben war eh etwas fad, was hatte sie schon zu verlieren.
Doch Sandro machte keinen Fehler, forderte auch nichts ein, erzählte stattdessen von seinen Familienproblemen, wobei sich sein Gesichtsausdruck unwillentlich (oder vorsätzlich) änderte, als er die Worte »meine Frau« aussprach. Aus irgendeinem unverständlichen Grund fühlte er sich verpflichtet, sich zu diesem Thema zu äußern.

C. Muss man sagen, dass man sie/ihn liebt?
Das war nicht mehr erforderlich, denn Ana hatte bereits ihren Entschluss gefasst. Aber auch unter dieser Voraussetzung sah sich Sandro gezwungen, mit Ana in einer Weise zu sprechen, die sie Glauben ließ, es handele sich um eine Art Liebeserklärung. Doch Anas Antwort klang eher vorwurfsvoll: »So läuft das nicht, das musst du nicht.«
»Ich sage ehrlich, was ich fühle«, fiel Sandro als Antwort ein. »Ich folge einfach meinem Instinkt.«
»Dein Instinkt will doch etwas ganz anderes! Quetscht nicht überall eure Liebe rein, geht das bitte?«
Quetschen? Bekommst du denn häufiger Liebeserklärungen?
Er ist süß, ging es Ana durch den Kopf. Aber ein primitiver Heuchler.

9. WANN SOLLTE MAN MIT EINER CHOPIN-ETÜDE KOMMEN?

Sandro hatte ein ausgefeiltes Programm zusammengestellt, um seine Frauen in Staunen versetzen zu können. Manche waren bereits von seiner Tätigkeit beeindruckt (immerhin hielt er einen vierprozentigen Anteil an einer Saucenfabrik), manche von Omar (»er lässt mich von seinem Chauffeur abholen«), manche hingegen waren von seinem Klavierspiel beeindruckt – beziehungsweise nicht direkt vom Spiel, eher von Sandros Musikalität (oder der des Konzertflügels). Aber selbstverständlich kamen nur wenige Auserwählte in den Genuss dieses exklusiven Vergnügens. Glücklicherweise traf er immer wieder auf Frauen, die sich die Hauptspeise seines emotionalen Menüs verdient hatten – die Darbietung von Chopins dritter Etüde. Und diese Etüde hinterließ jedes Mal einen tiefen Eindruck bei den Feingeistigeren. (»Wie? Der Saucentyp spielt Klavier?«)
Gelegentlich suchte Sandro für ein Rendezvous ein Café aus, in dem ein Klavier stand. Ergab es sich, stürzte er unerwartet zum Instrument und begann es zu zähmen. Natürlich kam es vor, dass manche gar nicht so sehr auf klassische Musik standen, doch drückten sie alle Begeisterung aus. Manchmal beging er jedoch – genauso wie bei der Begutachtung seiner Waren – Fehler bei der Qualitätsprüfung: Er vergab allzu unbedacht das Recht auf dieses exklusive Ver-

gnügen, bot die Etüde in E-Dur dar, und die Umworbene büßte schlagartig an Qualität ein. Entweder hörte die Frau ohne erkennbare Anteilnahme zu oder – noch schlimmer – begann aus Verlegenheit zu lachen. Doch er war sich sicher, dass Ana in der richtigen Weise zuhören würde.

»Habe sie mir erst gestern beigebracht, sei nicht allzu kritisch«, würde er dann sagen. Denn das sagte er immer.

10. SOLLTE MAN SEINEN ÄNGSTEN NACHGEBEN?

Den Männerpart übernahm Ana nur deshalb, weil ihr Gatte Jaba M. zu einem geschlechtslosen Neutrum mutiert war, denn grundsätzlich pflegte sie ein ganz anderes Rollenverständnis. Wobei sie – und das war wirklich traurig und alarmierend – nach den jüngsten Enttäuschungen ihren Respekt gegenüber dem ganzen Geschlecht zu verlieren drohte. Da war zum Beispiel der Fall von Maler und Dekorateur Zotne F.: Zwar hatte ihr dieser Mann unermesslichen (und entscheidenden) Genuss bereitet, aber sie zugleich auf eine ihr bis dahin noch unbekannte Art und Weise verletzt – so vollkommen und standhaft er zu Beginn schien, so hölzern und unsympathisch zeigte er sich am Ende.
Und genauso verhielt es sich mit den beiden Darauffolgenden: Der eine sprang mit einer merkwürdigen Begründung aus dem Auto (es war, nachdem sie das dritte Mal miteinander geschlafen hatten): »Muss zum Mirqma« (»Wenn ich es wenigstens geschafft hätte, ihn zu fragen, was zum Teufel dieses Mirqma sein soll«, sollte Ana später klagen). Dem zweiten begegnete sie zufällig in Begleitung seiner Frau, und er zeigte sich so konfus, dass er sie mit falschem Namen ansprach.
»Ana. Ich heiße Ana.« Sie half ihm auf die Sprünge. Dabei wäre es angemessener gewesen, ihm direkt ins

Gesicht zu schleudern: »Bist du nicht derjenige, der mir vor einer Woche die Muschi geleckt hat?«
Diese unerwarteten Entwicklungen waren der Grund dafür, dass sie seit über neun Monaten auf Liebe verzichtete. Zwar träumte sie hin und wieder von gesichtslosen Zotne F.-ähnlichen Sexmaschinen, aber sobald sie sich ausmalte, erneut Zeuge männlicher Hilflosigkeit und unerwarteter Metamorphosen zu werden, erwachte in ihr auf der Stelle die unerbittlichste alte Jungfer. Auf welch ekelerregende Weise sich diese armseligen Geschöpfe doch veränderten – unvermittelt hörten sie auf anzurufen, antworteten nicht mehr auf ihre Kurznachrichten, rannten direkt nach dem Sex wie Irrsinnige ins Bad, zogen hastig und ungerührt ihre Hosen an, wurden boshaft und erfanden unglaubwürdige Lügen ...
Wer weiß, vielleicht wären so noch weitere neun Monate verstrichen, hätte nicht ihre umtriebige Freundin Maia Achba Alarm geschlagen. Mehrmals täglich schickte sie Ana dezent humorvolle Nachrichten: **Ruf doch Jaba an, mehr hast du eh nicht verdient.** Oder: **Zum Durchgehen potenzieller Kandidaten: heute bei mir auf dem Balkon, 20:00 Uhr.** Sie selbst, versunken im melancholischen Familienalltag, verspürte große Befriedigung bei der Organisation von Anas Privatleben. Neben Maia lag ein Tier, das Jaba M. ähnelte, den sie ihrer Freundin ausgetrieben hatte. Aber im Unterschied zu ihrer selbstbewussten Freundin schaffte sie es selbst nicht, sich davon zu befreien. Die Gründe dafür waren Geldmangel, Übergewicht und ein extrem geschrumpftes Selbstwertgefühl.
Durch Ana kam sie zumindest in den theoretischen Genuss, fremde Körper zu kosten. Auch dieses Mal

verhielt es sich so: »Was hast du vor, willst du eine Nonne werden?«, griff sie Ana an. »Wie lange willst du noch so herumsitzen?«
»Ich beschnuppere ihn noch ein bisschen ...«
»Ist er blöd? Verheiratet?«
»Interessiert mich null. Ja, ist er.«
»Du hast auch eine Frau zu Hause sitzen«, lachte Maia. »Bring ihn doch mal mit.«
»Wo soll ich ihn mitbringen, habe mich bisher erst zwei Mal mit ihm getroffen, du spinnst ... Nein, es waren drei Mal.«
Ja, seit am Horizont ein einigermaßen netter Typ aufgetaucht war (und Sandro war definitiv so einer), nahm sie aus Angst vor einem weiteren Jahr ohne belebende Affären, nervösen Nachrichtenverkehr, aufregende Knutschereien und ohne guten (oder schlechten) Sex die Sache relativ selbstbewusst in Angriff und beschloss, diesen leicht verfetteten, aber dabei ziemlich sympathischen Typen rumzukriegen, und ermahnte sich zugleich, sich auf gar keinen Fall zwanghaft Gedanken über die Zukunft zu machen. Das Wichtigste war, nicht zu viel zu riskieren: Sie musste es hinkriegen, am Ende nicht mit gebrochenem Herzen dazustehen, denn in der Anfangsphase hatte auch Zotne F. durchaus interessant gewirkt, genau wie jetzt Sandro. Deswegen beschwor sie sich: »Wenn ich es will, erst dann wird er gehen. Wenn ich es will, nicht er.«

11. SOLLTE MAN MIT HINAUFGEHEN?

»Willst du noch mit hochkommen?«, fragte sie Sandro.
»Soll ich?«
Es war merkwürdig, aber es missfiel ihm, dass dieses Mädchen ihn mit der Unnachgiebigkeit eines starrsinnigen Bloggers in ihr Bett locken wollte.
»Na, komm schon, ich werde dich schon nicht auffressen.«
Es gab keinerlei objektiven Grund für ein Nein: Sie lebte alleine, Frau und Kind waren in Gefolgschaft der 24-Stunden-Nanny nach Kazbegi gefahren, und so musste er Keti auch nicht sagen, er befinde sich in einem Meeting, denn aus den Bergen hätte sie ihm höchstens eine Brieftaube schicken können – Handyempfang gab es dort keinen. Und trotzdem sagte er Nein. Wobei er auch nicht direkt Nein sagte, stattdessen berührte er Anas Lippen.
»Muss zu meinem Freund«, sagte er. »Seine Oma ist gestorben.«
Er musste an die selige Tote denken, die glücklicher ausgesehen hatte als das Erpressungsopfer K. S.
»Wann ist sie gestorben?«
»Heute.«
Dann viel Spaß, dachte Ana.
»Ich rufe dich an«, sagte Sandro, und um ein Haar hätte er noch hinzugefügt »Du wirst dich mir hingeben, wann ich es will.«

Es gab aber noch einen anderen Grund: Er musste dringend aufs Klo, und bei Ana wollte er nicht auf die Toilette. Eigentlich hätte er schnell rein- und raushuschen können (als wollte er nur pinkeln), aber es könnte sein, dass es in der Kürze der Zeit nicht klappen würde, aber auch wenn doch, was sollte er mit den Geräuschen machen – schließlich durfte er ja nicht gleich beim ersten Mal Explosionen erzeugen! Und das bei einem fremden und ziemlich aufmerksamen Mädchen ... Nein, ein solches Risiko durfte er nicht eingehen! Vielleicht würde sie Verständnis aufbringen, aber beim dritten Treffen gleich mit einem Durchfall zu kommen, wäre eindeutig zu peinlich ... War es die Aufregung? Ausgeschlossen. Was hatte er denn gegessen?

So oder so musste er nach Hause gehen. Wütend und erleichtert verrichtete er, dort angekommen, sein Geschäft, duschte sich und ging dann zu Gia.

»Sie versucht, sich mich zu krallen«, erzählte er. »Ich schon: Nee, Stop, geht nicht.« Beide mussten lachen.

»Willst, dass sie sich in dich verknallt, was?« Auf einmal wurde Gia ernst.

»Nee, keinen Bock.«

»Was trägt sie so für Sachen?«

»Schlicht.«

»Pfui.« Gia verzog das Gesicht.

»Nein, im guten Sinne.«

»War sie beleidigt?«

»Ja.«

»Bist ganz schön fies.«

»Ich weiß.«

Aber dann konnte er sich doch nicht zurückhalten und verriet den wahren Grund für sein Nein.

»Hättest doch dort scheißen können«, echauffierte sich Gia. »Was wäre schon dabei gewesen! Bist ja schließlich auch nur ein Mensch!«
»Nein, dann ist der Sex ausgeschlossen, da ist jeder Zauber sofort weg. Man fühlt sich gleich wie im Alltag.«
»Komm mir nicht ständig mit dieser Psychologie. Wenn die Bock haben, ist denen alles egal.«
»Hast du schon mal bei einem ersten Mal geschissen?«
»Ja, ständig. Es ist genau umgekehrt: So bringst du sie dir näher.«
Sie tranken. Gias Oma diskutierte laut mit dem Fernseher. Eigentlich wirkte sie ziemlich gesund. Zumindest war sie eindeutig lebendig.
Ambivalent. In ihren Artikeln benutzte Ana dieses Wort sehr häufig. Sie befand sich gerade in einer ambivalenten Lage: Einerseits – und wie zu erwarten – war sie beleidigt, aber andererseits (und dieses »andererseits« ist stets sehr wichtig) war sie angenehm überrascht von Sandros Sturheit. Diesmal würde ihr das Quatschen mit Maia Achba nicht weiterhelfen, sie musste es mit sich selbst ausmachen. Also dachte sie nach und kam zu folgender Schlussfolgerung: »Entweder ich gefalle ihm nicht, oder er ist impotent, oder er will mehr als Sex mit mir.« Und ohne groß zu überlegen, teilte sie ihm ihre Schlussfolgerungen in Form einer Kurznachricht mit, selbstverständlich begleitet von etlichen Smileys: :) :) :)

Kurze Zeit später klopfte ein etwas verwirrter und angetrunkener Sandro an ihre Tür. (*Im Notfall gehe ich schnell aufs Klo und beeile mich dabei.*)

»So, jetzt bin ich gekommen.«
»Und, Oma schon beerdigt?« Ana lächelte ihm zu.
»Ja, lebendig.«
Sandro wollte auf einem Holzstuhl Platz nehmen.
»Nein, nicht da, der bricht zusammen.« Ana zog an seinem Ellenbogen. Sandro verharrte in gebückter Position.
So dick bin ich nun auch wieder nicht.
»Der Stuhl ist schon hundert Jahre alt. Kam bisher nicht dazu, ihn restaurieren zu lassen.«
»Wieso hast du mir so eine furchtbare SMS geschrieben?« Sandro nahm auf etwas sofaähnlichem Platz.
»Warst du beleidigt?« Wieder lachte sie.
»Ich verzeih dir.«
Sie tranken Tee.
»Darf man nach Alkohol Tee trinken?«, wollte Sandro wissen.
»Ohne Zucker – schon.«
Sandro lobte den letzten Artikel auf Anas Blog über soziale Unterschiede in der Gesellschaft. (»Was kostet das Geld?«) Ana fragte ihn über die Fabrik aus.
»Gießt ihr auch Mayonnaise ab?«
»Wir gießen nicht, wir produzieren.« Sandro musste schmunzeln. Trotz seiner Versuche, das Gesprächsthema zu wechseln, sei es auch, dass sie sich wieder über ihre Artikel unterhielten, kam sie doch wieder auf die Fabrik zu sprechen:
»Und du, isst du jeden Tag Pflaumensauce zum Essen?«
Machte sie sich über ihn lustig?
»Mozart aß jeden Tag einen Apfel, auch ich habe so meine Neurosen, bring mich jetzt nicht dazu, dir alles zu beichten ...«

Er sprach bereits in einer anderen Stimmlage, dieses Timbre kündigte den bevorstehenden Sex an. Bald würde er sie küssen. Aber zuerst musste er sich ihr nähern. Weder schnell noch langsam. Den Rhythmus würde die Situation vorgeben.
Doch dann beschloss plötzlich Ana, ihn zu küssen. Als der etwas überforderte Sandro darauf einstieg, wich sie zurück und murmelte: »Warte, warte.« Dann sprang sie ihn erneut an und rang eine ganze Weile mit ihm – weder ließ sie ihn frei noch ließ sie ihn an sich ran. Sandro versuchte, zu ihrem Hals vorzudringen, aber sie leistete heftigen Widerstand. Von außen betrachtet war nicht so recht klar, was da eigentlich vor sich ging und was sie vorhatten. Bald ermüdete das Gerangel die beiden. Gleich gehe ich, überlegte sich Sandro, doch Ana schubste ihn zurück aufs Sofa und umschloss seinen Kopf. Sandro presste seinen Mund und Nase gegen ihren Bauch. Ana schlang ihre Arme fester um ihn. Sandro schnappte nach Luft. Dann setzte sie sich auf seine Knie, ließ sich jedoch nicht auf die Lippen küssen – sie zog jedes Mal den Kopf zurück.
Der Kampf der Geschlechter – Die erste Folge ... Bald würden auch Dinosaurier mitmischen. Sandro würde Ana am liebsten direkt fragen: »Sag endlich, willst du es oder nicht?!« Aus einem unerklärlichen Grund ergriff sie nun sein Ohr. Ich lasse mich von ihr vergewaltigen, ging es Sandro durch den Kopf. Und er ergab sich.
Ich schaffte es kaum, meine Hose runterzuziehen. Sie bewegte sich mit einem unfassbaren Tempo. Sie kniff die Augen fest zusammen und brachte ihren Mund an mein Gesicht. Ich ahnte bereits: Lange würden weder sie noch ich uns

zurückhalten können. Dabei stehe ich überhaupt nicht auf das erste Mal, bei dem man sich unfrei fühlt, weil man nicht weiß, wann man die Socken ausziehen soll – und dann diese schreckliche Unterbrechung, wenn man das Kondom drüberzieht ... Die wortlose Wertung. Das Hören ihrer Gedanken. (Während sie vorgibt, dass sie dich nicht ansieht.) »Na gut, eher durchschnittlich, wir haben schon bessere zu Gesicht bekommen.« Es kann aber auch sein, dass dir irgendwas missfällt, kriegst ihn nicht ordentlich hoch, er will einfach nicht, und sie sieht es nicht ein (ja, solche gibt es auch zu Genüge, die sich in kritischen Situationen einfach nicht zu benehmen wissen), oder die Titten sind nicht wie erwartet, oder man findet das Loch rekordverdächtig lange nicht ... Aber das war diesmal nicht der Fall, es gefiel mir ... Doch alles richtig wahrzunehmen, mir das Ganze einzuprägen – das schaffte ich nicht. Ich erinnere mich nur, dass ich dachte: Toll, ich ficke sie ... Habe mich wie ein Kleinkind gefreut. Alles passte zusammen. Dann habe ich ihren Arsch gepackt und mir gedacht: Einfach perfekt ... Jetzt konnte ich sie überall berühren, wo ich wollte. Ich liebe es, wenn dieses Tabu verschwindet. »Die kann ich nicht einfach so ziehen lassen, sorry.« Wirklich, sie ist echt eine Gute! Wenn mich bloß die ganze Welt sehen und meine Freude mit mir teilen könnte! War echt ein guter Anfang ... Kein Tag ohne Sex, während des ganzen Monats. Glücklich ging ich zu ihrer Wohnung. Ich war besessen von diesen zusammengekniffenen Augen, diesem Gesicht nah an meinem und dem in die Höhe gestreckten Hintern ...

Sie gefiel mir so gut, dass ich glatt Keti von ihr hätte erzählen können.

Doch nun erzähle ich es dir ...

12. WIE SOLLTEN WIR DIE WOCHE EINTEILEN?

Im Unterschied zu Sandro hatte Gia das Zusammenleben mit seiner Frau niemals nur als notwendigen Kompromiss mit gesellschaftlichen Konventionen betrachtet. Chatuna ihrerseits schaute aus der Höhe ihrer Emanzipation auf die Frauen von Gias Freunden herab und versuchte den Kontakt mit ihnen auf ein Minimum zu reduzieren. In einer früheren Zeit des Erfolges (als er seinen ersten Roman in mehreren Teilen im Netz veröffentlichte) hatte Gia eine vampirgleiche Gier auf eine lethargische Person verspürt, weswegen er die herkömmliche Wocheneinteilung ziemlich gewagt reformierte.
Mittlerweile hatte die Realität Gias Wochentagen wieder ihre traditionelle, alltagstaugliche Bedeutung zurückgegeben:

Montag – Tag der Redaktion + Zuhausetag
Dienstag – Nuzas Tag, offiziell »Jungstag«
Mittwoch – Tag der Redaktion + Tag der Ehefrau
Donnerstag – Tag der Redaktion + Zuhausetag
Freitag – Nuzas Tag (»Jungstag«)
Samstag – Tag der Kinder + Tag der Ehefrau
Sonntag – Möglichst ein Sextag (»Jungstag«)

Nuza, an die der Sextag gekoppelt war, richtete ihren Jahreskalender gänzlich nach ihrem Geliebten aus, da sie wusste, dass, egal wie sehr sie das wollte, sie ihn niemals an einem Donnerstag oder – ganz und gar utopisch – an einem Samstag zu Gesicht bekommen würde. Egal, wie verknallt Gia auch sein mochte, niemals würde er den Sextag mit dem Zuhausetag tauschen. Einmal, aus Übermüdung, Zerstreutheit, aus Gleichgültigkeit oder Gott weiß aus welchem Grund auch immer, hatte er sein Handy im Auto liegen lassen, und das fiel ihm erst auf, als seine Frau den verbotenen Namen bereits entdeckt hatte.

»Irgendeine Nuza hat dich angerufen.«

Gia war jedes Mal so erfreut, diese erregenden Buchstaben auf seinem Display leuchten zu sehen, dass er nicht auf den Gedanken gekommen war, sie unter einem anderen Namen abzuspeichern. Und nun überreichte ihm die Ehefrau in aller Seelenruhe die leuchtende Bombe.

Trotz Nuza und der Wocheneinteilung war Chatuna niemals nur eine Zuhausegattin für ihn gewesen (darin unterschied er sich von Sandro, der seine Frau äußerst selten ins Tageslicht ausführte), aber in der *Intensivphase jener Fremdkörperexistenz* (im Besonderen in den letzten Monaten dieses Zeitabschnitts) bekam auch ihre Freundschaft einen Riss.

Chatuna hatte nunmehr eine unbestimmte Ahnung und sorgte sich so sehr, dass sie eine Woche lang kaum essen konnte. Es war dieses leise und in gewisser Hinsicht animalische Verhalten (wie eine kranke Katze oder ein kranker Hund, die einem mit vorwurfsvollem Blick Angst einjagen), das Gia zu der deprimierenden Erkenntnis kommen ließ: »Niemand liebt mich so.« Daraufhin durchlief Gia eine Wutphase: Um Nuza aus dem Kopf zu kriegen, forcierte

er – ohne jedwede ästhetische Linie – die Eroberung von Frauen, welche allesamt dazu verdammt waren, beleidigt zu enden, und wenn er dann schlussendlich Erfolg hatte, stellte er frustriert und wütend sexuellen Kontakt mit ihnen her (auf diese Weise strafte er Chatuna, die der Grund war, dass er seine Geliebte aufgeben musste).
In dieser Hinsicht erwiesen sich die Monate August und September 2004 als Gias wütendste Lebensphase. Wie er später berichtete, schickte er zeitgleich an sieben Mädchen dieselbe Standardnachricht: **Ich vermisse dich sehr. Was machst du bloß mit mir ...** Selbstverständlich musste es eine Nachricht sein, die jeder das Gefühl von Exklusivität gab.
Sandro war in dieser Hinsicht edelmütiger als Gia: Auf einer Reise kaufte er vier Paar identische Handschuhe für vier verschiedene Frauen und kommentierte den Einkauf, sie wären für ihn alle gleich bedeutsam und es wäre nicht fair, wenn er eine von ihnen herausheben würde.
Erstaunlicherweise befand sich Gia nur dann in einem Dilemma, wenn Chatuna in seiner Nähe war, jetzt, da Chatuna bereits vor vier Jahren zu ihrer Schwester in das niederländische Königreich gezogen war (und ihm das Geld zum Leben von dort zuschickte), verstrickte er sich in keinerlei anderweitige Machenschaften mehr: »Bloß noch die Redaktion, Textkorrekturen, Zuhausetage ...«
Er berichtete mit einem solchen Enthusiasmus und solcher Wichtigkeit von seinem Alltag (»Das Türschloss war kaputt, habe zwanzig Minuten rumgewerkelt, dann rief ich bei meinem Nachbarn an, er kennt sich besser aus, er kam dann runter, habe

überlegt, ob ich ihm Geld anbieten sollte, nein? Dann habe ich Chatuna angerufen, sie meinte, man muss es ölen ...«).

Aus Einsamkeit und purer Egozentrik verlieh er jeder alltäglichen Nichtigkeit bahnbrechende Bedeutung und konnte unermüdlich, sarkastisch, mit der Besessenheit eines Psychopathen von einer klemmenden Klospülung, einer durchgebrannten Glühbirne, von dem alten Fahrstuhl, den verschluckten Münzen, dem zu langsamen Internet, dem neuen Blog und dem brüskierenden (das waren seine Worte) Roman erzählen.

Das Jahr, in dem er zwei parallele Leben führen musste, hatte seinen Verstand durch die permanente Erzeugung einer Scheinrealität für Chatuna so beansprucht, dass sich in irgendeinem Teil seines bis dahin gesunden, nüchternen und zynischen Hirns eine Schraube gelockert hatte. Eines Tages beispielsweise sprang er im Morgengrauen aus dem Bett, und anstatt zur Toilette zu gehen, pinkelte er direkt an den in der Nähe stehenden Fernseher. »Was tust du, Gia?«, fragte ihn seine aus dem Schlaf ängstlich hochgeschreckte Frau. Er wiederum tat so, als wäre nichts geschehen, schüttelte seinen ein Doppelleben führenden Schwanz ab und legte sich wieder ins Bett. Er war sich die ganze Zeit absolut sicher, dass er sich im Badezimmer befunden hatte und nicht im Schlafzimmer.

Aus seinem Unvermögen, die beiden Realitäten miteinander in Einklang zu bringen, hatten seine Hände angefangen, in beängstigendem Maß zu zittern (aus dem Grund nahm er niemals eine Zeitung in die Hand, denn dann würde das Zittern störend auffallen), doch wenn er sich heute an seine lethargische Geliebte erinnerte, dann nur, wenn er in sein Auto stieg – denn ihre Affäre hatte größtenteils in seinem Auto stattgefunden. Auf den Gedanken, sein Auto zu verkaufen, kam er trotzdem nie, so schmerzhaft waren die Erinnerungen dann doch nicht, dass er sie gänzlich auslöschen wollte: Immerhin waren es nur die Rücksitze, die diese Bilder in ihm wieder wachriefen.

Zwei Jahre zuvor hatte ihm Chatuna erzählt, dass ihre Schwester in Erwägung zog, mit einem Bekannten eine Scheinehe einzugehen. Gia hatte sogar eine Kurzgeschichte darüber geschrieben.

»Sie kann dann doch auch mit ihm ins Bett gehen«, sagte er zu Chatuna. »Sitzt eh einfach so rum.«

Wer saß bitte einfach so rum?

»Sie tut mir leid«, sagte dann Chatuna.

Ja, man zerriss sich in sehr unangenehmer Weise das Maul über Gia und sein Eheleben.

***

Für die Nacherzählung ihres ganzen Lebens benötigte Ana anderthalb Tage. Vier Männer in viereinhalb Jahren. (Also Sex mit vier verschiedenen Typen.) Ist das viel oder nicht? Kommt wohl auf die Region an. Ließ sie etwas weg oder übertrieb sie eher? (»Männer verdoppeln meist, Frauen lassen die Hälfte weg.«) Ich habe sie gedrängt, mir alles zu erzählen, und sie hat nachgegeben. Ich habe mich ein wenig eifersüchtig gegeben. Aber danach war ich wirklich etwas frustriert. Ich weiß noch, wir sind zwei Mal aus der Stadt gefahren. Keti rief mich zweimal an. In solchen Situationen darf man selbst nicht zu oft zu Hause anrufen, sonst wird der andere misstrauisch. Man muss natürlich bleiben. Ich dagegen rief alle halbe Stunde an, und zum Schluss fragte Keti, wo ich wäre, sie käme vorbei …

Das Telefon als solches ist ein großes Problem. Ich erinnere mich noch, ich wollte mich mit N. T. verabreden und habe zu Hause kein verborgenes Plätzchen finden können, um mit ihr in Ruhe einen Treffpunkt zu vereinbaren. Überall, wo ich reinging, traf ich Keti an. Habe dann beschlossen, runter in den Supermarkt zu gehen, aber ein seltsames, dennoch gerechtfertigtes Argument hielt mich zurück:

Was tust du? Hast du völlig den Verstand verloren?

Ich ging trotzdem runter, rief sie aus dem Treppenhaus an, aber sie ging nicht ran. Es folgten unerträglich triste und eintönige zehn Minuten, die ich draußen verbrachte. Und ausgerechnet, als ich wieder hochging, rief sie zurück. (So war das öfter.) Aber diesmal ging ich nicht ran: Ich befand mich wieder in Ketis Blickfeld und stellte das Handy mit dem Daumen auf lautlos und tat so, als würde ich telefonieren. Auf diese Weise simulierend, ging ich dann ins Schlafzimmer und schaffte es irgendwie, mich mit ihr zu verabreden.

Es kostete mich dabei viel Mühe, den richtigen Ton zu treffen. Auf dem Bett lag Ketis Bademantel und wies auf eine erschreckende Art eine große Ähnlichkeit mit seiner Besitzerin auf … Als ob die stolze Keti mit ihrem breiten Gesäß und ausgebreiteten Armen dagelegen hätte. Ich schrak auf, als ich ihn so daliegen sah.

Dabei wollte ich so sehr los, dass ich bereit war, Keti ganz ehrlich darum zu bitten: »Ich gehe hin, lege sie schnell flach, und wenn ich wiederkomme, schauen wir uns einen Film zusammen an. Ich will es nicht weiter aufschieben.«

Sie schrieb mir eine Nachricht: »Sag es mir, wenn du nicht loskommst, lass mich bloß nicht umsonst warten.« Ich schrieb,

dass der Bademantel mich nicht gehen ließ. Selbstverständlich mit einem Smiley dahinter.
Wie ich es doch hasste, nach Hause zu kommen. Dieser Stillstand, der Geruch nach Essen und nach Aufgeräumtheit, die Geräusche von Nikuschas Zeichentrickserien, Ketis alltäglich-melancholische Gesprächsthemen ... Manchmal zettelte ich einen Streit an, damit ich die Möglichkeit bekam, aus der Wohnung zu flüchten. In so einem Fall waren kleine Konflikte der einzige Ausweg!
In diesen Situationen hatte ich dann aber auch großes Mitleid mit ihr. Ganz besonders, wenn sie mir in ihrer Naivität zu beweisen versuchte, dass sie in mancherlei Hinsicht auch ein Profi sei und ich nachzugeben hätte. »Ich habe Filme runtergeladen, die dich alles vergessen lassen und bei denen du komplett abschalten kannst.«
Ja, irgendwas mussten wir uns ja gemeinsam anschauen! Der Sex klappte schließlich nicht mehr ... Immer wenn ich neben Keti lag, schloss ich die Augen und dachte an all die bereits verkosteten oder noch zu verkostenden Rücken, Brustwarzen und Lippen.
Bei Ana war das Gegenteil der Fall: Ich hatte solch eine Angst, zu schnell zu kommen, dass ich mein Hirn mit aggressiv-asexuellen Vorstellungen auf Trab hielt. Ich dachte an Leila und Gogi, wenn sie ihn fütterte, an die Trauerfeier meines Großvaters, an den russisch-georgischen Krieg, die gemeinsamen Abendessen mit meinen Kollegen, an den Geruch von Suppe und Bohneneintopf in unserer Kantine, an die öligen Haare von Gia ...
Einmal sagte Ana zu mir: »Ich will keine Gefühle. Quäl mich nicht damit.«
Als ob sie wirklich so wären.

13. WAS MACHT UNS BESSER?

Ja, wahrscheinlich ist es nicht schwer zu erraten, dass Sandro immer dann besonders unschuldig und zauberhaft war, wenn er *von jemandem* nach Hause zurückkehrte. In solchen Situationen haben die Männer, die ein Unrecht begangen haben (und zumindest ein kleines bisschen sensibel sind) ein leises schlechtes Gewissen und zeigen sich sehr zärtlich und aufmerksam den anderen Familienmitgliedern gegenüber.
Genauso verhielt es sich mit Sandro: Nach dem Woanderssein verwandelte er sich urplötzlich in einen Vorzeigevater und -ehemann. Er versuchte unermüdlich und in einfallsreicher Art und Weise, sein Kind zu beschäftigen (und das, obwohl er in der Hinsicht normalerweise keinerlei Motivation an den Tag legte beziehungsweise erfundene Tätigkeiten vortäuschte). Er war bereit, sich mit Keti einen heruntergeladenen Film auf dem Rechner anzusehen, angeregt zu plaudern und – wenn er die Energie aufbringen konnte – mit seinem von einer anderen ermatteten Penis den ehelichen Pflichten nachzukommen. Und erst wenn alle Familienmitglieder hoffnungsvoll ermüdet in den Schlaf gesunken waren, erst dann schrieb er seine Dankesnachrichten und setzte sich an den Rechner.
Auch dieses Mal hatten seine Umtriebigkeiten einen Vorzeigevater und -ehemann aus ihm gemacht. Und obwohl Keti der Feindesgeruch sofort in die Nase

stieg (Sandros Wangen und sein Hemd verströmten den fremden Duft), freute sie sich dennoch darüber, dass er sich gut gelaunt zeigte, und gab sich Mühe, die vom Tag übrig gebliebenen drei bis vier Stunden (von neun bis zwölf oder ein Uhr) möglichst angenehm zu gestalten.

In diesem Tagesrest schauten sie sich gemeinsam die Kinderfotos an, die eine Freundin von Keti im Netz zur Schau gestellt hatte (und liketen diese auch gemeinsam, wobei es Keti war, die mit Sandros Benutzernamen den Like-Button klickte), begutachteten das Brautkleid der Schwester eines Kollegen von Sandro (und den Bräutigam gleich mit), tratschten über Gias Frau, machten sich fürchterlich lustig über Nikuschas 24-Stunden-Nanny, und zum Abschluss des glücklichen Abends sahen sie sich mit einer gewissen ironischen Distanz einen alten sowjetischen Film an.

Bis dahin schaffte es Sandro zwei Mal, sich aufs Klo zu mogeln, den Wasserhahn aufzudrehen und ein paar banal-sentimentale Kurznachrichten an Ana zu versenden:

Ich vermisse dich schon ... habe ich mich etwa verknallt? :) :) :)

Es war bloß eine Fixierung, nichts weiter.

Vorausschauend, wie er war, hatte er natürlich das Handy auf lautlos gestellt, damit Anas geräuschvolle Antworten keine unnötigen Zweifel bei der in der Küche wachenden Keti weckten, die diesen glücklichen Abend dem unsichtbaren Feind verdankte.

14. WAS IST SÜNDE?

Sandro verbot es, bei sich im Büro irgendwelche Ikonen oder Kirchenkalender aufzuhängen, und der Juristin Gvanza drohte er gar mit Kündigung, wenn sie nochmals eine Honigkerze neben dem Rechner platzieren sollte (zuvor hatte er sie bereits zwei Mal wegen dieser Sache verwarnt), wobei die erfahrenen Untertanen nur allzu gut wussten, dass sich hinter diesem dreisten Ikonenbekämpfer keineswegs ein gottloser Mensch verbarg (so hatte es zumindest die unterdrückte Gvanza nach einer seiner Attacken geäußert), sondern ein ganz normaler Snob mit schlechtem Charakter. Sandro untersagte es aus ästhetischen (und keinesfalls aus ideologischen) Gründen, so wie er es etwa verboten hatte, die schmutzigen Zeitungen (solche, die bei der ersten Berührung die Finger schwarz färbten) auf den Glastisch des Warteraums zu legen.

Die Sekretärin Tamriko drückte ihre Unzufriedenheit offen aus: Jeder solle sich lieber mit seinen eigenen Problemen beschäftigen, und jeder könne lesen, was er oder sie für richtig halte und wo er oder sie es wolle. Daraufhin las Sandro allen im Sekretariat einen Auszug aus einem Artikel solch einer schwärzenden Zeitungen laut vor:

»Die Rubrik: Fragen an den Priester. Die erste Frage: Ist es eine Sünde, sich in einen verheirateten Mann

zu verlieben? Die zweite Frage: In welchem Alter sollte sich ein Mann in eine Frau verlieben? Wie oft im Monat sollte ein gläubiger Mensch Sex haben? Mit welchen Mitteln sollte man sich gegen unangebrachte Sexpraktiken wehren, wenn zum Beispiel ein Mann mit einer Frau auf eine nicht traditionelle Art und Weise Geschlechtsverkehr haben möchte?«
Sandro ging davon aus, dass alle laut lachen würden, aber stattdessen sagte Tamriko mit dem vorwurfsvollen und ruhigen Tonfall einer beleidigten Lehrerin: »In dieser Rubrik, Herr Sandro, kommt es auf die Antworten an. Die gibt der Priester, und die Fragen, ja, die stellen einfache Leute.«
Gvanza, für die Sandro bereits der vierte Chef war, hatte sich ehrlich verwundert gezeigt, als sie nirgendwo im Büro Zeichen einer kirchlichen Segnung vorfand. Was stimmt mit ihm nicht?, fragte sie sich. Ist er krank? Und als sie das erste Mal eine Rüge wegen einer Honigkerze auf dem Rechner erhielt, da versuchte sie, ähnlich wie die Sekretärin Tamriko, zu kontern: »Ich stelle sie ja nur in den Pausen da hin, doch nicht ständig, Herr Sandro, und sie hinterlassen auch keine Spuren ...«
Zu Zeiten als das Unternehmen florierte, unterzog Sandro die fastenden Mitarbeiter (zum Beispiel während des Großen Fastens vor Ostern) unethischen Prüfungen. So schickte er dem untadeligen Mädchen aus der Öffentlichkeitsabteilung sofort eine zweideutige SMS, als er von ihrer Fastendiät erfuhr (und unterlief damit – schon zum Gott weiß wievielten Mal – sein sich selbst auferlegtes Versprechen: Fass niemals eine Mitarbeiterin an!).
Teona betrat gerade die Küche, als Sandro sich mit

einem provozierenden Kompliment an sie wandte (und wie er es selbst sagte, das ganz bewusst an einem Mittwoch), er lobte ihre Frisur und fragte sie dann unvermittelt nach ihrer Telefonnummer. Und sie, verschüchtert und mit einem dümmlichen Lächeln, diktierte ihm ihre Festnetznummer.

»Hast du kein Handy?« Sandro zeigte sich erstaunt.

»Ist immer auf leise gestellt«, antwortete Teona und konnte nur mit großer Mühe erinnern – oder sie erfand sie sogar –, wie die Ziffern ihrer Mobilnummer lauteten. (»Da ich mich selbst nie anrufe, kann ich sie mir nicht merken.«) Zwei Tage später, also am Freitag, schenkte Sandro ihr ein Handy und nahm ihr das Versprechen ab, niemandem davon zu erzählen. (»Sonst werden die anderen das gleiche Geschenk von mir erwarten.«) Aber die anderen bekamen trotzdem Wind davon. Sandro ließ sich aber nichts anmerken, wartete noch zwei weitere Tage ab und schickte ihr am Fastenmittwoch eine weitere SMS:

Bitte für den Abend nichts planen.

Gut, willigte Teona ergeben ein.

Sandro lud sie in sein Büro auf einen Tee ein (er war zu faul, mit ihr ins Café runterzugehen) und knutschte ziemlich lieblos mit ihr. Teonas Magen knurrte vor Hunger (sie entschuldigte sich sogar, meinte, sie habe seit heute früh nichts gegessen), Sandro beließ es dabei.

Ihm war es nur um das geschenkte Telefon leid. »Eine Heuchlerin«, sagte er zu Menabde. »Ich sollte mal ihren Priester anrufen.« Aber dann hielt er es doch nicht aus und lud sie ein paar Tage später erneut zu sich ins Büro auf einen Tee ein. (Zehn Tage vor Ana.)

Teona hatte eine derart buschige Schambehaarung, dass Sandro ihr folgenden Ratschlag gab: »Du musst dich rasieren oder zumindest die Harre zurückschneiden, ist sonst wirklich ziemlich peinlich.«
Sex hatten sie keinen. Er kam einfach nicht in Stimmung. Teona warf schneller als erwartet alle ihre Prinzipien über Bord. Den Sex ersetzte eine einzige traurige Nachricht. Teona antwortete voller Tippfehler: **Ikh küs auhc.**
Wieder zu Hause, diskutierte Sandro eifrig mit den Damen, die in seinem Schlafzimmer Platz genommen hatten – Ketis Mutter Leila und die 24-Stunden-Nanny Nana. Beide hatten ihren Priester, und Sandro ließ sich keine Gelegenheit entgehen, sie zu provozieren. Wobei seine ironischen Einwürfe (»Ist euer Priester eine Tratschtante? Heutzutage ist das ja keine Seltenheit mehr.« »Legt er eine Altersgrenze unter den Gläubigen fest?«) Keti viel mehr reizten als 24-Sunden-Nanny Nana oder – das Hauptziel seiner Angriffe – Leila. Wie jede normale Tochter, und erst recht die aufs Beleidigtsein fixierte Keti, begann sie zu wüten, wenn er sich ihrer Mutter gegenüber respektlos gab. (»Nimm wenigstens die Füße herunter, wenn sie sich neben dich setzt.«)
Aber trotz seiner spöttischen Haltung gegenüber seinen fastenden Kollegen und Familienmitgliedern, blieb Sandro selbst – Gott weiß aus welchem Grund – die ganze Osterlitanei über wach, und mit den Vorbereitungen für die Taufe seines Sohnes begann er sogar zwei Monate vorher. Aber sich einen »persönlichen Priester« zuzulegen oder gar zur Beichte zu gehen (schon allein wegen seines Rufs), darüber dachte er nicht einmal im Traum nach. Er pflegte zu

sagen: Ich bereue eh schon, seit ich dreizehn bin, da habe ich mit dem Wichsen angefangen.
Wie herrlich es ihm damals noch ging. Da konnte er sich noch über die anderen lustig machen ...

15. EIN ALARMSIGNAL

Komisch. Er hatte nicht daran gedacht, das Handy mit einem Passwort zu schützen, und hatte es obendrein aus einer törichten Unbedachtheit heraus auf die Fensterbank gelegt. Er war sich sicher, alleine in der Wohnung zu sein, denn sonst hätte er solch eine Dummheit niemals begangen: Eigentlich war geplant, dass er diesen Morgen in Anwesenheit der 24-Stunden-Nanny Nana verbringen sollte. Aber wie konnte er ahnen, dass Leila ihr Enkelkind abholen kam (so hatte sie es am Vortag mit Keti abgesprochen). Und als er pinkeln ging und sich die Hände wusch, gelang es Ketis Mutter, in seinem Telefon rumzuschnüffeln.
Leila las die Nachricht mit Absender Luka mit fachmännischem Blick aus zusammengekniffenen Augen und mit beneidenswerter Souveränität:
Ich hätte dich gestern bei mir behalten müssen. Bin sauer darüber :) :). Vermisse dich.
Wer vermisste Sandro? Und wer war Luka?
Den Gedanken, dass Sandro die Nacht mit irgendeinem Luka verbracht haben könnte, verwarf Leila recht schnell. (»Er ist ein Arsch, aber schwul ist er wirklich nicht.«) Sie merkte sich die Nummer und rief Luka von ihrem Telefon aus an. Eine Frauenstimme war am Apparat.
Wieder verkehrt er mit irgendeiner Nutte, dachte sie und legte wortlos auf.

Schon wieder.
Das letzte Mal hatte sie nicht auf sein Handy schauen müssen, da hatte sie einfach gespürt, dass er in der Sommerzeit (als Keti und Nikuscha für zwei Wochen aus der Stadt gefahren waren) irgendjemanden nach Hause mitgenommen haben musste: ein kaputtes Weinglas, zwei auf dem Boden liegende Handtücher, ein süßlicher und strenger Geruch von Rauch vermischt mit Parfum im Schlafzimmer ... Wer hätte da rauchen sollen? Sandro rauchte nicht, Keti auch nicht, und Nikuscha würde es ja wohl auch nicht tun!
Aber damals hatte sie den Mund gehalten. Auch dieses Mal sagte sie eigentlich nichts, sie machte ihrer Tochter gegenüber nur eine Andeutung: »Du bist zu blöd ... Nur weil du selbst nicht lügen kannst, denkst du, dass die anderen es auch nicht tun.«
In Keti stieg eine Ahnung auf, dennoch bohrte sie nicht weiter nach. *Was weiß ich nicht? Was kann ich davon erahnen?*
Für die 24-Stunden-Nanny Nana war Sandros und Ketis Leben wie eine Daily Soap, und sie speicherte wie ein versierter Geheimagent jedes Wort und jede Handlung der Eheleute ab. Einmal, als sie ein in ein Taschentuch gewickeltes Kondom entdeckte, teilte sie es lachend, ganz beiläufig, Leila mit, nach dem Motto: Wie kann man solche Sachen einfach so bei mir in den Mülleimer werfen?
»Nicht, dass das Kind das zu sehen bekommt.« Leila schien aufgebracht.
Wieso sollte das Kind es sehen?
Eigentlich aber hätte Leila sagen sollen: Nicht, dass es Keti zu sehen bekommt.

16. WARUM LIEBEN SIE UNS NICHT?

Mit der Zeit wurde es Sandro zur Gewohnheit, allabendlich, so ganz unverbindlich, auf einen Sprung bei Ana vorbeizuschauen. Natürlich mit Kondomen in der Tasche, bei deren Überziehen er aus einem seltsamen Grund stets in Verlegenheit geriet – die Frauen zeigten sich (meist) gereizt: »Hast du die Dinger nur gerade heute dabei oder trägst du sie ständig mit dir herum?«
Ja, denn wenn er sie nur an einem bestimmten Tag dabeihatte, dann ging er wohl davon aus, dass die betreffende Frau an diesem Tag mit ihm schlafen würde (der Umworbenen selbst missfiel diese Entdeckung verständlicherweise: *Woher wollte er das wissen? Wieso konnte er sich so sicher sein? Warum hatte er sich darauf vorbereitet?*). Und wenn er sie ständig bei sich trug, welcher Grund verbarg sich dann dahinter? *Wieso hatte er sie ständig dabei? Legte er alle flach?*
Ohne Zögern erfand er für Keti eine offizielle Version für seine unlauteren Visiten bei Ana – der Besuch aserbaidschanischer Geschäftspartner. In dem Märchen, das er ihr auftischte, sollten die Aserbaidschaner eine Woche mit ihren Gastgebern verbringen, und so konnte ihm niemand einen Vorwurf machen, wenn er im aggressiven Flüsterton ins Telefon hauchte: »Bin in einem Meeting, rufe zurück.« Ein Problem stellte nur das dazu passende Hintergrund-

geräusch dar: Keti musste Restaurantgespräche durch Sandros Telefon vernehmen.

»Bin in einem Meeting, rufe zurück. Bin in einem Meeting, rufe zurück. Bin in einem Meeting, rufe zurück. Bin in einem Meeting, rufe zurück. Bin in einem Meeting, rufe zurück. Bin in einem Meeting, rufe zurück. Bin in einem Meeting, rufe zurück.« Diese Worte musste er binnen einer Woche immer und immer wieder sagen, und natürlich durfte Ana nichts davon mitbekommen, wie banal und rückgratlos er seine Frau anlog. Aber sie schien ganz offensichtlich etwas zu bemerken:

»Kannst du das Telefon nicht einfach ausschalten?«, fragte sie.

»Keine Lust«, er lächelte sie an und gähnte künstlich, um seine Verlegenheit zu überspielen.

Sandro wollte Ana ein außergewöhnliches Kompliment machen, aber das fiel ihm schwer. In unerklärlich kurzer Zeit waren ihm alle Sätze, die ihm normalerweise zur Verfügung standen, ausgegangen: »Ich habe das Gefühl, dich schon lange zu kennen«, »Du schenkst mir die Ruhe« und »Du füllst meine Leere auf«. All das hatte er bereits in den ersten Tagen aufgezehrt und war nun zu einem – im Prinzip ehrlichen, aber ungewohnten – pathetischen Gejammer übergegangen: »Ich will bei dir bleiben«, »Du begreifst nicht, wie wichtig du für mich bist«, »Ich will nicht nach Hause ...«.

»Ich vögele quasi mit dem Fernseher«, sagte er zu Gia. »Sie hat gar keinen realen Charakter, als wäre sie eine Wachsfigur.« Und er berichtete alles, beschrieb jedes Detail ...

Gia kannte diese Geschichten bereits auswendig: wie

ihr Rücken beim Sex schweißnass wurde, wie sie schrie, dass sich ihr Loch etwas weiter oben befinde, wie ihre Brustwarzen in Sekundenschnelle hart wurden, sobald man sie nur berührte, wie sie in seinen Armen versank und wie er den Schatten ihrer auf und ab wippenden Brüste auf dem Laken beobachtete, wie er mit der Hand über ihren Hals und ihren in die Höhe gestreckten Hintern fuhr, wie er ihr versaute Dinge sagte und Anas erstaunte Augen dabei ...

»Jetzt bring mich nicht dazu, mir einen runterzuholen«, sagte Gia lachend.

Sandro hatte ihm erzählt, dass sie die letzten drei Tage auf ihm gesessen hatte und er wieder mit ihr ringen musste.

»Wenn du so weitermachst, werde ich noch faul«, hatte er zu ihr gesagt.

»Willst du nicht, dass ich komme?«, hatte ihn Ana angeblich angeschnauzt. »Jetzt hör auf zu zappeln!«

»Das heißt, sie fickt dich und nicht andersrum.« Gia war belustigt.

Normalerweise war es so, dass irgendwelche Frauen ihm nachliefen, nur weil er sie ein paar Mal angerufen hatte, und jetzt schien es plötzlich so zu sein, dass Sandro verliebt war und sie tatsächlich nur Sex wollte. Nicht einmal ein Rückruf! Und deswegen verspürte Sandro, der es gewöhnt war, Befehle zu erteilen, zuweilen den Wunsch, sie direkt zu ermahnen: »Verlieb dich in mich«, »Schreib mir mal eine herzliche SMS« oder »Gib mir durch irgendwas zu verstehen, dass du ohne mich am Arsch bist«. Denn alles, was er von ihr bekam, war ekstatischer Sex, höfliche Nachrichten und eine Armee an Smileys:

:)
:)
:)
Dabei schickte Sandro immer weniger nüchtern-emotionale Nachrichten. Auch wenn die kurzgefasste Nachricht vom 11. März – **Vermiss dich** – eher aus sachlichen und strategischen Erwägungen verschickt worden war, so tippte er bereits am 14. März die Nachricht mit dem gleichen Inhalt mit tauber Aufregung und der Nervosität eines Liebeskranken ins Telefon. Das Gleiche wiederholte sich auch im Fall anderer Nachrichten:

16. März – **Was treibst du so?** (Strategie)
16. März (Abend) – **Was treibst du so?** (Ehrliche Leidenschaft)
19. März – **Wann sehe ich dich?** (Strategie)
21. März – **Wann sehe ich dich?** (Ehrliche Leidenschaft)
22. März – **Hast du mich vergessen?** (Strategie)
22. März (Nachmittag) – **Hast du mich vergessen?** (Ehrliche Leidenschaft)

Ana wiederum hatte es das erste Mal mit einem Mann zu tun, der sich bei ihr unermüdlich über seine Familiensituation beklagte. Sie war bereits bestens über Keti informiert (genauso wie ein gewisser Gia über sie): Wie oft sie mit einander schliefen (»Wir schlafen in getrennten Betten«), wie sich Ketis Brüste nach der Geburt verändert hatten, wie oft sie sich epilierte, aber der Frage, inwieweit Ana diese eigenwilligen Rechtfertigungen auch als solche gelten ließ, müsste man gesondert nachgehen.

Einmal, nach einem dieser jämmerlichen Monologe, die er meist hielt, kurz bevor er sich auf den Heimweg machte, teilte sie ihm direkt mit: »Oh Gott, Sandro, alles ist in deiner Hand, du kannst dich von allem trennen und beenden, was dir auf die Nerven geht.«

Was will sie? Dass ich meine Frau verlasse? Sandro war gekränkt. *Kapiert sie denn nicht, dass jetzt gerade der völlig falsche Zeitpunkt für so etwas ist, hat sie so wenig Feingefühl?*

Nein, zu diesem Zeitpunkt kümmerte sich Ana recht wenig um irgendwelche Begleitumstände. Sie fand vielmehr nur – da sie so mutig einen Schlusspunkt hinter ihr langweiliges Leben gesetzt hatte –, dass auch jemand anderes ruhig ebenfalls ein paar Änderungen vornehmen könnte. Warum auch nicht?!

»Wobei ihr Männer es irgendwie nicht hinkriegt, Nein zu sagen. Ihr habt einfach keinen Arsch in der Hose.«

Ana hatte sich schon früher dabei ertappt, eine fast schon sexuelle Befriedigung bei der verbalen Schmähung von Männern zu verspüren – umso stärker war dieses Gefühl im Fall eines Koteletten tragenden, eitlen Alphatiers wie Sandro. Und dennoch war es unübersehbar, dass sie sich bereits in ihn verguckt hatte (sie hatte ja schon immer gesagt, dass es unmöglich war, mit einem Mann zu schlafen, ohne sich auch nur ein klitzekleines bisschen in ihn zu verlieben), aber bisher gestand sie das nicht einmal sich selbst ein: Denn es war ratsamer, sich mit verantwortungslosem Sex und einem streng reglementierten Bündnis zufrieden zu geben – denn auf die Verliebtheit würden unweigerlich Probleme und Tränen folgen, der Versuch, den *Kontext* zu verändern, und sie würde in einen ermüdenden Krieg hineingezogen werden.

Genau in diesen Tagen musste sie an Maia Achbas Worte zurückdenken: »Sich in unserem Alter in einen verheirateten Mann zu verlieben, kann ernsthaft gesundheitsschädigend sein.« Und so hatte sie schon von vorneherein keine Lust, auf Sandros Gattin eifersüchtig zu sein. »Nee, zu anstrengend«, hatte sie beschlossen.

Ana spürte, dass es ihr bald nicht mehr so leichtfallen würde, sich vor Sandro zu schützen, denn dieser *wirklich sympathische und liebevolle Kerl* forderte – und das mit Willensstärke und hirnloser Sturheit – ihre Liebe ein. Und so kam es, dass er ihr, als er wieder einmal ihre Wohnung verließ, wohlbedacht (das war seine Wortwahl) seine Liebe gestand ...

»Zum jetzigen Zeitpunkt kann ich dir nicht mehr geben als das, was du von mir bekommst.« Ana nahm ihn in den Arm. »Du bist ein toller Mensch, so warmherzig, lass es uns nicht verkomplizieren, bitte. Das kann ich wirklich nicht gebrauchen. Es ist bloße Chemie, Sandro, nichts anderes. Immer wenn wir uns nacheinander sehnen, sehen wir uns einfach, glaube mir, das ist besser so ...«

»Sie macht das extra, will mich verrückt machen, gibt sich so, als ob sie sich nicht für mich interessieren würde.« Sandro freute diese Feststellung.

Zu Beginn sind sie alle so, oder etwa nicht?

***

Ja, sie spielte mir was vor. Als wäre sie so cool. Gab sich so, als wäre das alles nichts Besonderes. Dabei spürte ich ganz genau, dass sie sich freute, wenn ich anrief. Sie spielte die Starke. Dabei reichte es bereits, einmal Omar zu ihr zu schicken – sie musste irgendwo hin, und ich sagte, mein Fahrer würde sie dorthin fahren –, und sie wurde weich. Sie lehnte vehement ab, aber ich ließ sie trotzdem abholen. Irgendwie wollte sie sich unbeeindruckt geben, aber ich weiß, dass es irgendwas mit ihr machte. Das macht mit allen irgendwas. Warum auch immer funktioniert es eh immer besser, wenn man banale Dinge tut. Es reicht manchmal, dass man sie vom Fahrer abholen lässt, damit sie anfangen, richtig anhänglich zu werden. Ist eine Frage der Aufmerksamkeit. Omar – die erotische Allegorie der Aufmerksamkeit! Entweder Omar oder das Klavier …

Welche Vorteile hatte Ana:

1. Sie hatte es immer eilig, also war ich nie genötigt, sie loszuwerden.

2. Sie war nicht dumm. Man konnte sich mit ihr unterhalten.

3. Sie hatte einen tollen Hintern.

4. Sie rief nie an. Schickte keine SMS. Zumindest nicht in der Anfangsphase.

5. Sie hörte einem aufmerksam zu. Nicht nur oberflächlich.

6. Sie hatte zu tun, man musste sie nicht beschäftigen.

7. Sie wurde auf der Straße erkannt. (Was auch einen Nachteil darstellte.)

8. Hatte kein großes Problem mit meinem Status als Ehemann. Es schien, als wäre es ihr letztlich egal.

9. Sie sah wie eine Ausländerin aus.

10. Sie hatte Humor.

11. Wenn sie Nein sagte, dann meinte sie auch Nein, und

wenn sie Ja sagte, dann war es auch ein Ja. Und sie sprach nicht in Andeutungen. (Ein Riesenvorteil.)
12. Lebte allein. (Es war leicht, sie zu treffen.)
Nachteile:
1. Sie war ungezogen.
2. Sie war unzuverlässig.
3. Sie war eine Egoistin.
4. Sie sah auf einen herab.
5. Sie hatte irgendwelche Ärsche als Extypen. Hatte also keine klar definierten Kriterien.
6. Sie rief nicht an, schrieb keine SMS.
7. Sie vögelte hektisch, als müsste sie gleich irgendwohin rennen, man konnte schwer rauskriegen, was sie wollte.
8. Sie war wirr.
9. Sie hasste geplanten Sex: Man durfte durch nichts andeuten, dass wir z. B. heute Abend miteinander schlafen würden ... Sie wollte sich immer spontan – als hätte sie es selbst nicht erwartet – hingeben. Absprachen töteten in ihr sowohl die Lust als auch das Interesse ab. So etwas konnte ihr die Laune richtig vermiesen. »Wieso bist du dir so sicher?« »Woher weißt du denn, dass ich ebenfalls wollen werde?«
10. Meiner Meinung nach hatte sie psychische Probleme.
11. Sie war snobistisch.
12. Sie mochte weder Frauen noch Männer.
13. Sie konnte sich nicht beherrschen. Sie griff einen richtig mit Hörnern an, dabei war sie in Wirklichkeit ziemlich feige. Sie war nur gut darin, über einen zu spotten.
14. Konnte einen moralisch fertigmachen.

17. DIE PROMINENTE

In Anas Leben hatte es bisher niemanden gegeben, der ihr eine Etüde von Chopin hätte vorspielen können. Jaba M., dieser Loser von Exmann, hätte höchstens auf den Tisch hauen können, und das auch nur, wenn er richtig besoffen war und jemand dabei wild um den Tisch herumtanzte.

Aber Sandro hatte bisher auch niemanden wie Ana in seinem Leben gehabt. Vielleicht war das albern, aber irgendwie war er auch ein wenig stolz, wenn er Ana im Fernsehen erblickte oder ihre Stimme im Radio hörte: *Habe gestern mit ihr geschlafen, und morgen werde ich es auch tun.*

Wenn er zu Hause war und mit Keti, Nanny und Kind vor dem Fernsehbildschirm saß, der von Ana ausgefüllt wurde, rannte er sofort ins Bad, um ihr zu schreiben: **Ich sehe dich gerade und will dich.**

24-Stunden-Nanny Nana mochte Ana ebenfalls: »Gutes Mädchen«, sagte sie immer. »Ich mag, wie sie redet.«

Kurz zur Kenntnisnahme: Gegenwärtig vögelt sie mit mir, merkte Sandro stumm an und fügte laut und gähnend irgendeinen notwendigerweise kritischen Kommentar hinzu (»Sie sagt immer wieder das Gleiche, als hätte sie es auswendig gelernt«) und schickte Ana – aus dem Bad bei laufendem Wasserhahn – verbotene Worte hinterher:

Haben soeben über dich getratscht. Habe grade die Armee deiner Kritiker vervollständigt :). Vermisse dich.
Ana begriff nicht so recht, ob diese Nachricht sie aufregen oder freuen sollte: Ja, sicherlich sollte sie Sandros Ehrlichkeit zu schätzen wissen, aber andererseits, rein menschlich gesehen, war es ihr eindeutig unangenehm, sich vorzustellen, wie ihr Freund (oder wie auch immer man ihn nennen mochte) in Anwesenheit seiner Frau über sie herzog. Und da sie es nicht so recht wusste, versuchte sie sich keinen Kopf zu machen, denn intuitiv war ihr klar, dass sie sich in Sachen Verhaltensanalyse bei Sandro so weit wie irgend möglich zurückhalten sollte.
Ich hoffe, du läufst mir mit deinen Familienmitgliedern übern Weg, und ihr bringt mich dann zur Strecke. Ich vermiss... auch ..., schickte sie ihm samt Smileys als Antwort.
Unsere Nanny liebt dich. Sie wird dich beschützen. Klingt wie ein Songtext. Vielleicht solltest du einen Videoclip dazu drehen: Dich wird beschützen, wer dich liebt ... :) :) :)
Sandro schickte aus dem Bad üblicherweise nicht mehr als fünf Nachrichten an Ana (schließlich konnte er ja nicht ewig auf dem Klo sitzen), schaltete dann sein Handy aus und las ihre Antwort erst, wenn Keti sich schlafen gelegt hatte. (»Geh ruhig ins Bett, ich will noch Fußball schauen.«)
»Habe mitgezählt: Ich schreibe pro Tag an die zehn Nachrichten an dich«, gab er sich beleidigt, »und du nur eine. Und die auch irgendwie eher so gewohnheitsmäßig, emotionslos ...«
»Ich will nicht irgendwas erfinden«, rechtfertigte sich

Ana (als wäre dieses Hin und Her der Kurzmitteilungen so wichtig). »Ich schreibe es dir halt dann, wenn ich dich wirklich vermisse.«
»Wenn du mich vermisst oder wenn du mich willst?« Sandro tat gekränkt.
»Er macht dich noch verrückt, du Idiotin!« Maia Achba verzog die Miene. »Oder meinst du, er ist wirklich so ein Psychopath? Ich glaube das nicht. Er steht voll auf seine Frau, schleppt sie doch überall mit hin. Wirklich pathologische Fälle, nein, die kennst du noch nicht!« (Maia Achba hatte dabei einen gewissen I. im Sinn, der es nicht verkraften konnte, dass seine Geliebte mit ihrem Mann schlief. Es ging dann so weit, dass er das Auto des Ehemanns rammte – die Geliebte hatte ebenfalls neben ihrem Mann im Wagen gesessen – und dann eingebuchtet wurde. Ebenfalls dachte sie an einen gewissen D., der sich von seiner Geliebten E. nicht trennen wollte. E. beschwerte sich bei ihrem Mann über den lästigen Verfolger – mit dem sie zuvor drei Jahre lang eine Affäre gehabt hatte –, der Mann zeigte ihn daraufhin an, und so kam auch D. ins Gefängnis mit der strengen Auflage, dass er sogar nach der Entlassung – selbst bei einer zufälligen Begegnung – zehn Meter Abstand zwischen sich und E. wahren musste.)
Sandro schaffte es dennoch, Omar ein paar Mal bei Ana vorbeizuschicken (wenn sein Chauffeur gerade nicht von Keti beansprucht wurde). Ana hatte, wie erwartet, versucht Widerstand zu leisten, aber am Ende gab sie Sandros Willen nach:
Als wäre ich deine Ehefrau, schrieb sie ihm, anscheinend ohne jeden bösen Unterton, **aber nur für eine halbe Stunde.**

Sandro antwortete mit einer lächelnden Sonne, wobei er trotzdem nicht vergaß, seinen Fahrer zu warnen:
»Du solltest eventuell die Hauptstraßen meiden, man kennt sie schließlich.«

18. WAS FLIEGT UNS UM DIE OHREN?

»Wenn wir pro Jahr anstelle von sechs nur fünf große Fastenperioden hätten, zum Beispiel im Herbst für anderthalb Monate, dann hätten wir ein Wachstum von fünfzehn Prozent«, scherzte der Abteilungsleiter der Warenbeschaffung mit einem beleidigten Gesicht. Keiner lachte. Die dritte Besprechung ging gerade zu Ende: Man war selbst zum Lachen zu müde. Wegen der Neonbeleuchtung hatten alle graugrüne Gesichter. Sandro schrieb ein Notizblatt mit seinem Namen voll: Sandro Sandro Sandro Sandro Sandro Sandro.
Es war ein langweiliger Tag. Er musste sich mit irgendetwas aufheitern. Es gab ein paar Möglichkeiten:

1. Gia oder zumindest Menabde aus der Wohnung locken.
2. Likuna quälen.
3. Ana.
4. Die unproblematische Elza.

Likuna war die Assistentin des Firmenanwalts und die Frau, die er nach dem Kennenlernen in einer Rekordzeit von nur acht Stunden ins Bett gelockt hatte, wobei sich herausstellte, dass Likuna Jungfrau war und dazu auch noch in ihn verliebt (zumindest behauptete sie das). Deswegen übergab er sie in Omars

Obhut und schickte sie heim, schaffte es aufgrund seines Wesens aber nicht, sie in Ruhe zu lassen, und lotste sie in ein Hotel am Stadtrand, in dem er dann mit ihr einen zweistündigen, kräftezehrenden Kampf aufnahm. Trotzdem kehrte Likuna als Jungfrau ins Stadtzentrum zurück.
»Bitte hasse mich nicht deswegen«, sagte sie danach zu Sandro. »Das Problem ist in meinem Kopf.«

Elza arbeitete als Verkäuferin in einem Gemischtwarenladen und verdiente Sandros Meinung nach eine wahrhaftige Liebeserklärung, denn selten hatte er solch eine freie und zugleich sexuell anregende Frau getroffen. (»Manchmal haben die weniger attraktiven Mädchen viel mehr Spaß am Sex als die Hübschen.«) *Abnormal sexy*, sagte Sandro, und in solchen Fällen hatte selbst Gia Mühe, ihn zu verstehen. Wenn man Gia gefragt hätte, dann war diese Elza ein flachbrüstiges unattraktives Mädchen mit einem langweilig platten Hintern. (Um Sandro einen Gefallen zu tun – und Elza gebührend beurteilen zu können –, hatte er zwei Kilo Würstchen in jenem Gemischtwarenladen kaufen müssen.) Und dies zu verschweigen oder sich nicht anmerken zu lassen, war Gia schlicht nicht möglich.
»Außerdem hat sie Haare im Gesicht«, fügte er hinzu. Wegen dieser Sache hatten sie fast anderthalb Tage nicht miteinander gesprochen ...
Elza also. Lohnte es sich, sie anzurufen?
Sandro wurde von einer unvermittelten, leichten Erektion überrascht. Urplötzlich sah er den Hintern der derart verunglimpften Verkäuferin vor sich ... oder gehörte der Hintern gar nicht ihr? Vielleicht ähnelte

er vielmehr dem von Likuna? Wobei das eigentlich keine Rolle spielte.
Wie Regentropfen prasselten manchmal Brüste oder Beine auf ihn ein ... Als würden all diese verschiedenen Körperteile frei durch die Luft schweben. In solchen Augenblicken war es nahezu unmöglich, sich zu konzentrieren, denn es gab kaum etwas Traurigeres, als bei einem der ganz und gar unsinnlichen Vorträge die explosive Versteifung seines zügellosen Gliedes zu bemerken. »Wer hat hier das Sagen?«
»Wir brauchen keine sechs großen Fastenperioden«, Sandro schreckte hoch. »Fürs Erste reichen doch auch schon fünf ... Lasst uns aufhören ...«
Was soll ich tun? Ich vermisse dich, schrieb er an Ana.

Für seine Ehefrau hatte er sich schon ein neues Lügenmärchen zusammengereimt: »Ich sage Qiqi, dass ich saufen gehe. Das Klingeln werde ich natürlich nicht hören, denn im Café wird es zu laut sein.« Das Märchen ging, aber nicht auf.
Habe eine Aufnahme, keine Zeit. Morgen oder übermorgen, erhielt er von Ana als Antwort.
Morgen oder übermorgen.
Sandro entschied sich für Qiqi. Zu Hause fand er das gewohnte organisierte Chaos vor: 24-Stunden-Nanny Nana saß mit dem erkälteten Nikuscha vor dem Fernseher, der in seiner Breite an ein monumentales Fresko erinnerte, Keti erwartete die stimmgewaltige Sopo und die frisch geschiedene Rusiko – dies wiederum würde Sandro unweigerlich nerven, also entschied er sich, das Haus wieder zu verlassen.

»Muss was trinken«, verkündete er. »Bin voll fertig von der Arbeit. Treffe mich mit den Jungs.«
»Kannst doch auch hier trinken«, Keti war beleidigt, »die Mädels werden ja auch kommen.«
Aha, sind wir heute auf Krawall gebürstet, ja?
In dieser Sekunde kümmerte ihn Ketis emotionale Verfassung herzlich wenig – das schlechte Gewissen würde sich, wie gewöhnlich, später melden. Sollte es zum Sex mit einer anderen als Ana kommen, würde er etwas zeitiger heimkehren, sollte er sich aber wirklich betrinken, zum Beispiel mit Gia, dann würde Keti wirklich ziemlich lange auf ihn warten müssen. Von neun bis zwölf Uhr konnte man ihm tatsächlich keinen Vorwurf machen: Wie angekündigt, betrank er sich mit Gia. Die fatalen Fehler folgten erst danach ...
Als er das Handy wieder einschaltete, wurden dort vier Mitteilungen und neun verpasste Anrufe von Keti angezeigt.
Sandro ging zu einer Uhrzeit zu Ana, zu der er eigentlich neben der ermatteten Ehefrau hätte liegen sollen.
Der Spaß war vorbei.

19. WIESO SOLLTEN WIR ANKÜNDIGEN, DASS WIR KOMMEN?

Ana hatte nicht erwartet, dass Sandro es wagen würde, morgens um eins bei ihr zu klingeln. (Zu dieser Zeit vermied er es sogar, ihr Nachrichten zu schicken – aus Angst vor seiner Frau.) Aber viel entscheidender: Sie hätte niemals erwartet, dass seine kurzen Hosen ihr so unangenehm ins Auge fallen würden. Klar, das war jetzt nicht so wichtig, aber dieses orangefarbene Unterteil stand in vollkommenem Widerspruch zum Gesamtbild des Gastes.

»Was ist passiert?«, Ana reagierte erschrocken.

»Wieso hast du mir solch eine böse SMS geschickt? Habe ich dir etwas getan?«

»Welche SMS?«

»Habe keine Zeit. Morgen oder übermorgen. Was für ein Morgen oder Übermorgen?«

»Ich hatte eine Aufzeichnung fürs Fernsehen, Sandro, wieso böse ...«

»Dann tut es mir für dich leid.«

»Was ist mit dir los? Komm rein«, Ana musste schmunzeln.

Sandro stand in der Tür und hatte es nicht eilig reinzukommen.

»Du verstehst mich nicht«, sagte er.

»Was verstehe ich nicht? Komm schon rein.«

»Ich komme nicht rein, solange du mir keine nettere SMS schreibst.«

»Wohin?«
»Hier.« Sandro berührte die Tasche seiner Shorts.
»Okay, ich schreibe dir, komm erst rein.«
»Nein, schreib mir jetzt.« Sandro zeigte sich stur.
Machte er Witze?
Ana ging in die Wohnung und holte das Handy.
»Was soll ich dir schreiben?«, rief sie aus dem Zimmer.
»Ich auch«, rief Sandro zurück.
»Was?«
»Ich auch!«
»Ah, okay ...« Ana tippte den Text. »Bitte schön.«
»Mit Smiley.«
»Okay.«
»Drei Stück.«
»Na gut«, Ana musste lachen, »hast du sie schon bekommen?«
»Keine Ahnung, habe das Handy grade aus.«
»Ich habe es dir wirklich geschickt. Komm schon rein.«
Sandro trat ein und setzte sich in den Sessel, der vom vielen Sitzen in der Mitte durchhing. Ana setzte sich zu ihm.
»Hast du viel getrunken?«, fragte sie.
»Schon.«
»In einer Frauenrunde?«
»In einer Männerrunde.«
»Hättest du nicht anrufen sollen, bevor du zu mir kommst? Vielleicht bin ich ja grade nicht allein.«
»Ist mir egal.«
»Oh Gott, was soll ich bloß mit dir machen?« Sie kniff Sandro in die Wange.
»Schreib mir nicht mehr so.«

»Okay, ich war ein wenig gestresst ...«
»Ich lüge dich nicht an, Ana.«
»Womit?«
»Warte eine Sekunde.«
Ana begriff, dass sie jetzt einen ernsteren Gesichtsausdruck annehmen musste.
»Mir ist übel«, sagte Sandro.
»Geh zur Toilette.«
»Verarsch mich nicht. Du begreifst das nicht. Hast du schon Mal eine Mumie im Museum gesehen? Erst all diese Idioten um einen herum und dann zu Hause ... Manchmal habe ich Lust, alles abzufackeln, wirklich ... Dabei habe ich mein Leben selbst mit eigenen Händen angerichtet ... Niemand sonst hat auch nur einen Finger gekrümmt. Sie standen nur rum und haben zugeschaut, so nach dem Motto, mal sehen, ob er das hinkriegt. Sie wetteifert mit mir, in allem ... Weißt du, was es heißt, mit einer Frau zusammen zu sein, die so voller Komplexe ist? Und die obendrein noch nachtragend ist?«
Sandro wollte den Kopf in Anas Schoß legen.
»Jetzt wirst du dich gleich wirklich übergeben müssen.« Ana streichelte ihn.
»Nee, muss ich nicht.«
Sandro legte die Beine auf die Sessellehne, rollte sich zusammen und warf eine Nackenrolle aus Leder auf den Boden. Das T-Shirt hatte sich hochgeschoben, und damit sein behaarter Bierbauch nicht runterhing, zog er ihn schnell ein.
»Mein Ferkelchen«, Ana klopfte ihm auf den Bauch.
»Ich ziehe bei dir ein und werde mich hier schlafen legen.«
»Du passt da nicht drauf.«

»Ich passe sehr wohl drauf.«
»Ich besitze ja auch keinen Flügel ...«
»Macht nichts, irgendwer in der Nachbarschaft wird schon einen haben.«
Ana schob ihm die Hand unters Shirt und streichelte sein gestutztes Brusthaar.
»Mach das Telefon wieder an«, sagte sie. »Jag deiner Frau keinen Schrecken ein ... könnte ja sein, du wurdest überfahren oder so ...«
»Nein, ich bin zu dir gekommen.«
»Hör auf rumzublödeln, ruf sie an.«
»Mach du dir darüber keine Sorgen.«
»Ich mache mir keine Sorgen. Ich meine es ja auch in deinem Sinne.«
»Schreib mir nett, versuch nicht, wie dein Ruf zu sein.«
»Wie zu sein?«
»Als ob du so superrational wärst ...«
»Was willst du? Jetzt lass mich doch endlich in Frieden damit.« Ana musste lachen.
»Weißt du nicht, was ich will?«
»Dass ich dir keine bösen Nachrichten schreibe.«
»Nein, ich werde von zu Hause weggehen.«
»Ich kann das nicht gebrauchen! Wirklich nicht. Bleib, wo du bist.«
»... Ende des Monats. Ich meine es ernst.«
»Das interessiert mich aber nicht. Heb den Kopf, mein Bein ist eingeschlafen.«
»Warte ...«
»Wirklich, es tut weh.«
Ana machte den Versuch aufzustehen, aber Sandro begann ihren Hals zu küssen.
»Lass mich aufstehen, bitte«, flüsterte ihm Ana zu.

Sandro ließ nicht locker.
»Ich bin verknallt«, sagte er.
»Danke, weiß es zu schätzen«, Ana erhob sich, »aber ich habe noch keine Zeit dafür.«

20. IST ES SO SCHWER, DAS TELEFON EINZUSCHALTEN?

Als Keti geheiratet hatte, da hatte ihr niemand einen Ratschlag mit auf den Weg gegeben, was zu unternehmen sei, wenn ihr Mann anfing, sie – genauso wie alle anderen – zu belügen. Und noch viel weniger hatte man ihr gesagt, was zu tun war, wenn sie Sandro beim Fremdgehen ertappen sollte. In den sechs Jahren, die sie mit Sandro verbracht hatte, hatte sie sich keine Minute Entspannung gegönnt – als wäre sie nicht seine Frau, sondern sein persönlicher Wachmann.

Der Krieg mit Sandro veränderte Keti auch äußerlich. Früher, da hatte sie oft laut und ansteckend gelacht, hatte den muskulösen Körper einer Turnerin besessen und – noch viel wichtiger – einen unglaublichen Enthusiasmus und den Willen, überflüssige Kilos schnellstmöglich wieder loszuwerden. Wobei es da durchaus auch einen Unterschied gibt zwischen verbissener, aber erfolgreicher Gewichtsreduktion und einer normalen, entspannten Art und Weise abzunehmen.

Bis auf ihren Gesichtsausdruck hatte Keti in ihrem Leben bisher alles in den Griff bekommen: den komplizierten Speise- und Beschäftigungsplan ihres Sohnes, das Verhältnis zu den Nannys, zu den idiotischen Freunden von Sandro, den richtigen Umgang mit ihren wild gewordenen Eltern, die eigene Seite in

den sozialen Netzwerken ... aber trotz aller Erfolge hatte sie es nicht geschafft, den Verantwortlichen für ihr Gesichtsgulasch dazu zu bringen, dass er sein Telefon eingeschaltet ließ, wenn er aus dem Haus ging!
Auch jetzt, im Bett liegend, war ihr Gesicht vor Wut verzerrt. Neun Mal hatte sie Sandros Nummer gewählt, hatte drei keifende Kurznachrichten an ihn geschickt und hatte sich dann mit dem schweißnassen Handy ins Bett gelegt (und krallte sich dort seit vier Stunden am Telefon fest). In das Zimmer ihres Kindes hatte sie nicht einmal reingeschaut, die 24-Stunden-Nanny hatte Nikuscha mit ihrer traditionellen Hypnose in den Schlaf gewiegt. Zwischen ihren fettigen Fingerabdrücken spiegelte sich im Handydisplay ihr entstelltes Gesicht, und vor lauter Angst und Qual bekam sie Halsschmerzen. »Dieser Bastard geht fremd. Genau in dieser Sekunde liegt er irgendwo rum und steckt seinen idiotischen Schwanz in irgendjemanden rein ...«
Sandro hatte sein Handy ausgeschaltet! Jetzt musste sie ihre Stimme erheben, musste drohen zu gehen, musste ankündigen: »Ich ziehe zu meiner Mutter.« Dabei hatte sie so wenig Lust auf solche Streitereien ... Morgen waren sie zum Kindergeburtstag bei einer Freundin eingeladen ... Wenn er wenigstens ordentlich lügen könnte. Aber nein, dieser Bastard wollte Krieg. Geschrei. Beschimpfungen. Tränen. *Mach das Telefon an, du kranker Arsch, mach es an! Bin in einem Meeting, sag wenigstens das!*

21. WIE VERMEIDEN WIR STREIT?

Sandro kam in einer Wolke verschiedenartiger Gerüche nach Hause – Wodkagestank vermischt mit dem Duft des Feindes. Ketis Herz begann im Halbschlaf schneller zu pochen: Einerseits regte sie sich auf, andererseits freute sie sich. (»Er ist wieder da, wie spät ist es?«) Er hatte einen strengen und geschäftstüchtigen Gesichtsausdruck. (»Lasst mich bis morgen früh in Ruhe, muss schlafen.«) Keti konnte sich nicht entscheiden, wie sie ihr Verhör beginnen sollte:

1. Wo warst du?

Oder:

2. Wieso war dein Telefon aus?

»Bist du wach?«, fragte Sandro.

»Wo warst du?« Mit schwerer, gedämpfter Stimme, wie bei alten Menschen, seufzte Keti die Frage.

»Wir haben was getrunken«, sagte er. »Viel. Akku war alle, habe es nicht bemerkt.«

»Hast du dir nicht denken können, dass ich mich sorgen würde?«

Wird sie jetzt einen Autounfall erwähnen? Hat sie vielleicht mit Ana gesprochen?

»Hättest ja einfach von einem anderen Handy aus anrufen können, bist nicht der Einzige mit einem Telefon.« Ketis Stimme wurde lauter.

»Hättest ja auch selbst bei den Jungs anrufen können, falls du dir solche Sorgen gemacht hast.«

Ist besser, wenn jetzt er mit mir schimpft, habe keine Lust, bei meiner Mutter im Wintergarten zu schlafen ...
»Ich bin davon ausgegangen, dass du das Ding wieder anmachen würdest.«
»Wie denn?« Sandro zog seine Shorts aus. Sollte ich sie vielleicht vögeln?, ging ihm durch den Kopf, aber er stellte schnell fest, dass er es nicht packen würde. Er hatte seine ganze Manneskraft Ana geopfert.
»Ich kriege mein Gesicht nicht wieder aufgeräumt«, sagte Keti.
Sandro ging ins Bad. »Mach dich mal locker!« Er gab den Volltrunkenen. Er pinkelte ohrenbetäubend laut – in aller Ruhe und fast schon provokant (Sandros Urinstrahl ließ die 24-Stunden-Nanny von einem Wasserfall träumen), denn er wusste allzu gut: Nur Schuldige lassen sich nervös machen.
»Das mit dem Aufräumen sollte sich nicht allzu schwer gestalten, schließlich hast du ja zwei Putzfrauen«, sagte er zu Keti und warf ihr einen Luftkuss zu. (Bis zu ihrer Wange vorzustoßen, dazu hatte er keine Kraft mehr.)
Ich schimpfe morgen mit ihm, beschloss Keti.
Sandro wälzte sich auf die andere Seite und musste dran denken, wie er vor einer Stunde Ana umgedreht und wie glücklich er sich an ihren Hintern gepresst hatte.
Wieso hatte er dieses Bedürfnis, Ana Liebeserklärungen zu machen? *Du füllst meine Leere ... An deiner Seite finde ich Ruhe ...* Was wollte er von dieser pseudotaffen und pseudoironischen Promifrau?
Die arme Keti konnte ihr Gesicht nicht einmal im Schlaf entspannen (mit der Hand hielt sie weiterhin das Handy umklammert) und schlief mit zusam-

mengezogenen Augenbrauen und beleidigtem Gesichtsausdruck. Das Bett hatte sie auf eine sehr vertraute Weise vorgewärmt. (»So wärmt keine vor.«) Habe die Arme wirklich an ihre Grenzen gebracht, musste Sandro denken und drückte sich mitsamt seines Ana geopferten Genitals an den heißen Rücken seiner Frau, und als er das Handy in ihrer Hand erblickte, küsste er ihren leicht verschwitzten Hals und flüsterte ihr mit etwas bekümmerter, dumpfer Stimme zu: »Qiqi.« Qiqi antwortete mit einem melancholischen Brummen.

In solchen Situationen empfand Sandro das größte Mitleid mit seiner Frau: wenn sie so leise und hilflos neben ihm schlief. *Zum Glück kann sie meine Gedanken nicht hören.* Sandro musste bei dem Gedanken schmunzeln, während er die schlafende Keti betrachtete und sich zufrieden ausmalte, was denn wirklich passieren würde, wenn Keti seine Gedanken hören könnte: »Wer ist sie? Wo triffst du dich mit ihr? Komm, bring schon deinen Gedanken zu Ende.«

Die größte Schwierigkeit für die Menschheit ist wohl die Telepathie! Und das frühe Aufstehen ...

22. WIE SOLLTEN WIR AUFWACHEN?

Sandro wurde bereits beim Einschlafen bewusst, welch ein idiotisches Verhalten er an den Tag gelegt hatte – das Ausschalten des Telefons und die Heimkehr um drei Uhr morgens. Auch das Aufwachen empfand er als schwierig und unangenehm: Die morgendliche Erektion ließ ihn Ana schmerzhaft vermissen – und verängstigte ihn noch mehr. Nein, es war definitiv kein guter Zeitpunkt für diese Form von Euphorie. Er durfte nicht schon wieder in den alten Teufelskreis geraten. Das Kind kam dieses Jahr in die Schule. Und er hatte gerade einen ziemlich großen Kredit aufgenommen.

Heute werde ich mich nicht bei Ana melden, beschloss er, morgen auch nicht. Montag werde ich jemand Neuen auftreiben und eine gewisse Balance in mein Leben bringen. Das Wochenende gehört Keti.

Als würde Keti all das ahnen, wachte sie mit gequältem Gesichtsausdruck auf, als wäre sie zum Tode verurteilt, vermied es aber, einen Streit anzuzetteln – sie spielte nur weiterhin die Gekränkte und wich Sandros Blicken aus. Sandro gab sehr engagiert die Rolle des guten Vaters – den ganzen Morgen spielte er für Nikusha das Pferd.

Die 24-Stunden-Nanny Nana versuchte vergeblich, Nikuscha von seinem Vater zu lösen: Das Kind saß verrotzt und voller Stolz auf dem Rücken seines Be-

trüger-Vaters. Sandro beschloss, den Jungen ins Kino auszuführen.
»Er hat Schnupfen!«, echauffierte sich Nana.
»Ich will ins Kino! Ich will!«, begann Nikuscha zu brüllen. Sandro schloss sich auf der Toilette ein, drehte den Wasserhahn auf und schrieb Ana:
Was treibst du so, Ana?, und hoffte gleichzeitig, sie würde nicht antworten. Denn würde sie ihm zurückschreiben, so musste er weitere gefühlvolle Nachrichten schicken, und am Ende, Gott bewahre, würden sie sich sogar verabreden – was wiederum ein neues Märchen für Keti (die eh beleidigt war und vorhatte, zu einer Geburtstagsfeier zu gehen) nach sich ziehen würde. Deswegen wollte er ganz aufrichtig vermeiden, dass Ana und er sich trafen, aber er musste definitiv wissen, ob Ana ihrerseits ihn sehen wollte. (*Wie toll es doch wäre, wenn sie mir schreibt und mir zu verstehen gibt, dass sie mich will, es aber nicht schafft, mich zu sehen!*)
Sein Traum ging nur zum Teil in Erfüllung: Von Ana erhielt er keine Antwort. Er wagte es nicht, sie anzurufen (Keti würde es hören), also drehte er innerlich aufgewühlt die Wasserhähne wieder zu und verließ mit errötetem Gesicht das Badezimmer.
»Bluthochdruck?«, wollte Nana wissen.
»Ach Quatsch, nein.« Er musste lachen.
Ich gehe mit Nikuscha raus und rufe Ana an.
Genau das tat er auch: Gleich beim Einsteigen ins Auto wählte er ihre Nummer und verharrte in angespannter Warteposition, aber auch jetzt meldete sich Ana nicht. »Wieso mache ich mir eigentlich solch einen Kopf?« – Plötzlich empfand er Wut.
Im Kino reihte er sich in eine lange Schlange gelang-

weilter Väter ein. Es war also nicht nur für ihn Kindertag. Die Väter warteten lustlos mit ihren Kindern auf den Beginn des nachmittäglichen Zeichentrickfilms, und wahrscheinlich hofften alle inständig, die folgenden zwei Stunden würden schnell rumgehen. Alle Väter starrten auf ihre Handys und krochen wie ein Trauerzug Richtung Kinosaal. Es waren überall nur melancholische Väter zu sehen, weit und breit keine einzige Mutter.

Kurz darauf erreichte ihn die verspätete Antwort von Ana (die anderen zweihundert Väter blickten voller Neid Richtung Sandro):

Du hast versucht, mich anzurufen? Habe geschlafen.

Auf einmal war Sandro ganz ruhig, er schrieb:

Ja, habe mich gesorgt, da du nicht geantwortet hattest :)

Habe ja nur das Wochenende zum Ausschlafen. Habe ich es mir nicht verdient? :), schrieb Ana. **Was treibst du so?**

Bin mit Nikuscha im Kino. Rufe dich nachher an.

Wie sollte er sie anrufen? Heute würde er den halben Tag mit Nikuscha im Kino sein. (Das zweite Märchen für Ana.) Er würde Ana ein, zwei sehnsüchtige SMS schicken, und so würde der Tag zu Ende gehen. Jetzt musste er nur noch die eingeschnappte Qiqi wieder für sich gewinnen.

»Soll ich was mitbringen?«, rief er sie nach dem Kino an.

»Nein, seid ihr fertig?«, fragte ihn seine Frau.

»Ja.«

»Hat es ihm gefallen?«

»Hat es dir gefallen?«

»Ja!« Man vernahm Nikuschas Stimme in Sandros Telefon.
Die gelangweilten Väter kehrten in ihre Wohnungen zurück.
Abends gingen sie gemeinsam zum Geburtstag. Die Kinder machten Lärm, die Männer platzierten sich um den Fernseher, die Frauen blieben um den Tisch herum sitzen. Die Männer guckten Fußball – die Frauen guckten auf die Fußball guckenden Männer.
Auch in dem dortigen Badezimmer sah sich Sandro gezwungen, die Wasserhähne aufzudrehen (Keti entging dennoch nicht, was er tat – als er aus dem Klo kam, leuchtete das Handydisplay durch seine Hosentasche):
Ich will dich, schrieb er an Ana und beschloss, in der Toilette auf ihre Antwort zu warten.
Hoffentlich antwortet sie mir nicht.
Ich dich auch, erhielt er als Antwort.
Scheiße! Jetzt musste er ihr ja weiter schreiben. (Dabei befand er sich jetzt schon länger als zehn Minuten in dieser Toilette: Wieso fühlte er sich verpflichtet, ihr zu schreiben?! Es war nicht schlimm, er konnte Keti sagen, dass die Torte ihm auf den Magen geschlagen war.) Auch diesmal kam ihm Nikuscha zur Hilfe:
Ich bin auf dem Geburtstag von Nikuschas Kindergartenfreund und möchte mich am liebsten umbringen :), erstattete er Bericht.
Anas Antwort war ein wohlwollendes Smiley.
:)
Vielleicht hat sie sich wirklich in mich verknallt. Plötzlich überkam ihn Panik. Er musste seine Balance wieder-

finden. Er könnte versöhnliche Nachrichten an Tiko schreiben, die in seinem Computer ein virtuelles Leben führte. Aber von zu Hause, denn hier würde Keti gleich anklopfen: »Die anderen wollen auch SMS verschicken!«

***

»Warum leuchtet dein Handy in der Hosentasche?« Eine Frage, die meine Familie hätte zerstören können. Dieses Handy war eh ständig am Vibrieren und Leuchten. Es war meine Schuld, Ana hatte seit geraumer Zeit angefangen, mir nachts zu schreiben, als sei es ihr egal, wo und mit wem ich war. Keti starrte mich mit ihren großen Augen an: »Wieso leuchtet es? Wer leuchtet da?«

23. WIESO SCHREIBT ER SO?

Ana zeigte Maia Achba die Nachrichten von Sandro.
»Was machst du mit diesem armen Mann? Bring mir das bitte auch bei!« Ana hielt ihr das Handy vors Gesicht.
»Keine Ahnung«, sagte sie, »er macht sich selbst so verrückt, guck mal hier zum Beispiel: **Ich lasse meinen Körper bei dir zurück, meine Biografie … alles. Ich nehme nichts mit nach Hause.**«
»Schreibt wohl auch Gedichte?«
»Nee, er spielt Klavier. Hier, hör nur: **Ich habe angerufen, du bist nicht rangegangen. Entweder ich bin eine totale Niete im Bett, oder dein Appetit ist erst richtig geweckt, und du betrügst mich gerade, oder du hast es auf lautlos und hörst es nicht (denkst aber derweil an mich).**«
»Sehr frech! Liest seine Frau diese Nachrichten etwa nicht?«
»Er löscht sie aller Wahrscheinlichkeit nach. Keine Ahnung.«
»Oder es ist ihm egal, ob sie sie liest oder nicht. Er weiß, sie schluckt es runter, vielleicht löscht er die Nachrichten nicht einmal.«
Maia Achba zählte im Schnelldurchlauf einige ihr bekannte Ehefrauen auf, die alles hingenommen hatten: »Eine fand tagtäglich Kondome in den Hosentaschen ihres Mannes und sagte nichts, dabei

nahm sie selbst die Pille, sie brauchten also keine Kondome ... Und diese Arme«, sie erwähnte den Namen der gemeinsamen Bekannten, »ihr Mann wurde plötzlich schwul, und sie beschwerte sich dauernd darüber, dass er seinen Typen nach Paris mitnahm, während sie selbst um einen Trip nach Batumi betteln musste ... Sie wusste, dass er den Typen hatte, und nahm das ein ganzes Jahr lang hin. Bis ihre Freundinnen Theater gemacht haben, sonst hätte sie es vielleicht noch jahrelang weiter ertragen.«

Na und? Was hatte all das jetzt mit ihr zu tun?

Ana war sich sicher, dass sie sich auf gar keinen Fall verarschen lassen würde. Davon hatte sie wahrlich genug. Bislang hatte sie das noch nie getan, aber jetzt las sie die alten und die aktuelleren Nachrichten von Sandro nochmals durch, lag im Bett und durchstöberte unermüdlich ihr Handy. Was wollte dieser Durchgeknallte bloß von ihr? Wollte er, dass sie sich in ihn verliebte? Wozu?

24. WIE SOLLTEN WIR SIE LESEN?

Keti beschloss, die virtuelle Post ihres Mannes zu erkunden, und zwar genau in dem Moment, als sie mitbekam, wie ihr Ehemann nach sechs Jahren Ehe auf seinem Computer an irgendeine unbekannte Adressatin Folgendes schrieb:

... er wird dich besser kommen lassen.

Wer? Wie? Wann? Diese Antworten konnte Keti nicht mehr herausfinden, denn ihr Mann blendete die Seite blitzschnell aus. (Wenn er zu Hause war, war er immer mit solchen hysterischen Ausblendungsmaßnahmen beschäftigt.)

»Ich werde nicht mit ihm schimpfen«, beschloss Keti, »aber ich muss wissen, wen er sich da geangelt hat und wem er da schreibt.«

Sie musste an Rusiko denken, die die Anrufe ihres Mannes zurückverfolgen ließ. »Ich bin fast krank davon geworden«, hatte Rusiko damals zu ihr gesagt, »das kann süchtig machen, wirst dann wie ein Junkie ...«

Aber eben diese Rusiko hatte ihr vorgeschlagen, Sandros Account hacken zu lassen.

»Dann wirst du wissen, woran du bist. Wirst nicht wie eine Idiotin rumsitzen. Nicht diese blöde Situation erleben, wo alle anderen mehr wissen als man selbst.«

»Wozu?« Keti musste lachen. »Wahrscheinlich würde

er mir sein Passwort gleich geben, wenn ich ihn darum bitte. So dreht man doch nur total durch. Ist es manchmal nicht sogar besser, bestimmte Dinge nicht zu wissen?«

Zwei Monate nach diesem Gespräch war Rusikos Familienleben zerstört.

»Er hatte sein Passwort geändert, und ich hatte irgendwie keinen Bock mehr«, erinnerte sich Rusiko später. »Ich dachte, er lässt es sein, dabei war er davon ganz weit entfernt, man lässt für einen Moment locker, und schon ist es vorbei …«

Und jetzt, wo Keti die Nachricht von Sandro gerade noch erblickt hatte, war auch ihr nicht mehr nach Lachen zumute. Was sollte das bedeuten: »Er wird dich besser kommen lassen?« Wen will er da kommen lassen? Und weiter? Wie lange würde er diese Seiten immer wieder ausblenden? Was würde sie mehr aufregen? Die Unwissenheit oder das Erhaschen dieser schnell ausgeblendeten Seiten? Wenn er sie wenigstens so schließen würde, dass sie davon nichts mitbekam.

»Was hast du da weggedrückt?«, wollte sie wissen.

»Warte bitte einen Moment …«, Sandro versuchte sie abzuwimmeln.

Sollte sie ihm eine Szene machen? Sie hätte besser nicht über Rusiko spotten, sondern es ihr gleichtun sollen.

Ich werde mich amüsieren – das wird sicherlich interessant!

Entschlossen versuchte sie, sich Zugang zu diesem Amüsement zu verschaffen. Sie setzte sich an den Rechner und versuchte, die geheime Kombination aus Buchstaben und Zahlen zu erraten. Sie probierte es mit den Vor- und Nachnamen ihres Sohns und

Sandros eigenem Namen (in verschiedenen Spielarten), Sandros Geburtsdatum und -ort, die Namen ihrer alten Konkurrentinnen, die Geburts- und Todesdaten von Frédéric Chopin (für diesen Zweck hatte sie eigens ein Lexikon hervorgeholt), die Titel seiner Lieblingsfilme, sein Autokennzeichen GF-2009, die Straßen von Scarborough (denn Sandro hatte sechs Monate in England gelebt), den Vor- und Nachnamen einer Frau, die Sandro entjungfert hatte, die Namen bestimmter Politiker oder historischer Persönlichkeiten, lustige Wörter, die Titel der Lieblingszeichentrickfilme aus Sandros Kindheit, seine vulgären Lieblingsausdrücke und sogar die Spitznamen seiner Klassenkammeraden – aber wie viel Mühe sie sich auch geben konnte, zu Sandros Terra incognita drang sie trotzdem nicht vor.

Wütend geworden, beschloss sie, Sandros Verhalten mit Ironie zu nehmen, sollte er doch die Seiten wegdrücken. Doch diese Ruhe hielt nur ein paar Tage vor – kurz darauf wurde sie wieder von dem Gedanken gepackt, in ihren Mann einzudringen.

Von nun an starrte sie Sandro jeden Tag wie verzaubert an, sobald er sich an seinen Rechner setzte, sie versuchte, sich die Tastenkombination einzuprägen die er in seine Tastatur tippte.

»Was starrst du mich so an?«, wunderte sich Sandro.

»Du musst mal zum Friseur.« Keti lächelte ihn an. Und dachte dabei: Ich muss mir irgendetwas einfallen lassen, um ihn so abzulenken, dass er einfach vergisst, sich auszuloggen.

Sie musste ihn aus dem Zimmer locken, kurz nachdem er sich eingeloggt hatte. Er würde nur dann vergessen, auf SIGN OUT zu drücken, wenn man ihm glaubwürdig Angst einjagte. Auslöser dafür könnte ein vermeintlicher Sturz Nikuschas sein oder die Nachricht über ein Gasleck, die Meldung, dass ihr Vater ins Koma gefallen war, oder ein telefonischer Konflikt mit der Mutter ...

Es war ihr durchaus bewusst, dass sie – soweit sie nicht mit einer gewissen Ironie an die Sache heranging – bald ihre Freundin Rusiko übertrumpfen würde. Und so sprach sie nach einer weiteren vor dem Rechner zugebrachten Nacht ihren Mann direkt an:

»Gib mir einfach deine Passwörter, sei kein Arsch. Wenn du nichts zu verbergen hast, warum gibst du sie mir nicht?«

»Dann bin ich halt ein Arsch. Ich frage dich doch auch nicht nach deinen Passwörtern«, gab Sandro als Antwort.

Keti versuchte, mit ihren Freundinnen über dieses Thema zu scherzen: »Du hast mich angesteckt«, sagte sie zu Rusiko.

»Warte ab, erst wenn du anfängst, die Tastatur einzufetten, dann steckst du richtig drin.«

Jemand hatte Rusiko diesen Tipp gegeben – die Fingerabdrücke würden ihren Mann verraten, und sollte sie danach als Erste wieder vor dem Rechner sitzen, wäre sie in der Lage, alles einzusehen, was sie interessierte. Anfangs hatte Rusiko gelacht und den Ratschlag der Bekannten nicht allzu ernst genommen, aber später hatte sie ihn dann doch befolgt, selbstverständlich heimlich. Leider hatte aber auch diese Methode nicht zum erhofften Ergebnis geführt – nur so viel habe sie erreicht, nämlich dass

Shako sich nun regelmäßig die Hände wasche. »Igitt, wie ich stinke«, hätte er von da an häufiger gesagt. Sollte nun Keti genauso niveaulos werden?
Nein, sie weigerte sich standhaft, sich etwas anmerken zu lassen, bis sie eines Tages, als sie mit Nikuscha in Sandros Zimmer gekommen war und der wieder einmal seine Schandtaten wegdrückte, einen tollkühnen (und von ihrer Warte aus paradoxerweise unfairen) Entschluss fasste.
Mit Sopos Hilfe trieb sie einen gewissen Mamuka auf, der als Programmierer arbeitete und mit Sopos Bruder bekannt war.
»Ich brauche seinen Rechner, so wird es für mich einfacher sein«, sagte ihr Mamuka.
»Einer steht bei uns, und einen zweiten schleppt er ständig mit sich herum«, antwortete Keti.
»Wir können den von zu Hause nehmen.«
»Er surft aber auch viel mit seinem Telefon.«
»Das Wichtigste ist sein Mailaccount.«
Das alles schien auf einmal so simpel und unaufwendig zu sein, dass sie sogar Mitleid mit ihrem herumdrucksenden Ehemann empfand und es ein wenig mit der Angst zu tun bekam: Wo steckte sie ihre Nase bloß rein? Sie könnte Gott weiß was bei Sandro ausgraben. Woher sollte sie die Sicherheit nehmen, dass sie ihre letzten sechs Jahre nicht mit dem allerletzten Arschloch verbracht hatte?
Außerdem musste sie dafür Sorge tragen, Sandro mit ihrem Verhalten keinen beruflichen Schaden zuzufügen: Wieso sollte irgendein Fremder erfahren, was Sandro zum Beispiel seinen Freunden schrieb!
Ihre Ängste gab sie Mamuka offen zu verstehen: »Wenn ich wollte, könnte ich seinen Account kna-

cken«, und auf diese Weise beruhigte er sie: »Die Staatsanwaltschaft eh. Gott bewahre!«
Mamuka verlangte zweitausend Lari. So erkaufte sich Keti für unglaublich viel Geld (oder unglaublich wenig) ihren Seelenfrieden. Bis sie den Hacker zu sich nach Hause einlud, entschied sie sich viermal um. Dreimal hatte sie sich mit ihm getroffen, doch ihre endgültige Einwilligung gab sie erst, als Sandro ihr ein weiteres, nach dazu einwöchiges Märchen auftischte.
Sie hatte das Gefühl, als würde sie ihren Liebhaber zu Hause empfangen, sie hatte sich bereits zwei Mal geduscht. Sie bot ihm Kaffee an und lachte auffallend laut. Dabei geschah nichts Außergewöhnliches. Mamuka bekam leichte Schweißflecken unter den Achseln, der arme Kerl mühte sich anderthalb Stunden an Sandros Computer ab. Er gab beleidigt-ächzende Geräusche von sich, denn an diesem Tag sollte es ihm noch nicht gelingen, Sandros Account zu knacken. Aber schon gegen Ende der Woche diktierte er Keti das gesuchte Passwort ins Telefon.
»Drei Nächte habe ich nicht geschlafen«, sagte er zu ihr. »Habe an die zehn Kilo abgenommen.«
Keti schrieb alles auf:
www.gemail.ge
Und weiter:
samal1195@gemail.ge
Und schlussendlich das Passwort …
»Was soll denn das sein? Was für eine lucrecia515?«
»Bin reingekommen«, schrieb Keti dann an Mamuka.
Wie einfach … und dumm.
»Wow, cool … dann mal viel Glück!«, erhielt sie von Mamuka als Antwort.

25. WIE VERMEIDEN WIR ES, FOTOGRAFIERT ZU WERDEN?

Ich habe Gäste :)
Was für welche?
Bin zu faul, alle aufzuzählen :)
Viele?
Ich zähle sie und schreibe dir dann.
Und welches Geschlecht?
Gemischt.
Die Absichten?
Nerv mich nicht :). Komm einfach.
Soll ich?
Ja :)
Soll ich etwas mitbringen?
Spülmittel.
? :)
War ein Scherz.

Ich hoffe er kommt diesmal nicht wieder in kurzen Hosen.
Sandro trug eine rosa Strickjacke über einem weißen T-Shirt. Shorts trug er zum Glück keine. Nur die Jeans hatte er etwas mehr als erlaubt umgekrempelt.
Alles okay, urteilte Ana, nur die Jeans hätte er nicht so hochkrempeln sollen.
Sandros Wangen waren fleckig gerötet. Bei Ana traf er auf drei (Ana-artige) Mädchen, einen Mann mit Glatze und einen Promi (»Ich dachte, er kann nur aus dem Fernseher sprechen, dabei gibt es ihn auch in echt.«)

Sandro quetschte sich neben Maia Achba auf den altbekannten Sessel.
»Passt du da drauf?«, fragte Maia lächelnd.
»Ja«, erwiderte Sandro, ebenfalls lächelnd.
Bin ich denn so dick?
»Ich passe nirgendwo mehr hin«, begann Maia zu kichern.
Das also ist jene Maia Achba, die alles über mich und Ana weiß.
Es wäre interessant zu wissen, ob die anderen ebenfalls so gut informiert waren.
Er war selbst erstaunt, dass er es riskiert hatte, Ana unter diesen Umständen einen Besuch abzustatten, auf diesem Wege würden schließlich mehr und mehr Leute im Bilde sein. So ergab es sich notgedrungen, dass Sandro von Ana allen Anwesenden präsentiert wurde, und bis auf die frisch aus Italien angekommene Nino kriegten alle sehr wohl mit, welche Rolle Sandro in Anas Leben spielte. (»Der Saucenkönig!« – So titulierte ihn Maia, nachdem er gegangen war.)
Nino machte mit ihrem Handy Fotos.
»Ich darf nicht mit ins Bild«, Sandro bekam es mit der Angst zu tun.
Obwohl Sandro als Sponsor im Hintergrund nicht selten mit Promis zu tun hatte, wurde er auf nahezu peinliche Art und Weise nervös, sobald er in ihre Nähe kam: Er verkrampfte sich, lächelte künstlich und machte sich ununterbrochen Gedanken darüber, bloß nicht den Eindruck eines Grobians zu hinterlassen. Auch jetzt, kaum dass er Anas Wohnung betreten und den Promi erblickt hatte, rutschte ihm ein unfreiwilliges »Tschuldigung« heraus, ungeschickt grüßte er in die Runde und wurde in den

folgenden anderthalb Stunden die verräterische Gesichtsröte nicht los. Und diese komische Nino, als wollte sie ihn fertigmachen, zielte ständig mit ihrer Handykamera auf ihn ...

»Hast du etwa einen Sonnenbrand?«, fragte ihn Maia Achba.

»Nein, Bluthochdruck«, antwortete Ana stellvertretend für Sandro.

Sie ist betrunken, ging es Sandro durch den Kopf, und er lachte laut auf.

Es war ihm sehr wichtig, einen guten Eindruck auf Maia Achba zu hinterlassen, denn sie schien ihm gegenüber wohlwollend eingestellt, zumindest war sie die Einzige, mit der Sandro an dem Abend in Kontakt treten konnte: Sie schien in Sorge, zu dick zu sein, weil sie das ganze Sofa einnahm, woraufhin sie von Sandro ein künstliches Lächeln und eine höfliche Lüge als Antwort erhielt:

»Keineswegs. Sie sehen wunderbar aus.«

Sandro versuchte mittels Blickkontakt mit Ana zu kommunizieren: »Sieh mich so an, wie ich es mag!«, »Warum siehst du mich nicht an!«, »Sieh mich unerwartet an«, »Sieh mich an, sonst bin ich enttäuscht ...«, »Setz dich zu mir!«.

Ana lachte schrill und saß neben dem glatzköpfigen Riesen. Beim Lachen berührten sich ihre Beine.

Wieso sitzt du so nah bei ihm?, versuchte Sandro in seinem Blick diese Frage zu formulieren.

Der Glatzkopf saß verkehrt herum auf dem Stuhl, hatte mit seinen Armen die Stuhllehne umarmt und sprach über Pferde. Dabei war es schwer zu deuten, ob er scherzte oder ob es ihm ernst war. Zumindest lachte keiner, außer Ana, als er wissend feststellte:

»Bei manchen Hengsten muss man mit der Hand nachhelfen, damit sie den Penis in den Schoß der Stute hineinbekommen. Manche verfehlen ihr Ziel. Dafür braucht man Profis, die wissen, wie man das Glied richtig ...«

Sandro zeigte sich demonstrativ gelangweilt. *Rutsch mal da weg ... sonst stehe ich gleich auf und gehe. Es interessiert mich auch nicht, was die anderen denken werden. Und du, blöde Kuh, tu diese scheiß Kamera weg!*

Sandros Onkel hatte auch einen Hengst und kümmerte sich um ihn, ohne dessen Schlauch festhalten zu müssen (zumindest wusste keiner in der Familie davon), aber dieser perverse Glatzkopf flirtete wohl auf diese Weise ...

Später würde Sandro Anas Blicke pedantisch genau zählen. Aber jetzt ertrug er es einfach nicht mehr, diesem Riesen zuzuhören – und Anas schreiendem Gelächter dazu. Anscheinend wusste sie nicht einmal ansatzweise, wie man mit Blicken kommunizierte – nicht ein einziges Mal sah sie ihren *Freund* an. Sie sah nur dann in seine Richtung, wenn Maia Achba etwas sagte. Aber diese Maia sagte äußerst selten etwas ...

Will sie mich eifersüchtig machen? Oder hat sie Angst, dass die anderen das mit uns merken?, wütete Sandro innerlich. Dabei sehnte er sich gerade so sehr nach Anas Wärme.

Wenn man ihn jetzt verletzt heimschicken würde, dann war doch klar, dass er auch zu Hause keineswegs einen klassischen – das heißt ruhigen und unaufgeregten – Familienabend verbringen konnte. Was hieße, er würde unbefriedigt und in Aufruhr sein, wenn er zu Keti zurückkehrte, und müsste seinen Kummer im Badezimmer neben dem laufenden

Wasserhahn zum Schweigen bringen. Oder noch schlimmer: unschuldige Menschen ankeifen und seinen Frust zu Hause ablassen. »Was haben sie dir getan? Haben sie dir etwas getan?«, hätte er Ana fragen sollen.

Aber unter diesen Voraussetzungen hierzubleiben, erschien ebenfalls unmöglich. (»Sorry, Keti, heute werde ich miesepetrig sein.«) Ana wollte schlichtweg nicht mit ihm kommunizieren, stattdessen machte sie ihn auf banale, entwürdigende und unbeholfene Weise eifersüchtig. Das Handyfotomädchen wollte schon wieder mit einem Fotoshooting loslegen, und diese Maia Achba entschuldigte sich zum zehnten Mal wegen ihres Gewichts! Jetzt war es an der Zeit, vorwurfsvoll zu gucken und die Wohnung zu verlassen, als hätte er die Absicht, nie wieder hierher zurückzukehren.

Hastig erhob er sich, verabschiedete sich mit einem Lächeln von den Anwesenden (in erster Linie von dem Promi, dann auch von Maia Achba) und fixierte anschließend Ana mit einem Blick à la: »Ich gehe jetzt.«

»Du gehst?« Ana blickte ihn an.

»Muss morgen um sechs aufstehen«, log er.

»Um sechs?«, staunte der Promi.

Genau, um sechs, wollte er antworten. Und: Ich muss nach einem Pferd in Not sehen. Aber dann beschloss er, dass man seinen Witz missverstehen könnte, und begab sich mit einem vieldeutigen Seufzer zur Tür. Ana folgte ihm.

»Hast du dich gelangweilt?«

»Hauptsache, du hast Spaß, das ist das Wichtigste.«

»Was ist los mit dir?«

Sandro gab keine Antwort, stattdessen sagte er es mit seinem Blick: Ich bin ernsthaft beleidigt.
Laut schloss Ana die Tür hinter ihm zu.
»Er ist so süß«, sagte Maia zu ihr, »erinnert einen an ein gutmütiges Bärchen ...«
Ana schickte ihm eine SMS hinterher:
Wo bist du hin?
Muss einem Pferd in Not helfen.
Ana reagierte wütend:
Was soll das? Suchst du nach einem Grund, um nach Hause zu gehen? Sag Bescheid und ich liefere ihn dir sehr gern :)
Sie war betrunken und hatte keine Lust auf diese Andeutungen.
Sandro war nun doppelt gekränkt – er hatte gar keinen Grund gesucht (zumindest an diesem Abend). Es war nicht fair, ihm das zu unterstellen. Und nun hatte sie es sogar geschafft, die Situation für sich zu nutzen: Jetzt zeigte auch noch sie sich beleidigt, anstatt ihm diese Rolle zu überlassen. Dabei wollte er sich auf keinen Fall rechtfertigen müssen. Wieso war er nur so abrupt aufgebrochen? Jetzt konnte er ja nicht mehr so einfach nach Hause, denn so würde er ja Anas unfaire Vermutung bestätigen. Also entschied er sich, ins Büro zu fahren (wo er nur die Wachmänner antraf). Von dort aus rief er Keti an und erzählte ihr ein aus seiner Sicht höchst gelungenes, in Wahrheit aber arg unglaubwürdiges Märchen über eine Präsentation, die es bis zum morgigen Tag vorzubereiten galt, trank etwas Cognac, schaute mit den Wachmännern zusammen »Die besten Elfmeter-Tore« an und schickte eine drohende SMS an Ana:
Sind sie weg?

Ja, antwortete sie. **Ich gehe schlafen.**
Ich komme jetzt, und es ist besser, wenn er weg ist.
Wer? :)
Komme kurz wach bleiben.
Wollte er *kurz* vorbeikommen, oder sollte sie noch *kurz wach bleiben*? Er verzichtete mit Absicht auf die Zeichensetzung. Doch darauf antwortete Ana nichts mehr.
»Fahr mich wieder dorthin zurück«, sagte er zu Omar, »aber warte nicht mehr auf mich, du kannst dann nach Hause …«
»Ich werde langsam wieder nüchtern und habe Kopfweh«, begrüßte ihn Ana. »Warum bist du so plötzlich weggerannt?«
Er sollte weggerannt sein?
»Du hast mich kein einziges Mal angeschaut«, antwortete Sandro. Und als wäre er besessen, zählte er ihr auf, wen sie an dem Abend alles angelächelt hatte. (Und wann. Und wie.)
»Bist du etwa eifersüchtig, Dummerchen?« Ana musste schmunzeln. Daraufhin begann Sandro sie zu beschimpfen. Kurz und klar.
»Hast du mich grade beschimpft?« Ana staunte.
»Soll ich noch deutlicher werden, verfickte Scheiße, du schnallst es wohl immer noch nicht …«, antwortete er.
Jetzt fühlte sich Ana auf einmal wie eine der Protagonistinnen ihrer viel beachteten Artikel: Bisher hatte noch kein ihr nahestehender Mann so mit ihr gesprochen. Ihr Vater war gestorben, als sie zwei war, einen Bruder hatte sie nie gehabt, und die Beschimpfungen des schlappschwänzigen Jabas hatte sie niemals wirklich ernst nehmen können. Und obwohl

ein natürlicher Protest in ihr aufstieg (und sie ihm sagte, er solle sie bloß nicht mit seiner Ehefrau verwechseln), verhielt sie sich dann dennoch so klischeehaft, wie es all diese unterdrückten, gehorsamen Frauen aus ihren Artikeln taten: Vor lauter Überforderung, Angst oder Gott weiß was machte sie sich nicht einmal mehr die Mühe, ihm etwas zu erwidern, presste sich stattdessen gegen die Wand und versank in vieldeutiges Schweigen.

»Du wärst ja sofort mit ihm in die Kiste gestiegen, wenn dieser Wichser dich drum gebeten hätte«, sagte Sandro in aller Ruhe.

»Wen meinst du denn, Sandro?«, fragte Ana leise.

»Diesen Wichser.«

»Er ist doch schwul, Sandro.«

»Er ist nicht schwul, er ist ein Wichser ...«

»Was ist in dich gefahren? Hast du getrunken?«

»Hättest ja gleich zu ihm auf den Schoß steigen können, nicht ein einziges Mal hast du in meine Richtung geblickt ...«

»Spinnst du? Was für einen Schoß?«

Sandro antwortete nichts mehr, griff stattdessen nach Ana, hob sie hoch und platzierte sie auf den Tisch (»Oh Gott, meine Taille!«, schrie sie auf), schob ihr das T-Shirt hoch, biss ihr leicht in den Bauch und zog an ihrer Hose. *Vergewaltigt er mich jetzt?*, fragte sich Ana. *Dabei lobte ihn Maia doch so ...*, und wunderte sich gleichzeitig, dass sie urplötzlich feucht geworden war.

Hauptsache, dass jetzt nicht Keti auf die Idee kommt anzurufen, dachte Sandro ängstlich.

***

So fügte sich dann alles. Ich machte mich selbst irre. Wobei ich schon auch richtig eifersüchtig war. Ich erinnere mich, dass ich es mir ausmalte, wie dieser Idiot sie begrabscht (er hält seinen Schwanz in der Hand und schiebt ihn ihr rein), drapiert sie auf diesem scheiß Sofa, bringt sie dann ins Bad, stellt sie vor den Spiegel, beäugt durch den Spiegel ihre Augen, ihre Halswirbel, Schultern, ihren nackten Körper ... Ist doch klar, dass ich da angefressen war! Wie sollte ich dabei nicht die Nerven verlieren?
Ja, ist halt dumm gewesen: Bin zu ihr, obwohl sie gerade Gäste hatte. Neben ihr sitzend, schickte ich ihr Nachrichten mit irrsinnigem Inhalt, ich wollte ihr auf meine Art Angst einjagen. Es gibt doch so Typen, die genau auf das stehen, was sie absolut inakzeptabel finden. Ana zum Beispiel ...
Wegen solcher Nachrichten hätte sie sich mir gleich auf dem Klo hingeben müssen. Einmal hatte sie mir gesagt: »Wenn du scharf wirst, darfst du mich überall haben, aber ich muss es halt auch wollen.« Was für ein kluger Satz, nicht? Wie soll man den bitte schön verstehen?!
Irgendeine Kranke machte noch an dem Abend die ganze Zeit Fotos. Habe jedes Mal eine Grimasse gezogen, dachte, sie rafft es, dass ich keine Lust darauf habe, aber nein, sie raffte es nicht. Ich drückte mich ständig in eine Ecke, um nicht mit drauf zu sein. Sonst wären diese Fotos wer weiß wo gelandet, Keti hätte sie gesehen und hätte angefangen zu graben ... Wie mich diese Scheiße mit Keti doch nervt! Diese Hinterwäldlerin lässt mir einfach keinen Freiraum mehr ...
Ständig und überall Keti: entweder abwarten, bis sie ins Bett geht (dabei geht sie, wie aus Trotz, bis zum Morgengrauen nicht ins Bett), oder legitim im Büro hocken ...
Einmal habe ich es hingekriegt, aus dem Badezimmer mit Tiko zu skypen. Habe sie dazu gebracht, dass sie sich ausgezogen hat, sie sollte sich selbst berühren. Sie hatte Panik,

dass jemand reinkommen könnte. Habe sie beruhigt, dass alle schon schlafen. Habe auf lautlos gestellt und mit ihr gechattet. Wie im Stummfilm war es. Ich wollte schon auflegen, aber sie ließ mich nicht gehen – sie hatte sich ins Bett gelegt, und man sah aus dem Blickwinkel bloß ihr Haar, Stirn und das eine Auge ... Aber ab und an hob sie den Kopf, um sicherzugehen, dass ich noch dran war und ihr zusah. Ich hörte Keti im Schlafzimmer sich hin und her wenden, und mir wurde mulmig ums Herz – es hätte ja sein können, dass sie pinkeln wollte? Dann hätte sie mich doch garantiert gefragt, was ich mit dem Rechner in der Toilette zu suchen hätte.
Und gleichzeitig – was war daran so gefährlich? Na und? Hatte sie mich nicht schon mal erwischt? Was würde sie schon tun? Höchstens mit dem Kissen auf mich einschlagen ...
Ich suchte ständig nach Eigenschaften von Keti, die in mir irgendein Gefühl weckten. Einmal erzählte sie etwas über Nikuscha (wir hatten drei konstante Themen: Nikuscha, der vergangene armselige Tag und das ewige Trio: Nanny Nana, Leila und Omar), und ich erinnere mich, dass ich regungslos dasaß und darüber nachdachte, was mich mit dieser primitiven Person eigentlich verband? Sie müsste mit einem Mann verheiratet sein, der eine ganze Armee von Verwandten hat und den ihr – nach einem langwierigen und argwöhnischen Auswahlverfahren – ihre Mutter ausgesucht hätte. Mein Gesichtsausdruck in dem Moment muss ihr Angst eingejagt haben, und sie fragte, was ich wolle. Was sollte ich schon wollen ...
Ihr Körper wurde mit der Zeit auch irgendwie häuslich – unprätentiös und nichtssagend. Die Arme wirkten kurz – oder vielleicht trug sie einfach eine formlose Strickjacke (auch sie war »häuslich« ... ich hasse diese Hausgarderobe), auch der Haarschnitt irgendwie armselig ... wobei ich ihn erst bemerkte, als sie mich darauf aufmerksam machte.

In diesen Situationen bekam ich immer Mitleid, dass ich solch wichtige Änderungen nicht bemerkte.
Gleichzeitig erinnerte ich mich stets sehr genau, wann und wo Ana bestimmte Kleidung getragen hatte. An dem Tag war sie ganz in Rot gekleidet ... Ach, vielleicht wäre es besser gewesen, sie hätte im gleichen Moment mit jemandem gevögelt und sich in Frieden von mir getrennt ...
Als Grund für meine Gereiztheit gegenüber Keti reichte schon ihre Mutter. Als ich sie das erste Mal traf, bemühte sie sich extrem, sich kultiviert zu geben, und korrigierte ständig ihre eh schon mit Komplexen beladene Tochter. Aber eigentlich schockierte sie mich gleich bei der ersten Begegnung: »Ihr Vater verließ die Familie wegen einer anderen Frau, nicht?«, fragte sie mit einer geheuchelten Empathie, »Sie waren noch sehr jung, stimmt's? Ja, ja, das kommt vor ...« Ich sah mit verstörtem Blick zu Keti, die einerseits etwas pikiert schien, aber keineswegs so, als wäre ihr die Dreistigkeit ihrer Mutter peinlich – sie war wohl solche Ausfälle von ihr gewöhnt. Vielleicht war das aber auch ihre Art, mich zu unterdrücken. Es kam eigentlich nie vor, dass ich anfing, von etwas zu erzählen, ohne dass sie mir ins Wort gefallen wäre: Egal wovon man sprach, sie erzählte ihr eigenes Ding. Und das mit solch einer Energie (wie aus Starrsinn), dass ich mich gleich erschöpft fühlte und keine Lust mehr hatte, weiter zu reden. Sie erzählte von irgendwelchen sinnlosen Dingen aus Ketis Kindheit und von ihrer selbstaufopfernden Loyalität ... An dem Tag fasste ich eigentlich den Entschluss, ihre Tochter niemals anzurufen, aber ein paar Tage später, als Keti – wie eine unerfahrene Debütantin – mir das erste Mal einen blies, ergriff mich ein banaler Rachegedanke, und ich ging auf den größten Kompromiss der letzten Jahre ein: Ich trennte mich von M. und heiratete Keti.
Ich hasste es, mit Keti an irgendwelchen scheiß öffentlichen

Orten zu sein, vor allem mit ihr einkaufen zu gehen. Und erst recht, wenn wir dabei auf jemanden trafen, den ich bereits flachgelegt hatte (oder bei der ich es noch vorhatte), dann war es die reinste Hölle ... Es ist einfach schrecklich, wenn sie einen hinter der Ehefrau stehen sehen, mit Plastiktüten behangen ... Einmal schleppte ich mit Keti und Omar zusammen irgendwelche Einkaufskörbe durch die Gegend, als ich auf I. G. traf (die ich, jedenfalls in meiner Vorstellung, mir bereits genommen hatte), und so wurde sie Zeuge davon, wie Keti irgendeinen banalen Scheiß in meinen Korb platzierte ... Eigentlich ist ja nichts dabei, aber wir konnten uns nicht zur Begrüßung küssen, und mir schien es, dass ihr folgender Satz durch den Kopf ging: »Oh Gott, so arm bist du also dran?« Ich überlegte, ihr Keti und Omar vorzustellen. »Hier, mein Fahrer und seine Frau.« Was wäre schon dabei, Keti Omar anzuhängen? Ich war sogar bereit, einen Skandal auszulösen. Und dazu kam es auch. Allerdings später. Keti wurde stets später bestraft.

Allzu oft begleitete ich sie nicht. Omar konnte Taschen für zehn Leute tragen. Aber Keti wollte mich, irgendwie musste ich ihr ja meine Liebe zeigen ... Wenigstens durch die Plastiktüten! Dass ich auf die Kindergeburtstage ihrer verblödeten Freundinnen ging – reichte ja nicht.

Einmal, erinnere ich mich, standen wir, behangen mit Plastiktüten in der Schlange, und ich bekam eine klaustrophobische Panikattacke: Wieso stehe ich hier? Was kaufe ich ein? Was sagt mir diese Frau grade? Warum muss ich ihr nach Hause folgen? Wieso stiehlt sie meine Zeit? Ich fing an, die zufällig in meine Arme gestolperte I. G. anzusimsen. Ich dachte, ich könnte einfach paar Witzchen reißen (»Ich habe es nicht einmal geschafft, dir einen Kuss zu geben.«) und so ein wenig frische Luft schnuppern ... es war zu stickig ... ich konnte hier nicht länger rumstehen ... Dabei bemühte ich

mich, nicht den letzten Rest an Konzentration zu verlieren und die SMS versehentlich an Keti zu schicken.
Manchmal kam ich selbst durcheinander, wem ich welche Lüge auftischte …
In dem Moment, als ich zu Ana hochging, stellte ich fest, dass sie es bereits geschafft hatte, mit ihren blöden Freunden über mich zu tratschen. Dieser Besuch diente als eine Art Röntgenverfahren: Irgendeine Dicke sezierte mich wie ein Chirurg: die Größe meines Magens, die Größe meiner Leber, meine Genitalien, der Umfang meiner Eier …
Und dann war ich auch noch gezwungen, mich an die Wand zu pressen, damit mich Keti nicht auf Fotos sehen würde. Diese Gestörte hockte ja ständig vor dem Rechner. Da, wo ich war, war sie auch. Ich war verurteilt – und sie war meine Strafe.

26. BEI WEM WARST DU?

Ist es nicht kalt bei euch? Zeig dich mir! Platziere mich irgendwo da, bei dir, passe ich da etwa nicht hin?! Ich buche gleich ein Ticket. Habe gestern die ganze Nacht versucht, dich anzurufen. Gab es bei euch eine Zeitumstellung? Komm online!

Wieso kommt er nicht endlich?, wütete Keti innerlich. *Bei wem ist er gewesen?* Ausgerechnet jetzt, nachdem er von Ana zurückgekehrt war, kam er bei Keti nicht mehr zum Höhepunkt. Er dachte, es wäre aussichtslos, aber irgendwie kriegte er es dann doch noch hin. Keti blickte ihn von unten angespannt an. Sandro versuchte, sich die Titten von Tiko aus Hannover und Anas Hintern vorzustellen: Keti brauchte Unterstützung.

Bei wem hast du bloß gesteckt?

Keti verfolgte zwar regelmäßig den Schriftverkehr ihres Mannes, aber auf den Hauptfeind war sie bisher noch nicht gestoßen, bisher war es nur Kleinvieh, das ihr begegnete – zum Bespiel eine gewisse Tiko, der jedwede Grammatik genauso fremd war wie irgendeine Moral. Diese Zurückgebliebene dachte wohl, dass *ich glaube* zusammengeschrieben würde (ichglaube), und *sehr* schrieb sie schlichtweg ohne h (ser).

Sandro entfernte vorausschauend alle Nachrichten aus dem Chat, daher konnte Keti in Skype bisher nicht viel entdecken, außer ein paar allgemeinen Andeutungen, Smileys und ein paar unaussprechliche Namen. Ihr Mann war einfach ein großer Ausradierer!

Dieses Arschloch!

Die Sorte, die sich im Papierkorb befand – von der konnte Keti auch einige finden. Im Prinzip war sein Schriftverkehr recht uninteressant. Die skandalösesten Fundstücke waren dabei eigentlich ihre eigenen E-Mails an ihn (die er, warum auch immer, wie Relikte aufhob). Wobei sie zwischendurch natürlich auch immer wieder – wenig verletzende, allenfalls unangenehme und keineswegs unverzeihliche – Sünden aufspürte ... Diese Fetischistin Tiko hatte sie ja schließlich auch aufgetrieben ...

Lilli3
Nuka
Lol404
Anakol
Papaskiri
Ia
DUDAna
Marieta
A.200
Tat
Kheta ...
Marbi303

Waren sie es, die ihr Mann ausblendete?

Wegen denen leuchtete seine Hosentasche?

Und dann neuerdings diese Beschwerden ...

»Keti, hast Cellulite auf den Schenkeln, dein Urlaub am Meer ist gefährdet ...«

Er kriegt ihn wieder nicht hoch, stellte Keti gekränkt fest. Sandro deckte sich zu, schob sich das Kissen unter die Achsel und dachte das erste Mal über Fasten als Möglichkeit nach ... Aber nur für Keti. Er musste wieder zu Kräften kommen.

Am Freitag, beschloss er, würde er nach Batumi fahren. Als Ketis Alibimärchen würde das dortige Schwarzmeer-Businessforum taugen.

Als er es ihr mitteilte, zeichnete sich auf ihrem Gesicht erwartungsgemäß ein stummer Vorwurf ab. Sie musste daran denken, was ihr Ehemann an eine gewisse An geschrieben hatte (diese Worte hatte sie vor einigen Tagen entdeckt und hatte ihnen keine allzu große Beachtung geschenkt): Lange hatte sie nicht suchen müssen, den Text an An adressiert fand sie schnell wieder:

Es ist super Wetter, überlege es dir im letzten Moment bitte nicht anders ... Ich vertraue dir nicht.

Er nimmt jemanden mit. Ketis Gesicht verfinsterte sich. Wer sollte es sich im letzten Moment nicht anders überlegen? Wer war An? Wieso hatte die keine Cellulite? In was steckte Sandro drin?

27. DER AUFBAU EINES ROMANS

Für alle emotional gespaltenen Figuren hatte Gia einen Katalog von Ratschlägen erstellt, deren Befolgung – auf die eine oder andere Weise – alles vereinfachen würde. Der Katalog sollte jede erdenkliche Entwicklung des Sujets berücksichtigen.

1. In Zeiten der Krise, wenn sie dich nötigt, eine definitive Entscheidung zu treffen (entweder ich oder deine Frau), sag ihr, dass du ein Kind mit ihr haben willst. So wirst du sie eine Zeit lang ruhigstellen. Danach lässt du dir etwas einfallen.

2. Nur im äußersten Fall sagst du ihr, dass du dich faktisch bereits von deiner Frau getrennt hast (»Wir schlafen getrennt« oder »Ich bin schon zu meiner Mutter gezogen«).
Sag ihr, dass nur noch die praktischen Dinge geregelt werden müssen. Diesen Prozess kannst du endlos in die Länge ziehen, aber es wird für dich anstrengend werden. Jetzt wirst du doppelt lügen – und deine Frau verstecken müssen. Am Ende sagst du, dass dich das Kind/die Kinder nicht loslassen. Du bist eben auch ein verantwortungsvoller Vater. Das ist ein großer Trumpf.

3. Ruf deine Frau nicht allzu oft an, bevor du zum Objekt deines Begehrens gehst, damit weckst du ihr Misstrauen. Frag sie auch später nicht allzu detailliert nach ihrem Tag, versuch ganz »normal« weiterzuleben.

4. Sei nicht faul, rede. Nur mit Worten kriegst du sie rum, und nur mit Worten hältst du sie bei dir. Sie wird nicht wegrennen, wenn du genügend Überzeugungsarbeit leistest. Wenn du verstummst, ja, dann haut sie ab.

5. An den Abenden, wenn du beschließt, daheim zu bleiben, versuche dir nicht auszumalen, wie sie mit jemand anderem Sex hat (wenn auch nur, um dir eins auszuwischen). Sonst läufst du Gefahr, einen Herzinfarkt zu kriegen. Wirst dich immer wieder und wieder im Kreis drehen. Wenn sie blöd ist, wird sie halt mit jemandem in die Kiste springen (und dich befreien.) Wenn sie schlau ist, dann macht sie dich auf eine kluge Art eifersüchtig. Solltest du dir sicher sein, dass du daheim bleiben willst, dann ist es unter Umständen besser, wenn sie mit jemandem in die Kiste springt, so wirst du deine Frau mehr zu schätzen wissen und dir selbst sagen können, dass deine Entscheidung richtig gewesen ist.

6. Warte ab. Wer den ersten Fehler macht – von der trennst du dich auch. Entweder der einen oder der anderen versagen die Nerven. Die Geduldige gewinnt stets.

7. Für den äußersten Fall: Falls du das Ganze beenden willst und nicht weißt wie, so lege das Handy

an einem Ort ab, wo deine Frau eine Nachricht des Objekts (beziehungsweise deine Nachricht an das Objekt) finden und lesen kann. Wenn ihre Intuition gut funktioniert, dann wird sie Theater machen und dir Angst einjagen. Und so wird es dir leichterfallen, die Entscheidung zu treffen. Wenn sie kein Theater macht, dann bist du arm dran – du wirst dich weiter verausgaben und noch eine Weile hin- und herrennen müssen.

8. Beschimpfe formvollendet alle Kerle, die eine Geliebte haben. Wiederhole stets, was für Unglückskreaturen sie doch sind, wie sie überhaupt so leben können! In solchen Situationen zeigen sie sich erstaunlich naiv. Sie glauben (oder wollen glauben), dass du ganz anders bist.

9. Glaub ja nicht, es sei vorbei, wenn du z. B. annimmst, die Geliebte zu lieben und die Frau nicht mehr. Oder andersrum. Tausend Mal wirst du deine Meinung noch ändern. Egal bei welcher du bist, zwei Tage später wirst du die vermissen, die du »nicht mehr liebst«.

10. Wenn du beim Objekt deines Begehrens bist und deine Frau arg misstrauisch wird, verliere nicht die Ruhe und verlasse nicht sofort den Ort des Verbrechens. Und wenn du es dennoch tust, achte darauf, dass du viel Wärme beim Objekt zurücklässt. Vögeln kannst du sie ja in der Situation nicht mehr (dir wird nicht danach sein, und auch die Zeit wird fehlen), aber streicheln solltest du sie und sie davon überzeugen, dass du schrecklich unglücklich bist,

weil du so urplötzlich weg musst (die Frau erwähnst du auf gar keinen Fall! Streng den Kopf an und lass dir irgendwas Unaufschiebbares einfallen – oder gar etwas Tragisches: Lass jemanden »draufgehen« oder schick ihn ins Krankenhaus). Natürlich wird dein Objekt so oder so gekränkt und beleidigt sein, aber deine Aufgabe ist nun, gut loszukommen. Dein Objekt wird dich ausgerechnet jetzt extrem süß anflehen: »Bitte geh nicht«, und du wirst in dem Moment wirklich glauben, dass sie dich sehr liebt, aber dir ist es egal: Du lässt die Wärme da und rennst los. Das ist das Wichtigste – denn du wirst so oder so noch mal mit ihr Sex haben wollen, und so darfst du den Weg zurück nicht abschneiden. Übereilt darfst du sie nicht zurücklassen.

11. Freunde dich mit der besten Freundin (oder den Freundinnen) an. Klar wird sie sich in jedem Fall auf die Seite des Objekts schlagen, und wenn du ihr sagst, du hättest dich von deiner Frau getrennt, wird sie als Erstes zu ihr rennen und ihr mitteilen: »So ein Quatsch, ich habe sie zusammen gesehen«, aber vermeide es, sie zu hassen (mache sie dir zumindest nicht zur Feindin.), die beste Freundin muss ihr unbedingt folgende Worte sagen: »Macht nichts, zumindest bleibt dir ja der Sex.« Wenn du sie dazu kriegst, das zu sagen, dann bist du ein wahres Genie. Die beste Freundin muss eure Beziehung auf die »leichte Schulter« nehmen, denn eine »übertrieben enthusiastische« beste Freundin ist der größte Störfaktor.

***

Wie ich dann doch immer von ihr nach Hause eilte. Als würde sich eine Katastrophe ereignen, wenn ich das von mir festgelegte Limit überschritt.
Wie wir die Hauptstraße entlangflogen …
Das Handy hatte ich ausgemacht. Wollte nicht, dass Keti anrief (mittlerweile versteckte ich schon Keti vor Ana). Ana wusste ja, dass ich »furchtbare Probleme mit Keti« hatte. Also hätte ich mit Keti in einem anderen Tonfall sprechen müssen, als ich es normalerweise tat. Denn unsere Eheprobleme hätte man mir auch stimmlich anmerken müssen. Dabei hatte ich ja gar keine Eheprobleme (zumindest dachte ich das damals).
Ja, meine Schuld, das Telefon hätte ich trotzdem nicht ausmachen dürfen!
Ketis Wut hatte verschiedene Dimensionen, und es gab einen roten Bereich, in den man besser nicht vordringen sollte … Wobei ich Ketis Rage vor Ana nie in voller Pracht habe erleben dürfen … Bis dahin hatte sie im Streit nicht einmal ausreichend Schimpfwörter parat, fluchen konnte sie auch nicht, was man von ihrer Mutter nicht behaupten konnte – bei Leila merkte man von Anfang an, dass bei ihr in Krisenzeiten niedere Instinkte erwachen und sie tonnenweise Gift und Galle spucken würde. Wenn man ein Mädchen trifft, muss man schnellstmöglich die Mutter kennenlernen, denn es ist unausweichlich, dass sie eines Tages ihrer Mutter gleichen wird.
Früher, da habe ich bei Keti alle Sicherheitsvorkehrungen getroffen und mich daran gehalten, später wurde es mir zunehmend egal … Ich war es leid, mir Sorgen zu machen. »Gehst du mit Nikuscha ins Kino?« Ich hasste diese Frage, nicht wegen Nikuscha, sondern wegen ihr.
Das Kind sieht mich bis heute mit Ketis Augen an: mürrisch und von unten. Und ich verschicke derweil Kurznachrich-

ten … Wir, die fünfunddreißigjährigen Väter, zwingen uns, die Lieblingstrickfilme unserer Kinder anzusehen, während die sich immer mehr in Ebenbilder ihrer zornigen Mütter verwandeln …

Ich erinnere mich noch, einmal meinen gealterten Klassenkameraden im Kino getroffen zu haben (auch er war mit seinem Kind da, und seine deprimierte Gattin begleitete ihn als Hintergrundbild auf seinem Handydisplay). Mit seinem aufgequollenen Gesicht, den breiten Kieferknochen, einem Schwangerschaftsbauch wie im achten Monat, den Schuppen auf seinen Schultern und den stämmigen Beinen glich er einem Siebzigjährigen … Um ein Haar hätte ich ihn nicht erkannt.

»Der über die Giraffen war besser«, sagte er zu mir. »Dieser hier ist echt scheiße, und ich sehe ihn mir auch schon zum zweiten Mal an.«

»Lass uns irgendwo hinfahren«, sagte ich zu Ana, »es war echt super hier …«

Ich liebe Hotels. Der Vorschlag war ernst gemeint, ich hatte in dem Augenblick wirklich Lust bekommen.

Aber dann wäre Keti beleidigt. Das ganze letzte Jahr über versprach ich ihr, mit ihr auf irgendeine griechische oder italienische Insel zu fahren, sollte ich also mit Ana an so einem Ort landen, musste ich Keti ein anderes Land als meinen Aufenthaltsort angeben – irgendwas Geschäftsmäßigeres und Kaltes. »Ich fahre ins langweilige Bristol.«

Aber ein komplett anderes Land anzugeben, war immer mit großen Problemen verbunden: Das Land, in dem man sich wirklich aufgehalten hatte, würde es so oder so schaffen, sich irgendwie bemerkbar zu machen, sei es auch durch etwas vollkommen Banales wie der Gepäckaufkleber mit dem Flughafennamen, den man in der letzten Sekunde doch vergessen hatte abzureißen …

Einmal, da fiel es mir genau in der Sekunde auf, dass auf meiner Reisetasche LONDON HEATHROW stand, als ich gerade dabei war, die Wohnung zu betreten, obwohl ich laut offizieller Version nur im bereits dutzendfach bereisten Baku gewesen war. Fast mit den Zähnen habe ich den blöden Aufkleber abgerissen ...
Die falsche Angabe des Reiselandes führt immer praktische und psychologische Risiken mit sich: Du sagst das eine und befindest dich dabei ganz woanders. Du vermischst die Realitäten und stehst bald kurz vorm Nervenzusammenbruch. Du musst dir absolut sicher sein, dass du derjenigen, die du auf deine Reise mitnimmst, nicht überdrüssig wirst und in der Ferne nicht ebenfalls den Wunsch verspürst, dich zu verstecken.
Die Wahrheit muss der Lüge ähnlich sein.
In der Hinsicht habe ich bereits Erfahrungen machen müssen, denn ich hatte in der Vergangenheit einen immensen Fehler begangen: Ich bin mit N. B. in London gelandet, allerdings stellte ich bereits am ersten Tag nach der Ankunft fest, dass die ganze Situation nicht aufging. Und das größte Paradox der Sache: Plötzlich fing ich an, Keti zu vermissen. Ich wache also nachts auf, sehe N. B. neben mir und denke: Wer ist sie überhaupt? Was ist das für eine Art zu schlafen? Wo bin ich? Wieso bin ich überhaupt hier?
Ich befinde mich also in einem Hotelzimmer, in dem man nicht einmal die Fenster öffnen kann (damit nicht irgendein Psychopath auf die Idee kommt zu springen), und neben mir liegt: ein fremder Duft, fremde geschlossene Augen, fremde Ohren – mit Ohropax zugestopft ... Und gleichzeitig bin ich nicht einmal da, wo man mich vermutet. Würde ich sterben, von wo aus würde man meinen Leichnam zu Keti überführen? Von Baku aus oder von London? Wie beschämend ...

Ja, ja, man befindet sich an der Grenze zur Schizophrenie: Du denkst an die Leute, die grade nicht um dich herum sind, denkst an den Lärm, der dich nicht umgibt, an die Stadt, in der du nicht bist …
Dieses Mal hatte ich Keti erzählt, dass ich mit Menabde und einem gewissen Tsitsischwili in Baku sei (der Letztere war ein reines Produkt meiner Fantasie), während ich mich ja in London aufhielt – in ganz anderer Begleitung.

Und so war ich in dem Augenblick dem Irrsinn am nächsten, als Keti mich in London anrief und ich, nebenbei noch eine Unterhaltung simulierend, abnahm (als ob ich vor ihrem Anruf gerade ein Gespräch geführt hätte):
»Was machst du?«, fragte sie. »Sind gerade angekommen« (Wie ich dieses »gerade« doch hasse), und nebenbei antwortete ich den für Keti erfundenen Geisterstimmen: »Ich komme, ist ja gut!«
»Na gut«, sagte Keti, »ich rufe dich später an …«
In dem Augenblick war ich selbst davon überzeugt, dass ich mit meinen georgischen Kollegen verreist war, und wahrscheinlich warf ich für den Bruchteil einer Sekunde sogar einen Blick in Richtung des leeren Ausgangs – denn dort hätten die nicht existenten Menabde und Tsitsischwili auf mich warten sollen.
Die Stimmen und Schatten hätte man noch irgendwie handhaben können, aber im Hintergrund sollte ja Aserbaidschanisch und nicht etwa Englisch zu hören sein. Wie sollte ich also für Keti ganze vier Tage lang ein virtuelles Baku inszenieren? Wo sollte ich mit dem realen London hin? Na gut, Skype hätte man nutzen können, die Hotelzimmer ähneln sich zum Glück überall auf der Welt. Das größte Problem war aber, N. B. zu verstecken: Irgendwo musste ich ja mit ihr hin, wenn Keti anrief, und diese Tatsache würde auf kei-

nen Fall spurlos an unserem Verhältnis vorbeigehen (bestenfalls würde es nur ihre wohlwollende Einstellung mir gegenüber beeinträchtigen und schlimmstenfalls ein glückliches Sexleben unmöglich machen), aber ich hätte sie ja schlecht in der Zwischenzeit ins Bad einsperren können!
Tagsüber bewahrte ich einigermaßen die Ruhe: Ich ging mit meinen halluzinierten Kollegen meinen Phantomgeschäften nach, traf auf nicht existierende Partner und genoss die nicht reale Stadt. Nachts wurde es schwieriger: Irgendwann musste ich ja ins Hotelzimmer zurückkehren.
Und genau da ging wieder das Gerenne los!
Nachts um drei ging ich in den Korridor, suchte mir eine einigermaßen versteckte Ecke und telefonierte von dort aus mit Keti, die glauben sollte, dass ich mich in meinem Zimmer aufhielt …
Und wenn man darüber nachdenkt: Waren diese sechs, für sich betrachtet bedeutungslosen Nümmerchen den ganzen Aufwand wert?
Ja!
Es geht dabei nicht um Sex, es geht um etwas anderes …
Welch Erotik steckt doch in dieser weißen Handtücher-Bademäntel-Einwegpantoffel-Welt? Und in den fremden Badezimmern? Und im großen Spiegel? In einer anderen Duschkabine? In der Einsamkeit? In dem Schild an der Türklinke: Please do not disturb … *Zu jedem neuen Hotelzimmer sollte auch ein neues Mädchen mitgeliefert werden …*
Als eine Art sentimental-erotische Zusatzleistung.
Und wodurch ist das alles bedingt?
Großen Aufwand hätte sie nicht betreiben müssen, hätte sie es gewollt, hätte Keti auf dem leichtesten Weg herausfinden können, wo ich mich in Wirklichkeit aufhielt. Und hätte sie es herausgefunden, wie leicht hätte alles in die Luft fliegen können …

Ja, wie leicht man doch die Lüge aufdecken kann: Ein am Koffer befestigtes Gepäcktag kann eine sechsjährige Ehe zerplatzen lassen ...
Ein unbeabsichtigt oder aus Misstrauen kontrollierter Pass kann jede noch so ungetrübte Liebe töten: LONDON HEATHROW ... Wo warst du? Mit wem? In dem mitgebrachten Kleingeld kann sich eine fremde Stadt offenbaren, in irgendeiner banalen Quittung, die man aus Zerstreuung vergessen hat wegzuwerfen, oder gar in einem bestimmten Geruch – denn jede Stadt hat ihren eigenen Geruch.
Aber eine gute Spürnase muss ein Mensch dafür schon mitbringen!
Ich glaube, ich habe dich ermüdet!

28. WIE KÖNNEN WIR LERNEN, UNSERE GEDANKEN ZU VERBERGEN?

Direkt nach seiner Heimkehr begann Sandro mit misstrauenerweckendem Eifer, seinen Sohn zu bespaßen. Er war enervierend aufgekratzt (Keti war gerade dabei, sich Tee einzugießen, als er sich von hinten an sie heranschlich und ihr einen Kuss in den Nacken drückte), er kniff Nana in die Wange und drückte sie auf pseudokumpelhafte Weise, er war sich nicht einmal zu schade, ihr einen Klaps auf den Hintern zu geben (oder zumindest kam es Keti so vor), und erzählte ihr obendrein ziemlich laut einen schmutzigen Witz, in dem das Wort *Ficken* mehrmals vorkam. Das vernahm auch Nikuscha, sah zuerst etwas erschrocken zu seiner Mutter und lachte dann wie ein Irrsinniger vieldeutig auf.

»Pst«, lachte Nana, »er ist noch ein Kind!«

»Wie war es in Batumi?«, fragte Keti.

Hast du dich mit dieser Schlampe gut vergnügt?

»Morgens das Seminar, dann Essen ... ganzen Tag.«

»Warte Mal, ihr hattet ein Seminar?«, staunte Keti.

Habe ich etwas durcheinandergebracht, erschrak Sandro, *habe ich ihr etwas anderes erzählt?*

»Ja«, sagte er.

Was ja?

»Und das Wetter?«

»Es hat geregnet.«

Ich glaube dir nicht. Wieso löschst du die Nachrichten in deinem Posteingang?
»Habe heute versucht, dich anzurufen ...«
»Ja, habe ich gesehen, habe es wohl nicht gehört, muss das Ding lauter stellen ...«
Sie saß neben dir, und deswegen bist du nicht rangegangen.
»Hatten sie ein gutes Frühstück?«
»Ganz okay.«
Und sie hat davon keine Cellulite bekommen?
»Und was habt ihr so getrieben?« Sandro legte sich auf den Boden (er wollte, dass sich Nikuscha auf seinen Bauch setzte).
Ich habe dir die Pest an den Hals gewünscht, weil ich nicht weiß, was ich machen soll, wenn du dich so schweinisch verhältst ... Was fehlt dir denn?
»Nichts. War mit Nikuscha spazieren. Wollte erst ins Kino, war dann aber doch etwas zu faul.«
»Hättest doch hingehen können ...«
Du hättest nicht gehen sollen! Ich war bei meiner Mutter. Die ganze Nacht nicht geschlafen ...
»Ich hätte dich nach Batumi mitnehmen sollen.«
Ja klar?!
Nikuscha setzte sich zu Sandro auf den Bauch und begann zu kreischen. Sandro dachte an Ana: *Was meine Verrückte wohl macht?*

29. DIE SANDROS

Ana betrat ihre leere Wohnung und begriff sofort, dass in ihrem Leben etwas Ungewöhnliches vor sich ging. Manchmal bedurfte es Wochen, um die Sommer- oder Winteraffären einigermaßen ruhig, ohne hysterische Ausbrüche und sinnlose Tränen, zu verarbeiten, aber längst war sie aus dem Teenageralter raus und auch nicht mehr die alte verträumte Ana, die sich sehnlichst wünschte, ihren Gatten loszuwerden, und sich während ihrer jobbedingten Auslandsaufenthalte in ungehobelte und keineswegs gut aussehende Kameramänner verguckte.

Ja, vor ihrer Batumireise war sie mit Maia Achba auch gnadenlos über Sandro hergezogen (»Er wollte mich vergewaltigen, so ein Idiot ... Hat mir die Leviten gelesen, war eifersüchtig ...«), aber in Batumi war sie eindeutig die Aktivere von ihnen beiden gewesen. »Das liegt nicht an dir«, hatte sie zu ihm gesagt. »Die Hotelzimmer wirken einfach ziemlich erotisch auf mich.«

Aufs Klo zu gehen, erwies sich als Problem. Sandro war noch nicht entspannt genug, um in Anas Anwesenheit sein Geschäft zu verrichten. Wasserhähne aufzudrehen und zu husten, würde hier auch wenig helfen. Was, wenn doch ein paar Geräusche nach außen drangen? Zweimal nutzte er die Toilette im Foyer, doch die Zimmertoilette – nein, das wagte er nicht.

Ana wusste Bescheid.
»Der Arme hat sich wirklich gequält«, berichtete sie Maia. »Ich weiß das aber durchaus zu schätzen.«
Auf der Rückfahrt, als Keti immer und immer wieder ihren Ehemann anrief, war Ana durchaus entspannt und empfand keine pubertäre Aufregung. Aber bereits kurz nachdem sie zu Hause angekommen war, spürte sie eine unerträgliche Sehnsucht nach ihrem neuen, komplexbeladenen Freund und bei dem Gedanken, dass sie am nächsten Morgen gezwungen sein würde, zu einem Leben ohne Sandro zurückzukehren, stieg eine starke Wut in ihr auf.
Ana duschte sich (gestern, genau um diese Uhrzeit, war Sandro zu ihr in die Dusche geschlichen), wickelte sich ein grünes Handtuch als Turban um den Kopf, legte sich mit dem Laptop ins Bett und tippte die Worte, die an ihren Freund gerichtet waren:
Ich wünschte mir sehr, du wärst bei mir :)
Sisi. Susa. Um ein Haar hätte sie noch Kosenamen für ihn erfunden, wie bei einem echten Freund. Gleich darauf kamen mehrere Fragezeichen zurück:
???
Und kurz danach ein Smiley:
:)
Er ist bestimmt betrunken, dachte sich Ana und schickte ihm ein paar Ausrufezeichen und ein paar Sonnen hinterher.
Was treibst du so?, erfolgte als Antwort.
Liege im Bett :) :) :)
... und rieche nach dir.
Die Antwort ließ auf sich warten, kam aber dennoch:
Und ich nach dir :)

Wirst du schlafen?
Ich versuche es :) :), antwortete Ana.
Ich muss Keti abholen. Sie wartet auf mich, kam von Sandro.
Wo ist sie? :) :)
Bei Nikuschas Patentante
So spät? :) Ich höre deine Platte
Dieses Arschloch hat ihr auch noch eine Platte geschenkt?
Kommst du?, schrieb Ana.
Na klar kommt er ...
Nein, ausgeschlossen
War nur Spaß. :) Sorry
Oh, bist du etwa beleidigt? Dann ruf einfach nicht mehr an, okay?
Ja, wieso hätte Sandro selbst nicht solche Sätze schreiben können? Wieso war es so schwer, das hier zu formulieren?
Ich schlafe jetzt, teilte Ana mit.
Ist mir doch egal.
Plötzlich begann das Kamerazeichen zu leuchten.
Schalt doch die Kamera ein, bitte!
Was willst du? Ana musste schmunzeln.
Zwei Sekunden :)
Ich liege schon im Bett :)
Ich werfe einen Blick auf dich und mache mich dann los :)
Komm nicht auf die Idee, irgendwelchen Quatsch von mir zu verlangen, ich bin einfach zu müde :)
Was sollte er von ihr verlangen?
Okay :)
Ich bin hässlich :)
Mach mich nicht weiter mürbe
Dann nur eine Sekunde :)

Wieso lässt du mich so lange betteln? :)
Ana nahm das Handtuch vom Kopf, öffnete die Haare und schaltete die Kamera ein.
Was will die denn hier?
Es reicht jetzt :), schrieb Ana.
Die legt er flach?
Ihre Finger gehorchten nicht, sie schaffte es kaum, einen Smiley zu tippen.
:)
Ana schickte ein Fragezeichen:
?
Sehe ich hässlich aus? :)
Dieses Miststück!
Sie konnte kaum tippen, schickte erneut einen Smiley:
:)
Ana hielt inne. Keti löschte den Konversationsverlauf, klappte den Laptop zu und rief zu Sandro, der im Nebenzimmer vor dem Fernseher saß: »Magst du einen Tee?« Ihre Stimme klang heiser. Sie hatte Schweißausbrüche.
»Nee, kann dann nicht mehr einschlafen«, antwortete Sandro. Dann zog er das Handy aus der Tasche und sah auf den Bildschirm. Ana hatte nichts geschrieben. Sie schläft, dachte er.

30. DIE DELIKATE ART ZU GEHEN

Sandro wühlte sich durch einige nicht sonderlich geistreiche Witzseiten und versuchte, sich ein paar der Witze einzuprägen. Ab und an traf er sich mit ehemaligen Kommilitonen (unter anderem auch mit seinen Exgeschäftspartnern) und wollte wenigstens für ein, zwei Stunden ihre Art von Vergnügen teilen. Auswendig gelernte Witze testete er im Vorfeld an Omar, und nur wenn dieser lachte, erzählte er sie auch bei anderen Gelegenheiten.
Wie immer trafen sie sich auch dieses Mal in einem Restaurant. Einer von ihnen hatte eine mehr oder weniger offizielle Geliebte mitgenommen, die mindestens zwanzig Jahre jünger war, und sie wiederum hatte ihre siebzehnjährige Freundin dabei. Die beiden, so unglaublich das auch klingen mag, hatten aus lauter Langweile (oder vielleicht um das infantile Image aufrechtzuerhalten, auf das ihre Kerle abfuhren) angefangen, Verstecken zu spielen. Diese beiden überdimensionierten Rotzgören krochen unter die Tische, zählten mit geschlossenen Augen bis zehn und rannten dann grölend und lachend durch die Gegend ... Der dazugehörige Mann verlor zwischendurch die Fassung und brüllte wie ein sorgenvoller Vater: »Seid ihr im Kindergarten, verfickte Scheiße noch mal? Bewegt eure Hintern hierher, beruhigt euch, esst was!« Statt einer Ant-

wort kam nur: »Ich kann dich sehen, ich kann dich sehen ...«
Sandro verbrachte ganze zwei Stunden mit ihnen und wagte erst dann, sich davonzustehlen, als ein besoffener Kommilitone zum dritten Mal die gleiche Frage stellte: »Wie viel kostet dich deine Frau pro Jahr?«
Sandro hatte sich noch eine Stunde für Ana aufgespart (»Ist man aus dem Haus, fangen Ehefrauen meist so nach drei Stunden und vier Minuten an anzurufen«), und so schlich er mit dem Vorwand, aufs Klo zu gehen, von dannen, ohne auch nur im Geringsten daran zu denken zurückzukommen: Mit jeder Minute musste er sorgfältig haushalten.
Vor dem Sex mit Ana gab es meist eine zehn- bis fünfzehnminütige formelle Unterhaltung als Präludium, aber dieses Mal nahmen sie wie ein altes Ehepaar nebeneinander Platz, und obwohl Sandro unter den unheilvollen Zwängen stand, verschwendeten sie kostbare Minuten mit keuscher Plauderei. Normalerweise hätte er die Restauranterlebnisse für Keti aufsparen sollen (immerzu versuchte er die Balance zu halten: Keti gehörte der Alltag, Ana die Liebe), aber diesmal berührte ihn das Mädchen so eigenartig ehefräulich, und auch der Bademantel, den sie trug (und wie sie ihn trug), hätte eher zu Keti gepasst als zu ihr.
Sandro nahm in dem durchgesessenen Sessel Platz und warf mit gequältem Gesicht die Schuhe ab.
»Die tun weh«, sagte er.
»Du riechst nach Kebab«, Ana verzog das Gesicht. »Warst du im Restaurant?«
Sandro zog sein Jackett aus und hielt es vor seine Nase.

»Ja, iiigitt«, auch er verzog das Gesicht. »Muss ich wohl wegschmeißen ...«
Ana fuhr ihm mit der Hand durch die Haare. Der Bademantel ließ einen kurzen Blick auf ihre Brust frei (allzu sehr sollte man diesen Bademantel also nicht bemängeln). Sandro schob seinen Finger in ihr Dekolleté, Ana schrak zurück.
»Warte, erzähl mal, wo du warst ...«
»Im Zoo.«
»Hast du getrunken?«
»Ja.«
»Und Kinder?«
»Ja, es gab auch Kinder. Der eine hat eine siebzehnjährige Geliebte. Salome. Und zu Hause eine Frau, die hundert Kilo wiegt. Schwanger mit dem dritten Kind ...«
»Wessen Kind?«
»Na deren.«
»Du meintest doch, es waren Kinder dabei?«
»Nein, das sind andere Kinder ... leicht schlampige. Kinderschlampen sozusagen. Immerzu sage ich mir, die nicht mehr zu treffen, und dann gehe ich doch wieder hin.«
»Dann geh nicht mehr hin.«
»Ja, bin ein Trottel ...«
»Na ja.«
»Wie spät ist es? Ich habe keine Lust, die Schuhe wieder anzuziehen.«
»Ich ziehe sie dir an.«
Sandro küsste ihre nackte Schulter, er schob den Bademantel zur Seite und berührte mit der Zunge ihre Brustwarze.
»Was willst du?«, lächelte sie.

Von der für Ana aufgesparten Zeit waren schon wieder zwanzig Minuten vergangen. Ana saß auf seinem Schoß. Sie waren zu müde zum Sprechen. Gerne wären sie einfach so eingeschlafen. Ana berührte seinen nicht sonderlich vielversprechend gewölbten Hosenschlitz.

»Neulich habe ich darüber nachgedacht, dass du einen ziemlich idealen Pimmel hast. Nicht groß, nicht klein. Genau wie für mich gemacht.«

Was heißt denn bitte: nicht groß, nicht klein ...

War das ein Kompliment?

Sandro suchte nach einem raffinierten Weg, sich aus dem Staub zu machen. Er wollte bereits gegangen sein, wenn Ketis dissonante Stimme aus dem Hörer erschallte. Wäre nicht Keti, würde er die ganze Nacht hier so sitzen ... aber ... er musste ja die Schuhe anziehen.

»Ende des Monats ziehe ich aus«, rutschte es ihm unerwartet raus.

»Bitte fang jetzt nicht an, jemanden schlechtzumachen, sonst drehe ich noch durch ...«

»Ich mache niemanden schlecht, aber am Ende wirst du dann doch diejenige sein, die man schlechtmacht.«

»Das werde ich nicht sein. Quäl mich nicht, sonst verschwinde ich einfach. Ich bin eine Spezialistin im Verschwinden.«

»Ich will nicht gehen ...«

»Du musst. Das ist deine Pflicht!«

Ana erhob sich lachend, obwohl man ihr ansah, dass ihr Lachen künstlich war. Sandro begriff, dass er zu voreilig gewesen war – er musste etwas feinfühliger vorgehen. Nun würde er nach Hause gehen, sich zu

Qiqi legen und sich über Ana den Kopf zerbrechen. Kaum zu Hause angekommen, würde er sofort wieder zurück zu Ana wollen.
»Ich will irgendwo hinfahren«, sagte er.
»Mach doch«, gähnte Ana.
Dieses Gähnen machte ihn endgültig fertig. Er musste ihr offenbaren, was ihn bedrückte. Er musste ihr Mitleid ernten. Nur Ehrlichkeit konnte ihn jetzt noch retten.
»Gleich ruft Keti an, und ich muss sie anlügen, oder ich darf nicht rangehen, und sie ruft wieder und wieder an, um mich damit fertigzumachen. Dann muss ich nach Hause, wieder die Schuhe ausziehen und dir von dort aus schreiben ...«
»Dann schreib mir nicht ...«
»Was soll das denn heißen: Dann schreib mir nicht. Hältst du mich für einen Idioten?«
Ana wusste nicht mehr recht, wie sie mit Sandro reden sollte, wie lange sie ihm noch kluge Ratschläge erteilen sollte. (»Vielleicht solltet ihr offen miteinander reden? Vielleicht ... vielleicht ... vielleicht.«) Und im Prinzip war sie es langsam leid, sich um die Rettung der Liebe von Sandro und irgendeiner Keti kümmern zu müssen. Und wieso sollte sie überhaupt einer Frau gegenüber Solidarität zeigen, die nicht einmal für ihren eigenen Mann irgendeinen Wert besaß?
»Rede offen mit ihr ... Belüge sie nicht ...«
Sie hat Mitleid mit mir, freute sich Sandro und beugte sich mit einem gequälten Gesichtsausdruck zu seinen Schuhen hinunter.
Lass mich auf eine nette Art gehen. Ohne Vorwürfe.
»Mir ging es auch so mit Jaba«, sagte Ana. »Zwei Jah-

re lang konnte ich keine Entscheidung treffen. Mir war körperlich schlecht, wenn er neben mir lag ... und trotzdem konnte ich nicht gehen. Das war, wie mich selbst zu misshandeln. Er wollte Sex, und ich konnte ihn nicht an mich ranlassen ...«

»Hattet ihr also keinen?«, Sandro zog sich einen Schuh an. Die Vorstellung, wie die beiden Sex hatten, ärgerte ihn ein wenig.

»So richtig nicht.«

»Bei mir ist es auch so.« Jetzt zog er sich den zweiten Schuh auch an. Langsam, mit tragischer Miene. Obwohl bis zu einer rundum gelungenen Verabschiedung noch etwas fehlte.

»Wir müssen irgendwo hin«, sagte er. »Ich brauche das, bitte.«

»Heute?«

»Nein, zum Beispiel am Monatsende ... Italien, für drei Tage ...«

»Drei Tage ist zu stressig.«

»Vier Tage ...«

»Was schleppst du mich hin und her? Ich entwickele noch Ansprüche. Du wirst es später bereuen.«

Sandro faltete mit leidvollem Gesicht sein nach Essensgeruch stinkendes Jackett zusammen.

»Das packe ich schon.« Er lächelte.

»Ich werde dich einiges kosten. Ich sollte Keti anrufen und ihr sagen, dass sie fremdgehen soll.«

»Wieso?«

»Damit ihr Selbstwertgefühl steigt.«

Es war zu überstürzt. Ich hätte sie noch schnell flachlegen sollen, sie lässt mich nicht gehen.

»Du kennst sie nicht«, sagte er. »Schon aus Dickköpfigkeit wird sie mich niemals betrügen.«

»Ich finde für deine Frau einen guten Typen.«
»Mach das ...«
»Was glaubst du, dass sie keinen Bock auf andere Typen hat? Glaubst du, Keti besorgt es sich nicht selbst, wenn sie untervögelt ist?«
»Oh Gott ...«
Sandro versuchte, sich die von der 24-Stunden-Nanny vereinnahmte Keti beim Masturbieren vorzustellen.
»Schreibst du etwa einen Artikel über solche Frauen wie Keti?«, lachte er ängstlich auf.
Nicht, dass dieses freche Ding wirklich auf die Idee kam, so etwas zu schreiben!
»Alle sind wie Keti. Nur die Nachfrage deckt nicht alle ab.«
Sandro bereute in dem Augenblick, dass seine Frau unter der geringen Nachfrage leiden musste, wobei ihn viel mehr die Tatsache bekümmerte, dass er den Redefluss seiner Geliebten nicht gestoppt kriegte. Um ein Haar hätte er sie angefleht: »Lass mich jetzt auf nette Weise gehen, quäl mich nicht. Qiqi ruft gleich an.«
»Ich hasse es, wenn du so loshetzt«, rutschte es Ana raus.
»Ich auch«, murmelte Sandro.
Ana war zum ersten Mal wie eine *Freundin*, und das ausgerechnet jetzt, wo er im Begriff war aufzubrechen.
Keti rief nicht an.
Sandros Beine zitterten vor Müdigkeit.
»Ich gehe jetzt«, sagte er.
»Ja, mach das.« Ana lächelte ihn an.

31. TOLLWUT

Den Buchungslink schicke ich dir morgen
Was ist das für ein Seminar? :)))
Wie wir uns von sinnlosen Hoffnungen befreien können
Ich verhalte mich wie die allerletzte Schlampe :)
Du kannst ja beim Papst eine Beichte ablegen
Er wird mich in Verdammnis stürzen
Dein Selbstwertgefühl ist ziemlich gering :)
Was sagst du ihr? Damit ich auch die offizielle Version kenne
Die Italiener interessieren sich für unsere Pflaumensauce Tkemali. Sie hat es geschluckt. Ist zumindest bisher nicht bissig
Impfst du sie ab und an gegen Tollwut? :)
In hoher Dosierung!
Was schreibe ich da? :) Du bist schuld. Echt jetzt
Ich werde mich bei ihr entschuldigen
Das ist meine Pflicht
Machst du mich vor Keti auch so nieder?
Du bist in keiner Weise Thema
Ich sag doch, ich muss dieser Frau helfen :)
Ich schicke dir noch mehr Patientinnen
Okay, ich gehe schlafen :) :) :)
Ist jemand bei dir? Wieso verabschiedest du dich so abrupt?
Ja, gleich zwei, wir werden eine Orgie feiern :)

…

Du bist echt krank

Ich küs…

Man impfte sie also.

Keti musste sich extrem zusammenreißen, um Ana nicht auf der Stelle zu schreiben. Sie hätte nicht gedacht, dass man sie, Keti, als Ramschware betrachten würde.

Sandro blieb gleich online und schrieb im selben Zug an Tiko:

Du meldest dich ja gar nicht, wenn ich dir nicht schreibe. Ich wollte schon abwarten, wie lange du es aushältst … Vielleicht bin ich mittlerweile pleite, mir sind die Haare ausgefallen, oder ich bin fett geworden … Du bist wirklich eine Egoistin! Niemand wird dich heiraten! :) Dann wirst du mich zu schätzen wissen! :))

Wem schreibst du noch alles, du Bastard? Lass mich jetzt endlich schlafen, es wird gleich hell …

32. WIE WICHTIG IST ES, KLUGE MITSTREITER ZU HABEN?

Keti zerschlug das neben dem Kühlschrank befestigte Telefon (dessen Verschwinden Sandro nicht einmal auffiel) und brach in Anwesenheit von 24-Stunden-Nanny Nana in lautes Weinen aus, im Verlauf des Tages wählte sie achtzehn Mal die Nummer ihres Mannes, doch jedes Mal verließ sie der Mut, ihm *alles* zu sagen. Wäre es nicht doch besser gewesen, sie hätte nichts gewusst? Was sollte sie löschen? Was sollte sie abspeichern?

»Du musst dir erst einmal einen genauen Überblick verschaffen«, riet ihr ihre Mutter.

Genau wie ihre Tochter befand auch sie sich in einer merkwürdigen Situation: Einerseits ermutigte sie ihre Tochter zum Kampf, andererseits versuchte sie, Keti zu animieren, dass sie in Ruhe alles überdachte und sich überlegte, was in dieser Situation das Klügste wäre: »Du hättest alles zertrümmern, den Jungen nehmen und zu mir kommen sollen!« Dann wieder plötzlich: »In was verstrickst du dich? Was wühlst du da rum? Was versuchst du damit zu beweisen? Wem bringt das was? Wie bist du da überhaupt reingekommen?«

»Was hat er geschrieben? Was verabreicht er?«

»Impfung. Gegen Tollwut. Mir.«

»Als wärst du ein Hund?«

Gerade als der Konflikt so richtig hochkochte und

Keti beschloss, für anderthalb Tage aus der gemeinsamen Wohnung und zu ihrer Mutter zu ziehen, beruhigte sie ihre Mutter auf eine vordergründig humorvolle und zugleich merkwürdig sadistisch-belehrende Weise:

»Du kannst dir nicht vorstellen, wie früh heutzutage bei den Männern die Midlife-Crisis losgeht. Ein bisschen musst du noch aushalten, und dann wirst du ihn nicht mehr los, selbst wenn du es wolltest.«

Bereits seit vierzehn Jahren hatte Leila eine lebende Mumie zu Hause liegen, und um einen Anlass für Eifersucht zu finden, hätte sie diesen nur noch um des eigenen Vergnügens willen herbeifantasieren müssen. Wer sonst hätte Interesse an Gogi, ihrem halbseitig gelähmten Mann, zeigen sollen! Dabei hatte sie einmal, vor Jahren, einer Geliebten von Gogi sogar eine Ohrfeige verpasst (sie hatte in der Jacketttasche ihres Mannes einen zerknüllten Zettel entdeckt: »Gogi, Sie sind ein wahrer Tanzkönig!«).

Heillose Streits hatte sie gewohnheitsmäßig angezettelt, als sie noch in der Schule arbeitete und pro Schuljahr mindestens ein oder zwei ungezogene Schüler verdrosch. Sie war gut darin, an Haaren zu ziehen und Backpfeifen zu verteilen (vor allem, wenn Keti am Ende des Schuljahres keine guten Abschlussnoten nach Hause brachte), aber in den letzten Jahren begnügte sie sich damit, dass sie Gogi manchmal leicht kniff ...

So verbrachte Keti einen halben Tag bei ihrer Mutter, während die Pflegerin die gesamte Wohnung mit Salbengestank füllte (die Frau musste Gogi zwei Mal pro Woche mit verschriebenen Salben einreiben, um zu verhindern, dass er vom Liegen Druckgeschwüre bekam), und nachdem sie lange genug Leilas überheblich-belehrendem Gerede zugehört hatte, machte sie sich endgültig bewusst, dass sie heute keinesfalls aus der gemeinsamen Wohnung ausziehen würde.

»Ich fange an, mich vor ihm zu ekeln«, sagte sie. »Das ist, was mich am meisten erschreckt ...«

Leila sah sie entgeistert an: Es war doch gar nicht zwingend notwendig, dass man seinen eigenen Mann liebte. Nein, sie hätte ihre Nase nicht in diese ganze Geschichte reinstecken sollen!

33. WIE KÖNNEN WIR EINEN VIRUS AUFSPÜREN?

Sandro begriff nicht, warum über das ganze Bett Ketis Kleider verteilt lagen. Auch war es zu Hause unangenehm ruhig. Nikusha sah ihn seltsam grimmig an. (»Was willst du denn jetzt, Nika?«) Sandro schickte eine Kurznachricht an seine Frau, erhielt jedoch keine Antwort, das Kind ließ sich nicht streicheln und begann zu nörgeln, sobald er es auf seine Knie setzen wollte.

Keti tauchte kurz darauf wieder auf.

»Hast du etwa geweint?«, wunderte sich Sandro. Ketis Augen waren gerötet.

»Nein, bloß eine Allergie.«

»Gegen was?«

»Medikamentengeruch ...«

»Warst du bei deiner Mutter?«

»Ja.«

»Wieso?«

»Bin einfach so vorbeigegangen.«

Kurz darauf blinkte Sandro auf Anas Rechner:

Bist du online???

Ja :), antwortete diese.

Ich brauche die genaue Adresse deiner Wohnung

Wozu? :)

Sie brauchen es in der Botschaft

Welche Botschaft? Ich habe ja bereits ein Visum

Nein, sie fragen mich, sie wollen wissen, mit wem

ich verreise, irgendwelche idiotischen Vorschriften :)
Was für ein Schwachsinn :) :)
Ich kann nichts dafür, ist so :)
Kapiere es nicht :)
Straße, Hausnummer, Hauseingang :) :)
Verarschst du mich? :) :) :)
An die Hausnummer erinnere ich mich nicht mehr
In genau diesem Moment erhielt Ana eine SMS von Sandro auf ihrem Handy:
Was treibst du so?
Wie ... was treib ich so?, antwortete sie via Rechner.
Jetzt spinnt er total ...
Wie ... was treib ich so?, wiederholte Ana. **Sandro?!**
Sandro antwortete nicht mehr. Jetzt schrieb sie ihm ebenfalls per Handy:
Zweiter Hauseingang, vierter Stock :)
Wie bitte?, kam von Sandro als Antwort zurück.
Meine Adresse
Wem schreibst du? :)
Wie wem schreibe ich? Dir! :)
Wieso? :)
Wie, wieso? Wegen des Visums :)
Ich glaube, du hast da einen anderen Typen am Start und bringst die Nummern durcheinander, Ana. Hast du denn kein Visum?
Wie bitte???
Bist du betrunken? :) :)
Nein :) ????
Du hast mir doch gerade geschrieben, du bräuchtest meine Adresse?
Ich? Wann?
???

??? :) :)
Wegen der Adresse?
Wo?
Wie wo? Jetzt, vor fünf Minuten! :)
Wo denn? Ich war gar nicht online.
Du bist auch jetzt online :) :) :)
Wie soll ich denn online sein, wenn ich es nicht bin?
Sandro warf einen Blick in seinen Posteingang. Und er begriff: Wenn schon nicht sein Leben, so musste er doch zumindest seine technischen Abläufe ändern.

34. IM NAMEN DER LIEBE

Sandro stürzte zu seiner Frau, die sich im Schlafzimmer versteckte. Keti saß auf dem Bett, in der zitternden Hand ein Blatt Papier, den Blick auf die Tür gerichtet – als hätte sie auf diesen Angriff gewartet.
»Hast du etwa in meinem Account geschrieben?«
»Und du? Wen impfst du? Wer ist diese Schlampe, die du über mich herziehen lässt?!«, begann Keti zu kreischen.
Sandro drückte sich gegen die Tür. Irgendwie dachte er, dass Nana und Nikuscha gleich reinkämen, und auch sie würden dann allzu genau informiert werden, wem und was genau diese Frau schrieb (Nana wurde irgendwo zwischen Badezimmer und Korridor – das Kind saß auf der Toilette – von Ketis Schrei gestoppt und wagte es nicht, sich zu regen).
»Wie bist du da reingekommen?«
»Auf was für Seminare schleppst du sie mit? Wen nimmst du mit nach Italien?«, brüllte Keti zurück.
»Ach, und deswegen drehst du durch, ja?« Sandro trat mit dem Fuß gegen die Schranktür, und fast triumphierend brüllte er noch lauter: »Wie bist du da reingekommen?«
»Wen nimmst du da mit?« Keti sprang auf.
»Setz dich wieder.« Sandro wurde wieder leiser.
»Wen nimmst du da mit? Wer ist diese Schlampe überhaupt?«

»Senk die Stimme!« Sandro wedelte mit der Hand. Keti kam auf ihn zu.
»Wen nimmst du da mit?«
»Wohin?«
»Für wen buchst du da gerade die Reise?«
»Ich buche gar nichts.«
»Mit wem warst du in Batumi? Glaubst du, ich habe dir deinen Schwachsinn abgekauft?«
»Welchen Schwachsinn?«
»Diese Schlampe, mit der du in Batumi warst und die jetzt auch mit nach Italien soll. Vor einer Woche bist du nicht einmal ans Telefon gegangen, als ich dich anrief. Und vor einem Monat bist du um drei Uhr morgens nach Hause gekommen, und meine Nachrichten waren dir vollkommen egal.«
Woher weiß diese Kuh das alles?
»Wen nimmst du da mit? Wer ist diese AN?«
Sie kennt sogar den Namen!
»Wie bist du an mein Passwort gekommen?«
»Wer ist sie?«
»Niemand!«
»Sie war doch in Batumi dabei?«
»Nein.«
»Wieso bist du nicht ans Telefon, als ich anrief? Wieso hast du nicht aus dem Zimmer mit mir geskypt?«
»Was für ein Zimmer?«
»Das Hotelzimmer.«
»Habe ich doch.«
»Hast du nicht. Du hast behauptet, kein Netz im Zimmer zu haben ... Dabei saß diese Schlampe dort rum, und deswegen konntest du nicht online kommen ...«
»Niemand saß dort rum ...«

»Du glaubst, ich checke nicht, wieso du ständig mit dem Handy aufs Klo rennst? Wieso hältst du mich für so blöd? Wieso glaubst du, dass man mich so leicht für dumm verkaufen kann? Denkst du wirklich, dass ich so dämlich bin, Sandro?«

»Bist du jetzt völlig irre?«

»Du willst mich als eine scheiß Verrückte hinstellen, als würde ich mir das alles ausdenken ... Dabei denke ich mir gar nichts aus, sie schrieb mir doch all diese Antworten! Habe ich mir selbst geschrieben? Mit deinem Passwort obendrein? Bin ich so gaga? Lüg mich nicht an, Sandro ...«

»Ich lüge dich nicht an ...«

»Klar lügst du mich an, sie hat mir doch geschrieben! Sie schrieb mir, die, mit der du nach Italien fahren willst.«

»Ich will es doch gar nicht ...«

»Natürlich! Du bist ja grade dabei, Tickets zu buchen!«

»Mach ich nicht ...«

»Wieso schreibst du dann über mich, du würdest mich impfen und ich würde es schlucken? Was schlucken? Eure Reise? Ich soll still sitzen, euch herumreisen lassen und dann wie ein Vollidiot auf euch warten? Verhalten sich kluge Frauen so, ja? Soll ich vielleicht für euch gleich die Tickets organisieren ...«

»Ich bin müde ...«

Keti sah auf das Blatt in ihrer Hand:

»*Wie wir uns von sinnlosen Hoffnungen befreien können ... Sie hat es geschluckt. Ist zumindest bisher nicht bissig ...* Was soll das heißen?«

»Was?«

»Impfst du sie ab und an gegen Tollwut? In hoher Dosierung … Wen impfst du? Mich etwa?«

»Zeig mal …«

»Was soll ich dir zeigen? *Ich sag doch, ich muss dieser Frau helfen.*«

»Zeig mal kurz …«

»Ja, gleich zwei, wir werden eine Orgie feiern. Und ist das auch von mir?«

»Nerv mich nicht, Keti …«

»Wem hast du ein Ticket gebucht? Lies es! Wieso antwortet sie mir überhaupt?«

»Ich weiß nicht, warum sie dir geschrieben hat …«

»Komm, lass dir irgendeine gute Lüge einfallen. Mach schon!«

»Es geht dich einen Scheiß an, wieso sie dir geschrieben hat! Ja, ich habe gebucht, los, druck es aus!«

Schlagartig beruhigte sich Keti.

»Was?«, fragte sie nach.

»Das Ticket. Ich nehme sie mit.«

»Wen?«

»Was – wen? Was fragst du mich …«

Sandro kam seine Stimme eigenartig fremd vor.

35. WIE WIR UNSERE STRATEGIE ÜBER BORD WERFEN KÖNNEN

»Soll ich sie anrufen und sie vor deinen Augen fertigmachen?«

Sandro klammerte sich an Ketis frostige Hände, während diese seltsam monoton und mit irrer Energie immer das Gleiche wiederholte: »Ist das ihr Kosename? Wie nennst du sie sonst noch?«

»Habe es einfach so aus Trotz gesagt, ich schwöre es bei meiner Mutter! Soll ich sie anrufen? Soll ich sie fertigmachen ... Bitte häng das wieder in den Schrank zurück ...«

Wegen wem sollte er sich überhaupt auf so einen Streit einlassen? Und vor allem warum? Wegen irgendeiner blöden Ana und irgendeiner masturbierenden Tiko? Was für ein Schwachsinn!

Keti legte sich zu Nikuscha ins Bett. Sie ging nicht weg.

Sandro legte sich, ohne sich zu entkleiden, auf den Rücken und fixierte mit gerötetem, von Tränen salzigem Gesicht die Wand. Wenn morgen doch bloß Sonntag wäre, schoss ihm durch den Kopf. Ich werde nicht hochkommen.

Am nächsten Morgen warf Keti erneut einen Blick in Sandros virtuelles Leben, wobei sie dort nichts Neues vorfand.

Ana schickte ihm eine Nachricht:

Ist Italien gecancelt?

Aber eine Antwort erhielt sie nicht mehr. Sandro wurde einfach *geschlossen*.

36. (…)

12. Seid vorsichtig, wenn ihr Nachrichten verschickt. Es kann durchaus passieren, dass ihr genau in dem Moment an eure Frauen denkt und eine für jemand ganz anderen bestimmte Nachricht an sie geht. Das Hirn setzt aus, und der Daumen könnte dein Ende bedeuten – ganz unbewusst wählt er den falschen Namen.

13. Das ist definitiv die schlimmste Phase: Wenn du dich vom Objekt deines Begehrens trennen willst, es aber nicht hinbekommst. In dieser Zeit muss man sich unbedingt auf dessen Nachteile konzentrieren: das Gewicht, die Asymmetrie der Gesichtszüge, idiotische Eigenschaften (irgendwas Unerträgliches wird man in jedem Fall finden), die Tatsache, dass sie bereits ein Kind hat (von ihrem Exmann selbstverständlich), nervtötende Freunde, der Werdegang, schreckliche Verwandte. Je mehr du mit ihr schimpfst, desto besser. Aber: Tu es wie ein Demagoge. Wirf ihr vor, sich wie ein Flittchen zu benehmen. Am Ende wirst du es selbst glauben! Sei gemein. Sei schlecht. Wenn du dich selbst nicht mehr magst, wirst du auch keinen Bock mehr haben, mit ihr zusammen zu sein.

14. Wenn du wirklich »erkalten« willst, ist Sex zu dritt die beste Lösung. Du musst sie mit einem an-

deren Typen zusammen vögeln. Du wirst zwar eifersüchtig sein, aber »die Liebe« wird danach auch nicht mehr schmecken. Hauptsache, du kriegst sie dazu. Anfangs wird sie sich gekränkt geben, dann wird es ihr schmeicheln. Und sowieso: Je eher sie kapiert, dass man dir nicht vertrauen kann, desto früher wird sie dich loslassen. Lüge, sooft du kannst. Es ist zwar stressig, aber einen anderen Ausweg wirst du nicht haben.

15. Eigentlich läuft aber alles darauf hinaus, dass der Punkt hinter allem erst gesetzt werden kann, wenn das Objekt deines Begehrens dies so beschließt. Sie muss gehen, damit du einen Schlussstrich ziehen kannst. Aber sie geht nicht. Niemand geht. Du kannst niemanden rauswerfen.

16. Wenn sie dennoch Härte zeigt (manchmal will sie dich mit unerklärlicher Entschiedenheit vor die Tür setzen) und du aber noch nicht bereit bist zu gehen oder überhaupt irgendwas zu ändern, halte dich nicht zurück: Werde zu einem Psychopathen. Heule. Jage ihr Angst ein. Letzteres allerdings im äußersten Fall.

17. Bewahre das Gleichgewicht – sowohl hier als auch da. Teile dich gerecht auf. Wie bei Zwillingen – genauso teile auch die Geschenke zwischen den beiden auf, keine darf etwas Schöneres und Einzigartigeres bekommen. Erinnere dich an die Geschichte von B. L.: Binnen einer Woche war er gezwungen, zwei Mal in dieselbe Stadt zu reisen – erst mit dem Objekt seines Begehrens und dann mit seiner Frau. Drei Tage

verbrachte er dort, kam dann zurück, fuhr das Objekt nach Hause, ging dann heim und flog am nächsten Tag mit seiner Frau wieder zurück ... In die gleiche Stadt. Zum zweiten Mal ... Alles zum zweiten Mal. Dabei vorgaukelnd, es wäre das erste Mal. Das ist eine große Zumutung, großer Stress. Schlimmer geht es nicht. Nur das ewige Feuer. Aber da musst du durch.

***

»Eine Ehefrau brauchst du doch nur dafür, damit sie deine Klamotten zusammenfaltet und die Socken symmetrisch stapelt – das können schließlich alle.«
Und ich antworte: »Was wirst du jetzt tun? Brüllen? Schimpfen? Gehen? Mich rauswerfen?« Wie eine Verrückte wiederholte sie diesen Satz: »Wer ist An? Wer ist diese An?«
Die Arme, ihre Augen waren vor Angst geweitet, und ich erinnere mich, wie mir durch den Kopf ging, dass es genau solche Momente sein müssen, in denen man seine Frau schlägt. In ihrem Blick sah ich eine krankhaft-masochistische Befriedigung: Komm schon, tu mir noch mehr weh, falls du das kannst. Ist es vorbei? So? So einfach?
Dann aber: Verzeih mir, verzeih mir, verzeih mir, verzeih mir ...
Ich habe es nicht kapiert, was sie da tat. Zuerst holte sie irgendeine Strickjacke aus dem Schrank, dann meine Hosen. (Wollte sie gehen, oder betraf es doch mich?)
Nana schrieb wahrscheinlich bereits einen Bericht an Leila.
Wegen Ana ist dieses Dummchen explodiert.
Im Posteingang wartete dann Ketis Schwachsinn auf mich.
Ana hatte es an mich weitergeleitet.
So fingen sie nun also an ...

37.

Ketis erste Mail

Das schickte mir gestern deine Frau :))))

Hallo, liebe An! (Ich weiß, dass du nicht so heißt und die Gesellschaft dich unter einem anderen Namen kennt, aber ich kenne dich nun mal unter diesem Namen.)
Vielleicht wundert es dich, aber wie du siehst, können auch diejenigen schreiben, die ab und an eine Tollwutimpfung benötigen. Dieses Wort benutze ich ganz bewusst, denn genau das hast du doch in Zusammenhang mit mir gegenüber meinem Mann benutzt. Aber ich versichere dir – eine Impfung ist bei mir zwecklos. Wahrscheinlich ist es in deinen Kreisen unangebracht, fremder Leute Post zu durchstöbern, aber verzeih, wenn du davon betroffen bist, dass eine in vielen Jahren aufgebaute Beziehung zerstört wird, dann wirst du deine Nase noch in ganz andere Dinge reinstecken ...
Ich war diejenige, die dich über Sandros Skype kontaktierte und dich bat, vor die Kamera zu kommen :). Obwohl ich dir noch unbedingt sagen muss: Ich liebe diesen Mann genau so, wie er ist, ich will ihn nicht ändern. Und ja, ich weiß, dass er mit dir in Batumi war und dass er auch vorhatte, mit dir nach Italien zu

verreisen, aber im Ernst: Es interessiert mich keineswegs, wo mein Mann seinen »Pimmel« reinsteckt, denn in Wirklichkeit bedeutet das nichts. Denk nicht, dass du in der Hinsicht Exklusivrechte hast – solche wie dich (und das sage ich nicht ohne Bedauern) hat er zuhauf. Und trotz seines Gejammers bei dir hat dein »Freund« parallel zu dir noch andere Frauen klargemacht – wenn du willst, kann ich dir deren Schriftverkehr zusenden. Also denke nicht, dass du in dieser Kategorie einzigartig und unersetzlich bist.
Ich weiß, dass Sandro ein untreuer Mann ist, aber ich weiß auch, dass er nicht gehen wird – und das weißt du auch. Ich warne dich wirklich von ganzem Herzen – bevor er dich noch mehr verletzt, verlasse ihn. Glaube mir, ich kenne ihn besser. Glaube ja nicht, dass ich ihm nicht das geben kann, was du ihm gibst, ganz im Gegenteil, meine Gute; aber es sind nicht nur die leidenschaftlichen Nächte und die verführerischen Blicke, die uns verbinden – ich verstehe ihn nun mal am besten, und das weiß Sandro allzu gut. Du bist weder die Erste noch höchstwahrscheinlich die Letzte (hat er dir von seinen bisherigen Liebesabenteuern berichtet? Hat er nicht mit seinen Verflossenen angegeben?). Ich weiß selbst nicht so recht warum, aber du tust mir leid ... und tatst mir immer leid, sobald ich im Fernsehen einen Blick auf dich erhaschte. Eine bessere Ratgeberin als mich wirst du momentan nicht haben. Setze einen Punkt dahinter, solange es noch nicht schlimmer geworden ist.
Es war angenehm, dich kennenzulernen :).
Mit besten Wünschen,
Keti

PS: Und hat er dir bereits die dritte Etüde von Chopin vorgespielt? Frag ihn mal, ob er auch die zweite spielen kann.

38. DIE ZWEITE ETÜDE

Sandro verbrauchte in den drei Tagen nach dem Streit alle ihm zur Verfügung stehenden Tut-mir-Leids und schaffte es sogar, am zweiten Streittag Sex mit seiner Frau zu haben.
Nach dem therapeutischen Beischlaf strahlte er die Dynamik eines Sportlers aus.
An jenem Morgen machte er noch vor der Arbeit einen Abstecher ins Nagelstudio und ließ sich dort geduldig die Hände pflegen. Den ganzen Weg von zu Hause bis zur Arbeit legte er mit pubertärem Enthusiasmus zurück und ließ auf seine unscheinbare Sekretärin Marina (als Sekretärinnen hatte er stets graue Mäuse) Komplimente niederregnen.
Die ersten Sekunden nach dem Betreten seines Büros widmete er dem Arrangement der Technik – erst so erwachte er zum Leben: Er schloss sowohl Handy als auch Laptop an Ladegeräte an und warf einen Blick in den verminten Posteingang. Verdutzt las er Ketis E-Mail durch, Angst und Ekel machten sich in ihm breit ...
... es interessiert mich keineswegs, wo mein Mann seinen »Pimmel« reinsteckt, denn in Wirklichkeit bedeutet das nichts.
Was war das für ein Ton?
Sandro rannte zum Telefon, konnte sich aber auf die Schnelle nicht entscheiden, ob er Ana anrufen sollte

(um sich zu entschuldigen) oder Keti (um sie zu beschimpfen: »Was machst du da, verdammt?«). Ja, Ana musste er am gleichen Tag beweisen, dass nicht diese blöde Kuh Keti zu entscheiden hatte, wo und mit welcher Absicht er seinen »Pimmel« reinsteckte ... Durch den Hörer hörte man Anas Lachen: »Du kannst also die zweite Etüde nicht? Nur die dritte?«

39. ZU WELCHEM ZEITPUNKT SOLLTEN WIR AUF DIE ALTBEWÄHRTE METHODE DES DISTANZIERENS ZURÜCKGREIFEN?

Gleich beim Eintreten teilte er ihr mit: »Ich bin ausgezogen.«
Ana kaufte es ihm ab.
»Ist die Zeit der leidenschaftlichen Nächte also vorbei?« Sie lachte. Sie würde allzu gerne jeden Satz von Ketis an sie geschriebenen Schwachsinn analysieren. Sie verspürte eine fast schon sexuelle Befriedigung, wenn sie sich über niveaulose Frauen lustig machen konnte – und diese Qiqi hatte sich als genau das entpuppt.
Bis dahin war Sandro noch nie so offenherzig über Keti hergezogen: Er beschimpfte ihre Eltern, ihre Freunde, ihre Art zu sitzen, liegen, essen, schlafen, ihre Kleidung, machte ihr Schuhwerk nieder, ihre enervierend weiße Haut, fügte noch hinzu, dass sie so ungelenkig sei – wie ein Wildschwein bewege sie sich –, und stellte abschließend (zum ersten Mal in den letzten sechs Jahren ohne zu zögern) ohne jede Angst oder Gewissensbisse das Handy auf lautlos.
»Wie kannst du dann mit so jemandem zusammenleben?« Ana verzog das Gesicht (wobei sie sich weiterhin bemühte zu lächeln). »Ich kann dich mittlerweile einfach nicht mehr respektieren.«
Sandro versank in dem Sessel.
»Das war's«, sagte er, »ich lebe nicht mehr mit ihr zusammen.«

»Warte, hat sie die ganze Zeit geschrieben?«, fragte Ana, »also von Anfang an?«
»Nein, Quatsch ... jag mir bitte keinen Schreck ein.«
»Und die ganzen SMS? Woher soll ich wissen, welche von dir und welche von ihr stammen?«
»Nein doch, mir wird schlecht, sie sind alle von mir ...«
»Sie versucht also, mich zu verarschen? Ich dachte mir schon, wieso will er meine Adresse.«
»Sie ist durchgedreht, diese Bekloppte, muss wirklich genetisch bedingt sein bei denen ...«
»Sie war es also, die mich aufforderte, die Kamera einzuschalten?«
»Wann?«
»Neulich halt ...«
»Kann nicht sein ...«
»Wie hat sie es dann rausgefunden, dass ich – ich bin!«
»Hast du dich ihr gezeigt?«
»Ich dachte, du wärst es.«
»Sie ist echt krank ... ich glaube es nicht.«
»Was für eine armselige Frau. Ich habe wirklich Mitleid mit ihr, ich schwöre es dir.«
Ana setzte sich zu Sandro: »Ihr braucht beide Hilfe. Hast du gelesen, was sie mir für eine E-Mail geschrieben hat?«
»Verarsch mich nicht ...«
Sandro war grün im Gesicht.
Sie schliefen ineinander verschlungen ein. Ana – ruhig und tief. Sandro – unruhig und schreckhaft. Ein paar Mal wachte er auf und brauchte eine Weile, um zu verstehen, wo er sich befand, zwischendurch

fürchtete er, Fieber zu haben. Er schwitzte. An Ketis Seite schlief er anders. Hier war alles anders. Er wusste nicht mehr so richtig, wen er eigentlich betrog.

40.

Anas erste Mail an Keti (Sandros Account)

Meine Liebe, ich kenne dich nicht und weiß nicht, wie ich mich an dich wenden soll (obwohl ich weiß, wer du bist), deswegen befinde ich mich in einer ungewohnten Lage: Ich antworte einer mir unbekannten Person, die mit mir eine intime Konversation führt und sich in mein Privatleben einmischt :).
Gleich zu Beginn möchte ich dir mitteilen, dass ich mich nirgendwo reinquetsche, und wenn du Fragen hast, kannst du dich an den Hauptadressaten wenden. Mich geht es nichts an (und es interessiert mich auch nicht), wohin dieser Mann geht, wenn er von mir loszieht – sein Leben ist sein Leben. Und sei dir sicher: Ich will nichts von ihm. Vielleicht ist es andersrum nicht so (vielleicht möchte er einfach leidenschaftliche Nächte mit einer Unbekannten), aber glaub mir – ein Problem für eure Familie stelle ich nun wirklich nicht dar. Ich glaube, da hast du ein wenig übertrieben :)). Nimm es mir nicht krumm, aber ich denke, anstatt die Zeit damit zu vergeuden, mir E-Mails zu schreiben, solltest du lieber ein ehrliches und ernsthaftes Gespräch mit dem führen, dem du so viel zu bieten hast, denn ich kaufe es dir leider nicht ab, dass es dich wirklich nicht kümmert, wo er (um bei deinen Worten zu bleiben) seinen Pim-

mel (den du aus irgendeinem Grund in Anführungsstriche gesetzt hast :)) reinsteckt. Nimm dies als einen freundschaftlichen Rat an. Und die dritte Etüde spielt er wahrlich gut.

41. WELCHE IST BESSER?

Ich hätte nicht bei Ana übernachten sollen.

Ketis Kleidung lag unangetastet da. Noch nie hatte er sich so gefreut, diese schwarzen Kleider zu erblicken. Keti hatte das Handy ausgemacht. Sandro wählte die Feindesnummer – wo sollte sie denn sonst hingegangen sein, wenn nicht zu ihrer Mutter? Leila tischte ihm absurde Lügen auf:

»Ich weiß nicht, wo sie ist«, sagte sie, »es geht ihr nicht gut. Was ist bloß mit euch los?«

Man konnte es ihrer Stimme anmerken, dass Keti da war.

Sandro beschloss, zu seiner Schwiegermutter zu gehen, obwohl er deren Wohnung seit Monaten nicht betreten hatte.

Keti saß in der Küche und sah etwas trauriger aus als gewohnt. Sie erschien auf einmal viel schöner zu sein als noch vor zwei Tagen. Das Problem war nur, dass sie bereits nach dieser Wohnung roch. Nikuscha war für einen Tag von Nana adoptiert worden.

Leila trug einen pinkfarbenen Sportanzug, ihre Füße steckten in Katzenpuschen. Ihren globusförmig hervorragenden Hintern bewegte sie auf eine herausfordernde und brüskierende Weise. Ebenjener autonome »Ball« nahm in der kleinen Küche den zentralen Platz ein. Keti quetschte sich in die Ecke beim Kühlschrank, der noch aus ihren Kindertagen stammte.

Sandro saß auf einem Hocker mit einem aufgeklebten Polster.

Leila reihte ihre Sätze geschickt so aneinander, dass ihr dreister Monolog unvermeidlich auf ein versöhnliches Ende hinauslaufen musste:

»Man kann einem Menschen alles verzeihen, aber nicht den Verlust seiner Menschlichkeit ... Du wirst bestimmt Hunger haben.«

Diese Idiotin hatte ihr mit Sicherheit alles erzählt.

Leila kippte eine zementartige, gelblich-trübe Flüssigkeit in eine rote Schüssel und ging zur Mumie. Gogi empfing sie mit einem fröhlichen Röcheln.

Sandro rutschte zu Keti rüber.

»Wieso hast du ihr diese E-Mail geschrieben?«, fragte er leise.

Keti verharrte stumm und wie versteinert.

Eine ganze Weile saßen sie so da, schweigend. Aus dem Schlafzimmer drangen wie ferne Echos Leilas fürsorgliche Befehle herüber, die eine Prise Verachtung enthielten: »Ist nicht heiß, komm jetzt ... Warte!«

»Es ist aus. Ich schwöre es dir bei Nikuscha. Ich verstehe, es hat dir einfach gereicht ... Aber ich schwöre bei unserer Liebe, dass ich nichts mit ihr hatte. Du hast es dir wirklich eingebildet. Wenn ich mit ihr was gehabt hätte, würde ich doch nicht so reden. Hast du noch irgendwas gelesen? Ich habe nichts geschrieben ... Kannst noch mal checken, wenn du willst.«

Sandro sollte gehen, bevor der Globus in seinen Katzenpuschen zurückkehrte.

Er war grade im Treppenhaus, als Ana anrief.

Wie gut, dass sie nicht vor zwei Minuten angerufen hatte.

Er sprach mit dumpfer Stimme.
»Was machst du?«, fragte sie.
»Gehe gerade ins Büro …«
»Wie geht's dir?«
»Geht so …«
»Kommst du?«
Logisch, er müsste eigentlich kommen, denn von Keti hatte er sich ja getrennt.
»Keti geht's schlecht«, sagte er. »Ist im Krankenhaus.«
»Wieso?«
»Weiß nicht … Ihre Mutter rief an … Ich kann nicht mehr …«
»Oh Gott, nicht dass diese Arme sich auch noch vergiften wollte«, ärgerte sich Ana.
Zufrieden mit der spontanen Lüge, ging Sandro zur Arbeit. Er hatte keine Lust, in der leeren Wohnung zu hocken. Später, als er zurückkehrte, traf er Keti in der Küche an. Dabei war er davon ausgegangen, dass er sie noch lange hätte bitten müssen. Mit ihrer Rückkehr am selben Tag hatte er nicht gerechnet.
Im Posteingang – neue Post.

42.

Keti-Ana (Die Fortsetzung)

Ich hatte nicht vor, dir noch mal zu schreiben, aber ich konnte mich nicht zurückhalten (du bist eine Meisterin der Provokation). Zu meinem Bedauern denke ich in letzter Zeit ständig an dich, an einen Menschen, der sich einen Freund zum Feind machen will. Vielleicht willst und kannst du es nicht glauben, aber Sandro und ich sind in erster Linie Freunde, und erst an zweiter Stelle kommt unser Verhältnis als Mann und Frau (wobei ich mir sicher bin, dass du Sandro das Gegenteil ins Hirn pflanzen willst!). Aber egal, ich will gerade nicht unbedingt über Sandro und mich sprechen.

Ich schließe es nicht aus, dass du meine Worte für pathetisch halten wirst (sorry, dass ich nicht so bewandert bin beim Schreiben wie Ihre Wenigkeit), aber das Problem liegt nicht bei mir (wobei ich sicherlich auf eine bestimmte Art auch ein Problem darstelle), und es entspricht auch nicht der Wahrheit, dass du Sandro wirklich liebst – du willst einfach unterbewusst all das zerstören, worin du dich als so schwach erwiesen hast, worin du so erfolglos geblieben bist ... Du bist nicht einmal Mutter (ich weiß nicht, ob du es nicht gewollt oder nicht gekonnt hast). Deswegen kämpfst du so um Sandro (falls du es wirklich tust), weil du unbedingt etwas zerstören willst, denn ich bin mir sicher, unter anderen Umständen würdest du es nicht einmal einen Monat an seiner Seite aushalten: Für so dumm halte ich dich nun auch nicht, dass ich annehmen könnte, dass du an Sandros Treue glaubst! Glaubst du etwa, dass er nicht schon am nächsten Tag anfängt, hinter jedem Rockzipfel her zu sein? Wird deine Eitelkeit dies zulassen können? Wirst du das so einfach schlucken können? Oder wirst du ihn in seiner Freiheit beschneiden? Weißt du überhaupt, was Zurückhaltung bedeutet? Etwas Großes zu erhalten, indem man etwas Kleines aufgibt (und jetzt erkläre mir nicht, dass ich rückständig bin – ich spreche es nur laut aus, was andere nicht zugeben wollen: Jeder Mann sucht etwas »Einmaliges«, um dann schlussendlich doch zurückzueilen)? Oder wirst du ihn gleich fertigmachen? Ach, das wäre so einfach! Vielleicht habe ich eine zu positive Vorstellung von dir (was recht merkwürdig wäre), und in Wirklichkeit bist du einfach nur ein dummes Huhn: hältst dich für sehr cool und sehr besonders und hinterfragst nicht einmal, was dich diese Illusion kostet ... Du tust mir leid. Ehrlich. Und ich verspreche dir, dir nicht mehr zu schreiben.

43.

Ana-Keti

Keti, meine Liebe, zuerst dachte ich, es sei nicht nötig, dir zu antworten, denn es sollte dir besser derjenige, an den du deine E-Mail richtest, schreiben. Schreib doch gleich deinem Mann! Oder willst du ihm unbedingt durch diese an mich adressierten »Trinksprüche« deine Treue beweisen? :) Wie soll ich dir helfen? Leider bist du sehr leicht zu durchschauen. Wobei ich dir an diesem Punkt zustimmen muss: In solch »glücklichen Familien«, wie es die eure ist, möchte ich wirklich nicht leben und bevorzuge es, in Einsamkeit zu sterben (ich übertreibe nicht), anstatt zu verkünden, der Mann müsse ab und an halt auch woanders seinen Pimmel reinstecken. Aber wenn manche so leben wollen, sollen sie doch, ich werde niemandem etwas verbieten. Ich kann nur Mitleid mit ihnen haben. Was deinen Mann betrifft: Beruhige dich, Keti Nr. 2 zu werden, war noch nie mein Ziel (bisher besitze ich noch Selbstachtung), du kannst deinen Status wahren und pflegen und achtsam sein, dass ihn dir bloß keine weitere »Einmalige« streitig macht.
Und die Gründe, warum ich es mir nicht erlaubt habe, ein Kind in die Welt zu setzen, gehen dich nichts an. Und sollte ich diesen Wunsch doch noch

hegen, werde ich mir ganz bestimmt keine Erlaubnis bei den Status-Ehefrauen holen. Diese E-Mail kannst du gern auch deinen Freundinnen zeigen (sie könnten sie als Ratgeber nutzen). Und ich bitte dich, die Sandro-Huldigungs-Mails künftig direkt an ihn zu adressieren und nicht an mich. Wobei ich dieses Mal Entgegenkommen zeigen werde und sie ihm gleich weiterleite. Später wirst du mir danken :)).
Küsse

***

Auf einmal malte ich mir aus, was Ana alles über Keti erzählen, wie vielen Menschen sie ihre E-Mails zeigen und in was für einem schlechten Licht sie mich darstellen würde. Klar, ihre Freunde waren mir scheißegal, aber angenehm war es trotzdem nicht ...
An dem Tag begriff ich, dass diese dämliche Keti meine eigenen Komplexe verkörperte ...
Damals sagte ich Ana das erste Mal, dass ich Keti verlassen würde. Ketis Schwachsinn hatte Ana irgendeine kranke Befriedigung verschafft, und sie legte mich nun mit einer gewissen Selbstgefälligkeit und Überheblichkeit flach, als wäre sie eine große Wohltäterin. Das war eine Art Gnadensex, nach dem Motto: Komm her, du Armer!
Doch für die vollkommene Ekstase fehlte ihr noch etwas: Einen Erniedrigten flachzulegen, das war ihr nicht genug – sie musste Keti auch noch eine Antwort schreiben. Keti leitete Anas E-Mail an mich weiter. Diese zwei Psychos hatten eine regelrechte Diskussionsrunde entfacht! Hätte ich doch bloß geahnt, wie scharf sie aufs Schreiben waren.
Mit der Trennung haute es nicht so ganz hin. Also verfrachtete ich Keti ins Krankenhaus. Selbstverständlich konnte ich

sie in solch schwieriger Zeit nicht verlassen. So gewann ich noch ein paar Tage dazu, und dann würde mir schon etwas einfallen. Ich wusste durchaus, dass ich Ana zu viele Rechte einräumte (wieso sollte ich mich ihr gegenüber verpflichtet fühlen?), aber in dem Moment konnte ich nicht anders – ich musste mich wegen ihr von Keti trennen.

Omar brachte Keti, Nikuscha und Nana nach Hause. Ich überlegte, eine »Balance-Therapie« zu starten – und ich erinnere mich, dass ich ernsthaft über die Option nachdachte, nach Hannover zu fahren ...

Über den Schriftverkehr berichtete ich auch Gia. »Bist ja eine Spielfigur in deren Händen«, urteilte er, »von jetzt an wirst du nur noch das tun, was sie dir diktieren.«

Ja, aber irgendwie fühlte ich mich noch so, als wäre ich von all dem nicht betroffen. Noch konnte ich lachen.

44. WER SOLLTE UNS DIE SIMPLE WAHRHEIT WIEDER INS GEDÄCHTNIS RUFEN?

»Sie versucht es auf die Mitleidsnummer«, sagte Ana zu Maia Achba. »Sie zieht genau das Gleiche ab, was Jaba mit mir angestellt hat.«

»Dann weck du doch auch Mitleid in ihm!« Maia zeigte sich fast pikiert.

Nein, auf Mitleid gehen, das konnte sie nicht ... Was Strategie anging, war sie schon immer unbeholfen gewesen. Mit welchen Tricks und Mitteln kämpfen Frauen in solchen Situationen? Und wieso sollte sie eigentlich kämpfen? Für wen? Wozu war es überhaupt nötig? Sie sollte einfach nur über die anderen lachen. Was denn sonst?

Es war eindeutig besser, sich von niederen Instinkten leiten zu lassen.

Früher, bevor ihr Keti das erste Mal geschrieben hatte, da hätte es Ana niemals gewagt, ihren Geliebten nach sagen wir mal zehn Uhr abends anzurufen (denn er wäre ja um die Zeit bei seiner Frau), jetzt aber interessierte es sie wirklich nicht, ob Sandro zu Füßen der *Kranken* weilte (und genau das teilte sie, von ihrem eigenen Mut befeuert, Maia mit).

Wegen Sandro rief sie eh nicht mehr an – es ging ihr jetzt um Keti. Während der drei Tage, in denen Sandro sich gezwungen sah, in die eigene Wohnung zurückzukehren, schickte Ana stündlich heiße Nachrichten, und die Vorstellung, welch unangenehme

Situation sie durch ihren bloßen Anruf hervorrufen konnte, bereitete ihr eine unfassbare Befriedigung ...
»Was denn, darf ich ihn etwa nicht anrufen, wenn ich ihn vermisse?« Und sie lachte zufrieden.
Sandro wollte die *Briefe* vergessen. Nach langem Zögern löschte er vorübergehend sein Profil im sozialen Netzwerk. Auch überlegte er sich, seine Passwörter auszuwechseln, nahm sich aber in Acht vor neuen Konflikten mit Keti. Aber die Sorge um all das hielt Sandro nicht davon ab, auf dem Monitor seines Laptops den Schoß der in Hannover lebenden Tiko zu begutachten, während die zurückeroberte Keti einigermaßen ruhig in ihrem Bett schlief. Wieder ging er auf kindische Art und Weise (es hätte ja sein können, dass Keti aufwachte) ein großes Risiko ein, aber zurückhalten konnte er sich dann auch nicht: Tiko hatte schon ihren Bikini ausgezogen und hielt ihre rot hervorblitzende Klitoris in die Kamera. Sandro vergrößerte den Kameraausschnitt und präsentierte – bildschirmfüllend – seinen Penis.
»Immer, wenn ich kommen will, denke ich daran, dass das Gummi platzen und ich schwanger werden könnte«, gestand ihm Tiko.
Ehrenhaft verbarg Sandro seinen Höhepunkt (er zeigte ihr nichts), quälte sich stattdessen leidenschaftslos und ermattet an der übertrieben keuchenden Tiko ab und ärgerte sich darüber, dass er keine Gelegenheit bekam, sich zu waschen. Und auch das sinnlos flimmernde Bild der behaarten Ritze und des in einem schwärzlich-roten Loch fummelnden Fingers wurde auf Dauer langweilig ...
Dennoch wollte er sich davon nicht runterziehen lassen: Wenn auch das gemeinsame Masturbieren das

Ganze ein wenig erleichterte, so empfand er den Anblick der allein zurückgebliebenen Nachzüglerin Tiko, die ihre Augen geschlossen hielt, als unheimlich fad und trist. Als ob diese Dritte auf einmal überflüssig geworden wäre. Er überlegte sich, den Rechner auszumachen »Ups, Probleme mit dem Internet.«

Um Tiko auf Trab zu bringen, täuschte er sogar einen Orgasmus vor (ein paar Mal hatte er das auch bei Keti versucht!): Ehrerbietig und voller Enthusiasmus keuchte er vor sich hin – um ein Haar wäre er wieder in Fahrt gekommen ...

Am nächsten Morgen ging er zu Ana.

»Schreib Keti nicht mehr«, bat er sie.

»Sie schreibt mir ... Hat sie sich beklagt?«

»Nein, sie ist halb tot, sie kann sich nicht beklagen ...«

»Was hat sie?«

»Keine Ahnung, sie spinnt ... sie hat Infusionen bekommen. Sie war wie vergiftet oder so was.«

»Wie denn das?«

»Wegen dir. Nein, mach dir keine Sorgen ...«

»Oh, dann vielen Dank ...«

Ana war diese Keti nun langsam wirklich egal, sogar als Giftopfer.

»Ich gehe rüber und komme dann wieder«, kündigte Sandro an.

Na ja, das mit dem Zurückkommen war eher eine Wunschvorstellung.

Er ging nach Hause.

»Warst du bei ihr?«, fragte Keti.

»Wo soll ich gewesen sein?« Sandro gab sich erstaunt.

»Wo – wo? Hältst du mich für blöd?«

Er hätte sagen können: »Ich habe Gia getroffen«, oder »Bin auf der Arbeit aufgehalten worden«, aber irgendwie hatte er keine Lust dazu.
»Ja«, sagte er. »Sie war im Krankenhaus ...«

45.

Ketis Mail an Ana (»Ich habe gehört, du bist im Krankenhaus ...«)

Was ist los? Habe gehört, du bist im Krankenhaus. Bitte quäle dich nicht allzu sehr, ich habe es dir damals gesagt, und auch jetzt wiederhole ich das Gleiche: Nimm bloß nicht an, du seist die Einzige in seinem Leben. Ich kenne ihn besser als du und weiß, dass, je mehr Aktivität du an den Tag legen wirst, er dich umso mehr in den Dreck ziehen und dich quälen wird. Es ist nicht das erste Mal in seinem Leben, dass er sich in einer solchen Lage befindet. Und dich werden wir schon auch noch hinter uns lassen können, und nicht, weil ich keine Selbstachtung besitze – nein, dieser Mann ist nun mal ein Teil meines Lebens. Ja, ich liebe meinen Schwindler, ich liebe meinen idiotisch rumlügenden Mann ... Denn ich weiß, dass, wenn jemand gerade leidet, dann er (und das schreibe ich wirklich nicht in der Hoffnung, dass er diese Zeilen lesen wird; meine E-Mails schickst du ihm, nicht ich). Also sag mir nicht, was ich tun und wie ich leben soll, verteile deine schlauen Ratschläge anderweitig, ich weiß, du hast genug Menschen um dich herum, die dies zu schätzen wissen.

46. PASSWORT

Wie arm du doch dran bist – allen, die dich lieben, geht es schlecht :)
Deine Frau schrieb mir noch eine E-Mail. :) »Der blöde Lügensack.« Sind nicht meine Worte. Die Urheberrechte liegen bei jemand anderem.

»Was fällt dir ein? Was soll dieses Hin- und Hergeschreibe?« Er rief seine Frau an und beschloss, ihr leise ein paar Schimpfwörter hinterherzuschicken, aber Keti kam ihm zuvor und legte auf.
Gleich nach dem Lesen des ersten Absatzes merkte er, dass diese prätentiöse Ode für ihn bestimmt war und nicht für Ana. Voller Sorge rief er Ana an, und als er sie nicht erreichte, begann er (ähnlich wie Keti) ihr hysterische Kurznachrichten zu schicken. (**Will nur deine Stimme hören, dann lasse ich dich in Ruhe, was ist denn los?; Die Frau macht mich noch vollkommen fertig, ich brauche nur dich, geh ran, sei nicht kindisch; Ich habe nicht verstanden, was du mir geschrieben hast. Was soll dieses: Allen geht es schlecht?; Bitte schreib ihr nicht mehr, genau das will sie doch! Sie ist wirklich durchgedreht. Ist langsam nicht mehr lustig! Willst du diese E-Mails veröffentlichen, oder was?**)
Dann fuhr er zu Ana, traf sie aber nicht an. Bis in die Abendstunden lauerte er vor ihrem Hauseingang

und telefonierte von dort mit dem Fahrer ... Es gelang ihm nicht, Worte zu finden, welche die *verschlossene* Ana hätten öffnen können. Weggehen wollte er trotzdem nicht. Er schleppte Omar in irgendein versifftes Café und ließ ihn ein Lachssandwich futtern, er selbst genehmigte sich Wodka. Gegen elf ging in Anas Fenster Licht an, und er rannte sofort zum Fahrstuhl. Hoffentlich bleibe ich jetzt nicht hier stecken, überlegte er sich. Ana öffnete ihm aber nicht die Tür.

»Lass mich rein, bitte!«, klopfte Sandro.

»Mir geht es schlecht, ich stecke dich an«, rief sie zurück, »ich bin ja im Krankenhaus!«

»Ich gehe nicht weg von hier!«, brüllte Sandro. »Werde hier schlafen!«

»Ich bin kraaaank. Hast du ihr doch so gesagt?«

Sandro warf sich mit voller Wucht gegen die Tür. (*Will er die Tür aufbrechen, dieser Psychopath?*) Ängstlich öffnete Ana die Tür.

»Hör auf zu brüllen!«, flüsterte sie.

Sandro trat sofort in den Flur, fiel auf die Knie und krallte sich an Anas Hintern fest. Und das so kraftvoll, dass er ihr dabei fast die Hose heruntergezogen hätte.

»Lasst mich in Ruhe, du und deine Frau!«, schrie Ana.

Ihm platzte der Kragen.

»Diese Frau will mich ins Grab bringen!«

»Geh, lüg lieber deine Frau an und lass mich in Ruhe!«

»Ich lüge dich nicht an, Ana ...«

»Was wollt ihr? Was quält ihr euch, ihr Ehepaar? Wie viele Frauen machst du noch parallel klar? Wie vielen gestehst du deine Liebe? Wem alles noch willst du deinen Pimmel reinstecken, damit deine blöde Frau stolz sein kann?«

»Niemandem … ich schwöre es bei meiner Mutter …«

»Sind beide im Krankenhaus, ja? Bringen uns beide wegen dir um, ja? Das ist, was du gewollt hast, du Ärmster? Was belügst du mich? Stelle ich etwa Forderungen an dich?«

Sandro begriff, dass es an der Zeit war, etwas sehr Wichtiges zu sagen – und das genau jetzt.

»Ich mache niemanden klar, ich habe niemanden außer dir, ich schwöre es, kannst doch selber schauen …«

Und begann, entfesselt, mit hysterisch-passioniertem Exhibitionismus, die verbotenen Worte zu wiederholen.

»Mir doch egal«, sagte sie. »Was soll ich mir davon kaufen? Denkst du, ich bin wie deine blöde Frau?«

Sandro berührte ihre Schenkel.

»Nein, bitte, ich brauche … du musst es wissen, logg dich ein und schau … bitte …«

Ana nahm in dem Moment wahr, dass sie gerade mit einem Betrunkenen rang, und auf einmal begann sie – überdreht und beleidigt – wie ein egoistisches Kind zu weinen. Sandro hielt seinen Kopf in ihrem Schambereich versteckt.

»Du musst dich einloggen … ich habe vor dir nichts zu verbergen … ich lüge dich nicht an … Schau …«

Dann holte er das Handy aus der Tasche und schickte Ana sein Passwort.

Ana sah ihm ängstlich dabei zu. Dann drückte sie die DELETE-Taste.

Sandro schickt es erneut.

Wieder drückte sie auf Löschen.
Wieder schickte er es ihr zu.
Ana lachte voller Verachtung:
»Du kannst einem echt leidtun, Sandro.«

47.

Ana-Keti

Keti, ich hatte nicht vor, dir erneut zu schreiben, denn ich verstehe wirklich nicht, warum du mir schreibst und wozu ich dir überhaupt antworten soll, aber ich kann mich heute einfach nicht zurückhalten. Ich habe keine Ahnung, was du unter Liebe verstehst, aber verzeih, das, was zwischen dir und diesem Mann stattfindet, ist bloßer Irrsinn. Und nichts anderes war es auch vor sechs Jahren, als du ihn batest, »in sich Klarheit zu finden ...«.

Woher ich das weiß? Ja, ich gebe es zu, unfreiwillig ein Teil dieses Irrsinns geworden zu sein. Sandro hat mir sein Passwort gegeben, wobei da nicht einfach von Geben die Rede sein kann – er zwang mich, es zu nehmen und auch zu nutzen ... Ich werde mich zurückhalten und sein Verhalten nicht analysieren (das wird mir nicht wirklich gelingen), aber es ist ein Fakt: Wir haben es hier mit einer Perversion zu tun, die weder ich – noch die Menschheit – bisher in dieser Form gekannt haben :)). Du wirst es besser erklären können, kennst ihn ja besser.

Ich habe gestern begriffen, dass mein Leben sich folgendermaßen einteilen lässt: die Zeit vorm Einloggen in Sandros Postfach und die danach! :)) Ihr habt mich wirklich vorzüglich unterhalten! Das werde ich euch nie vergessen :)). So etwas habe ich noch nie erlebt. Zum Glück habe ich mich da eingeloggt! Wobei ich anfangs natürlich nicht vorhatte, das zu tun, denn ich ahnte schon, dass ich in idiotischen und verrückten Umständen landen würde (ich wiederhole: Bitte mich nicht, sein pathologisches Verhalten zu analysieren). Ich hatte genau davor Angst, deswegen hielt ich mich zurück ... Intuitiv ahnte ich, dass ich Vorsicht walten lassen sollte ... Aber du hast damit angefangen ... Ich löschte eine Nachricht mit dem Passwort, er schickte sie noch mal! Er war außerdem betrunken, und wenn ich ehrlich bin, war das der Grund, in seinen Posteingang reinzuschauen – ich wusste, dass er sein »Schwanzdenken« gleich bereuen würde, sobald er wieder nüchtern war (so pflegt er es zu sagen :)) Ich war mir trotzdem nicht ganz sicher, ob er mir das richtige Passwort gegeben hatte. Er weiß ja selbst nicht, was er da tut ... Ich dachte mir: Ich probiere es einfach, auch wenn sich mein Interesse in Grenzen hält. Einfach so aus Spaß loggte ich mich mit seinem Passwort ein, wollte wissen, ob er mich belügt oder nicht ... Nichts weiter. Und wen habe ich da entdeckt? Keti 2! Gratuliere! In meiner Wenigkeit hast du jetzt einen Zwilling! :)) Wobei das grade unwichtig ist. Ich musste es sehen. Ich bin also rein ... Das Passwort stellte sich als richtig heraus. Ich wusste ja schon, dass er das Passwort ändern würde, also warum nicht einen Blick reinwerfen, was hab ich zu verlieren! Und ich denke im Nachhinein, dass ich richtig gehandelt habe ...

Ja, ich las deine alten E-Mails und war fassungslos angesichts der Ähnlichkeit zu meiner Situation, meiner Sprache, meinen Worten; ich übertreibe nicht, wenn ich sage, dass ich in dir meine Doppelgängerin entdeckte :). Zwei Frauen – die gleiche Zerrissenheit, die Unfähigkeit, sich zu entscheiden, dieses Betteln, der Wunsch, verstanden zu werden ... Als kommunizierte er mit mir – bloß 2007 :)). Als würde ich meine eigene Stimme hören :)).

Keti, ich glaube, er hat wirklich Talent: Das Lustigste ist jedoch, dass er vor sechs Jahren das Gleiche mit dir veranstaltet hat wie jetzt mit mir, anscheinend hatte er bei dir den gleichen Wunsch gehegt, »dich in ihn eindringen zu lassen« (genau die gleichen Worte sagte er mir :))). Wahrscheinlich sagte er das Gleiche auch zu dieser Frau. Es gibt dort auch eine E-Mail von ihr. Oder diese Irre – »auf dem zweiten ist er kleiner, den muss ich auf dem Bildschirm großzoomen«. Hast du das gesehen? :)) Oh Gott, mit was haben wir es hier zu tun! Es ist wirklich ein beeindruckendes Phänomen! Ich wollte es nicht wahrhaben, aber das muss man schon zugeben :).

Ich schwöre es dir, ich habe ernsthaft Angst bekommen! Ich weiß deine Warnungen nun wirklich zu schätzen! Kannst du mir bitte erklären, warum er diese alte Post nicht löscht? Seine eigenen E-Mails, die er geschrieben hat, sind alle weg, oder ich habe sie nicht finden können. Ist das auch eine Methode von ihm? Macht uns verrückt und holt sich darauf dann einen runter? :)) Durchs Lachen zum Orgasmus! Genial! Der Typ ist echt krank! Hätten wir uns doch bloß eher geschrieben :)). Ich meine es ernst! Ich schreibe dir das jetzt aber nicht aus dem Grund, weil ich von dir irgendeine Erklärung erwarte. Ich konnte mich einfach nicht mehr zurückhalten, mit irgendwem musste ich ja meine Ein-

drücke teilen – näher als du steht mir ja keiner! :)) Vor allem in dieser Situation! :) Außerdem will ich dich endgültig davon überzeugen, dass dieser Mann für mich nicht mehr existiert! Jetzt kannst du dich allein um sein »großes Herz« kümmern und mit ihm mehrfach durch diese »zyklische Hölle« gehen (ich bin mir sicher, in der Hinsicht wird es für euch nicht langweilig), wobei ich stark bezweifele, dass er dir den gleichen Respekt entgegenbringt wie andersrum.
Ich rate dir noch einmal: Du solltest keine lobenden »Trinksprüche« mehr auf ihn halten und – wie damals vor sieben Jahren – ehrlich mit ihm sprechen. Wie ähnlich du mir früher gewesen bist :)). Ihr Eheleute habt mich genug aufgerieben. Wenn du seine »Ehrlichkeit« zu schätzen weißt, dann tut es mir leid, ich kann das nicht (vor allem wenn man bedenkt, dass es eine Gewohnheit zu sein scheint, seine Passwörter herumzureichen). Ist es meine Schuld, dass er als Kind von seiner Mama nicht genügend geliebt wurde? Muss ich das jetzt wiedergutmachen? Oder du etwa? :)) Ich habe Probleme genug, ich möchte nicht in diesem Schwachsinn herumwühlen! Klärt das miteinander, geht gemeinsam zum Psychologen (kann sogar einen richtig guten empfehlen) und kämpft zusammen gegen seine Komplexe, die er in seinem »großen Herzen« versteckt hält. Ich bin raus aus dem Spiel :)).
Also verausgabe dich nicht weiter im »Kampf« mit mir und richte ihm aus, er soll mich nicht mehr anrufen. Wenn er Lust auf Sex bekommt, soll er in Hannover anrufen (denn dich darum zu bitten, scheint ihm unangenehm zu sein). So viel Spam hatte

ich wirklich nicht erwartet! :)) Kannst es gern selbst lesen und genießen! Macht's gut! Beide!

Keti (Weiterleitung)

Sandro, du bietest mir doch diese »Abläufe« an. Erstens will ich wirklich nicht mehr das Geschimpfe über diese Frau hören – das ist dein Leben. Und ich schwöre bei Gott, ich sage das nicht deswegen, weil ich irgendein Ziel verfolge. Wenn es dich interessiert: Ich habe keine Ahnung, wie die Frauen ihre »Ziele« erreichen. Vielleicht habe ich zu Beginn einen Fehler gemacht, und wir hätten nicht so weit gehen sollen, aber ich weiß nicht ...
Ich schwöre dir, ich bereue das Gewesene keine Sekunde. Also bring mich nicht dazu, es zu tun. Lösch diese E-Mail.

Keti 2 (Weiterleitung)

Ich fordere keinerlei »Status« ein. Ich will, dass du dir das auf die Stirn schreibst. Hätte ich einen Status gewollt, hätte ich mich anders verhalten. Ich weiß nicht einmal, was du darunter verstehst, so etwas wie eine »Ehefrau«? Ich will einfach nicht (das sagte ich dir auch damals und sage es dir auch jetzt), auf diese Art mit dir zusammen sein. Ich werde mich nicht heimlich mit dir treffen. Vor allem nicht in so einer Situation ... Ich habe weder Lust noch Kraft dazu :). Was soll das bedeuten »sie ist keine Ehefrau«? Was soll ich machen? Dir sagen, dass ich dich liebe und verrückt nach dir bin? Aber so ist es nicht (sorry, dass ich dir das jetzt so sage.) Dein und mein

Verhältnis basiert vollständig auf deiner Initiative, und ich kann keine Entscheidung für dich treffen (wenn du es überhaupt willst. Ich weiß nicht einmal, ob du es willst). Kläre das mit dir, oder wenn du es nicht willst, dann lass es sein. Mich geht das nichts mehr an.

Keti 3 (Weiterleitung)

Sandro, nein, ich bin nicht grausam. Das Problem liegt in dir und nicht in mir. Ich wiederhole: Bitte bringe mich nicht dazu, all das zu bereuen (bisher, das habe ich gesagt, tat ich es nicht). Ich weiß nicht, was du unter der Liebe verstehst. Aber ehrlich gesagt kann ich nicht diesen Begriff ständig ummodeln, wie es mir grade passt. Richte deine »Klagen« nicht an mich, kläre das, wo du es klären musst. Das geht mich nichts an. Also kümmere dich um dich selbst - bringe mich nicht dazu, etwas zu tun, was dich sehr verletzen könnte. Und schreibe mir auch nicht, ich hasse es, diese E-Mails zu schreiben.

Keti 4 (Weiterleitung)

Hätte ich mir schnell einen angeln wollen, hätte ich das schon längst getan, keine Sorge. Ich habe dir nicht geantwortet, weil ich keinen Sinn darin sehe, dies zu tun. Wozu soll ich dir antworten! Ich denke, dass es viel besser ist, klar und entschieden zu sein. Ich kann mich nicht wie eine Schuldige verstecken. Ich verlange nichts von dir. Du lebst dein Leben - ich meines. Langsam ermüdet es mich wirklich. Und bitte lass diese Pseudo-Verrücktheiten - wenn du zu etwas nicht im Stande bist, dann verschone mich doch ganz damit. Bringe mich nicht dazu, alles zu bereuen.

Keti 5 (Weiterleitung)

Ich weiß nicht, ob es ein Fehler war oder nicht ... Wie leid ich es doch bin ... Was willst du von mir ... Dir ist beides recht ... So ein Arsch bist du :)))). Habe dir also zugehört wie ein Idiot, ja? Sieht man mir immer noch die »Siebenjährige« an, ja? Die brave Klavierschülerin mit den geflochtenen Zöpfen? Wobei ich das nicht begreife, was genau dieses »ich bin so« heißen soll. Wenn man dir zuhört, hast du einfach in allem recht. Ich hasse Lügen. Ich hasse verlogene Männer ... Sag es mir ehrlich, und ich verzeih dir, aber lüge mich nicht an. Bitte.

Keti 6 (Weiterleitung)

Richte ihr aus, wenn sie mir weiter schreibt, mache ich sie fertig. Wie hältst du es mit dieser Irren aus? Ich könnte kotzen ... Sie soll es sein lassen!!! Und was heißt denn bitte schön »du musst in mich eindringen«??? Nein, danke!!! Das interessiert mich alles nicht ... Habe mich da auch nicht eingeloggt!!! Wenn ich mehr wissen möchte als das, was ich weiß – werde ich Bescheid sagen ... Ich muss deine E-Mails nicht lesen. Und erwarte nicht, dass ich jetzt das Gleiche wie du tue. Ich habe nichts zu verbergen. Ich sage dir eh alles.

48. MIT WELCHEM SMILEY?

Ana schickte ihre E-Mail gleichzeitig an Keti und Sandro. Für Sandro fügte sie als exklusive Anmerkung hinzu: **Lass uns aufhören.**

»Ich ändere doch das Passwort«, überlegte sich Sandro – wobei er es nicht in die Tat umsetzte, denn zuerst musste er das mit seiner Frau absprechen. **Lass uns aufhören**, antwortete er Ana und überlegte eine ganze Weile, welchen Smiley er den Worten hinterherschicken sollte – einen lächelnden, traurigen oder zornigen ... Ja, es war durchaus eine spannende Frage, welches Symbol imstande wäre, seine Wut, seine Gleichgültigkeit, seine Verletzung und seine Enttäuschung miteinander vereinigt zum Ausdruck zu bringen. Die vorhandenen Symbole konnten seine aktuelle Verfassung nicht eindeutig wiedergeben. Wie idiotisch das Ganze doch zu Ende ging!

Tiko hatte ihm den gewohnt vorwurfsvollen Schwachsinn geschrieben, und er beschloss, ihr auch etwas zu mailen (»Ich hatte viel um die Ohren, vermisse dich sehr, bla bla bla«), aber im letzten Moment verging ihm die Lust, und er rief Keti an. Sie nahm nicht ab. Auch ans Festnetztelefon ging keiner ran.

»Entweder sind alle tot oder ausgewandert«, fluchte er.

Zu Hause traf er keinen an.

»Sie ist wieder weg«, überlegte er sich, und um die

Ernsthaftigkeit ihres Auszugs zu überprüfen, marschierte er ins Schlafzimmer: Er wollte wissen, ob Keti den Schrank geleert hatte. Aber die Kleider seiner Frau hingen mürrisch an den Kleiderbügeln.
»Gelesen?«, schrieb er an Keti.
Erhielt aber keine Antwort.
Es ärgerte ihn, dass er sich jetzt auch noch über diese dumme Kuh aufregen musste, und so entschied er, seine vergiftete Freiheit an jemand anderen zu verschwenden.
Habe ich ihr auch mein Skype-Passwort verraten?
Er wusste es schlichtweg nicht mehr, wo er überwacht wurde und wo nicht. Gia müsste er unbedingt alles erzählen. Immerhin würden sie darüber lachen können. Er würde ihm Anas E-Mail zeigen ... *Aber verwende es bitte nicht für deinen Roman!*
Tiko blinkte just in dem Moment auf seinem Monitor, als er auf die Toilette gehen wollte.
Was ist das? :)
Tiko leitete ihm eine wohlmeinende E-Mail weiter, die man ihr geschickt hatte.

49.

Die E-Mail einer Wohlwollenden (Ana) an Tiko

Tiko, meine Liebe, du kennst mich nicht, und deswegen könnte dir mein »Auftauchen« etwas taktlos erscheinen, aber ich glaube, ich tue dir damit einen Gefallen, indem ich dir sage, dass du dem Mann, den du so nah an dich heranlässt und dem du dich so sehr öffnest – im übertragenen wie auch im wörtlichen Sinne :) –, nicht vertrauen solltest. Nicht hier und nicht im wahren Leben. Wenn du denkst, dass eure Beziehung geheim und intim gehalten wird, muss ich dich enttäuschen – alle kriegen alles mit. Also rette dich :). Mach seinen »Kleinen« nicht zum Bildschirmhintergrund!
Die Wohlwollende

50. WIE WERDEN WIR DIE MENSCHEN LOS, DIE UNS NUR GUTES WOLLEN?

Dass Tiko in ein schrecklich unangenehmes, mysteriöses Drama hineingezogen worden war, merkte sie auch daran, dass sie fast zeitgleich mit der *wohlmeinenden* eine zweite E-Mail mit fast identischem Inhalt erhielt. Und das Wichtigste dabei: Beide kamen von Sandros E-Mail-Adresse.

Wer schrieb da überhaupt? Was war da los? Erst dachte sie, Sandro hätte da etwas durcheinandergebracht, dann glaubte sie, dass man sie verarschte. Aber als dann irgendeine Frau von Sandros Skype-Account aus anrief und mit einem debil-ironischen Lächeln fragte, wem sie denn schreibe, wer denn zu ihr kommen solle, da spürte sie ernsthaft Panik in sich aufsteigen. Von da an hatte sie keine Zweifel mehr, dass es nicht Sandro war, mit dem sie da kommunizierte.

Die Arme, sie war sich mittlerweile fast sicher, dass außer Sandro auch noch einige andere zugehört und -gesehen hatten, wie sie keuchend ihre mit den Fingern hervorgestreckte Klitoris gegen den Monitor presste.

Hatte dieser Kranke das etwa extra so eingerichtet? Vielleicht bekam er ihn anders nicht hoch?

Die ganze Nacht schickte sie Sandro Kurznachrichten:

Irgendein Drecksstück hat mich kontaktiert, ich

dachte, das wärst du ... Ich mach dich fertig, du Bastard, was zum Teufel ist da los?
Wer schreibt mir das? Was hast du erzählt? Über wen machst du dich lustig, du Arschloch? Was haben die gesehen?
Einmal pro Minute schrieb sie:
Ich bringe dich um, du Wichser!
Und ausgerechnet jetzt gab es keinen Mann (zumindest keinen georgischen) in diesem stürmischen Hannover, mit dem sie über ihr idiotisches Unglück reden konnte – da musste sie sich wohl hilfesuchend an die Absenderin der wohlmeinenden E-Mail wenden ... oder an diese zweite ...

51.

Tiko an Ana/Keti

Vielleicht ist es großer Quatsch, dass ich euch beiden gleichzeitig schreibe, aber ich weiß nicht, was ich tun soll ... Ihr kennt mich ebenso wenig wie ich euch ... Besser gesagt, ihr kennt mich ... Ich dachte, dass nur er mit mir in Kontakt stand ... Man kann mein Verhalten nicht rechtfertigen, aber ich schwöre bei meinem verstorbenen Bruder, dass ich nichts davon gewusst habe, dass er eine Frau hat ... Er erzählte mir, dass er sich getrennt habe. Ich habe noch nie so einen schlimmen Typen getroffen, einen, der so verlogen und durchgeknallt ist ... Habt ihr alles gesehen? Dieses Foto auch, von dem ich nicht mehr weiß, ob es an mich gehen sollte oder an jemand anderen? Ist es überhaupt seins? Oh, Gott, was schreibe ich da??? Ich kann es nicht fassen!!!!! Dieser Mann ist für mich gestorben ... Von hier aus sieht man alles anders, ich spreche so wenig Georgisch, dass ich gute Kerle und Arschlöcher nicht mehr auseinanderhalten kann. Das Leben hier ist sehr anstrengend, ich arbeite und studiere gleichzeitig und schalte nur ab, wenn ich im Netz bin. Genau das hat er ausgenutzt. Deswegen ist er ein Bastard! Danke für die Warnung ... Wobei ich jetzt wegen euch auch keine Schönheits-OP machen und mein Gesicht ändern kann ... Ich weiß ja nicht einmal, an wen ich schreibe?! ... Wenn das alles doch bei Sandro landet: Bitte sei dir gewiss, dass du ein echter Wichser bist und ich dir die Eier abreißen werde, wo auch immer du sein wirst! Wenn nicht – dann entschuldigt die Wortwahl!

52. DIE TÜR

Sandro an Tiko

Schreibe mir nicht mehr an diese Adresse – das lesen alle mit.

***

Er hatte nicht damit gerechnet, dass man die bemitleidenswerte Tiko auch anschreiben würde. Doch wer von den beiden hatte sie kontaktiert? Keti oder Ana?

Er löschte seinen Skype-Account.

Wollten sie etwa alle seine Kontakte anschreiben? Er rief bei Ana an. Sie antwortete.

»Wow, du bist ja rangegangen?«, rutschte es ihm raus.

»Was willst du?«, gab sie als Antwort.

»Wieso hast du ihr auch das Passwort gegeben? Ich habe es doch nur dir gesagt.«

»Nur mir wohl nicht, das scheint ein beliebter Trick von dir zu sein.«

»Wieso hast du es Keti verraten?«

»Besser für dich. Qiqi muss auch auf dem Laufenden gehalten werden. Ist ihr Recht.«

»Verarschst du mich?«

»Ich – dich?«

»Wieso hast du dieses Mädchen angeschrieben?«

»Aus Liebe zu dir«, lachte Ana.
»Was willst du von mir? Experimentierst du an mir rum?«
»Ist es nicht etwa genau andersrum? Wem hast du denn noch alles dein Passwort gegeben? Willst du, dass ich die auch anschreibe? Oder ist es noch zu früh, und du verteilst es nur alle sechs Jahre?«
Sandro schnaufte irgendeinen unverständlichen Laut. (»Phuuu!«)
Sie hörten einander atmen.
»Ein wenig sollte es auch dir wehtun, nicht?«, sagte Ana. »Ich sagte dir doch, dass du es bereuen würdest.«
Sandro legte auf.
Und schrieb an Tiko:
Tiko, mein Passwort wurde geknackt. Ich habe keine Ahnung, wie genau. Sie machen mich wahnsinnig. Scheiß drauf. Bitte schimpfe nicht mit mir!
Nicht einmal eine Stunde später klopfte Sandro an Anas Tür.
Ana sprang in seltsamer Hochstimmung auf. Er beschimpfte sie von draußen auf eine seltsam blutleere Art und Weise.
»Du Schlampe! Ich mach dich fertig!«
Sandro brüllte nicht, leise und mit krankhaftem Gleichmut wiederholte er diese Worte.
Diesem Sandro würde Ana niemals die Tür öffnen, selbst wenn er im Treppenhaus übernachten würde. Unermüdlich und monoton klopfte er gegen die Metalltür. Als wäre es das Klopfen, auf das es ankäme, und nicht das Eintreten.

53. (...)

18. Denke dir ein Pseudo-Problem aus: Erzähle deiner Frau, dass dich das Objekt deines Begehrens erpresst, dir schlimme Dinge androht, dass sie in Schulden steckt, dass sie einen Mörder und Gewohnheitsverbrecher als Bruder (oder wahlweise als Exmann) hat und du mittlerweile auch Schiss hast. Bringe sie dazu, dass sie sich über solche wirklich dramatischen Dinge sorgt. Dem Objekt teilst du mit, dass deine Frau schwanger ist (ein verzweifelter Versuch, dich zu halten) und du dagegen kämpfst ... Das heißt, dass du deine Frau wegen ihm (dem Objekt) dazu bringen willst, eine Abtreibung zu machen. So opferst du ihm das ungeborene Kind von dir und deiner Frau, das alles gibst du quasi auf. Und schon bist du das Opfer. Mindestens für einen Monat ist ihre tiefe Dankbarkeit garantiert.

19. Spiel mit ihnen. Je unehrlicher du bist, desto besser kannst du sowohl sie als auch dich selbst kontrollieren. Lass dich nicht von deinen Emotionen leiten. Sei pseudo-eifersüchtig, pseudo-wütend, pseudodepressiv. Du wirst staunen, welche Ergebnisse du dadurch erzielst. Sei steril, zynisch und »verrückt«. Werde auf rationale Weise wütend und nicht auf emotionale. Du wirst sehen, was das mit denen macht.

20. Fixiere dich nicht auf die beiden. Denk daran, dass es auch noch andere gibt – nicht nur diese beiden. Bewahre das Gleichgewicht. Lass dich nicht von den beiden leiten. Sie ziehen dich immer tiefer rein. Sie sind böse. Und haben außer dir keinen Lebensinhalt.

21. Lüge so, dass die Lüge nah an der Wahrheit ist, sonst wirst du draufgehen.

22. Rede nicht. Ersticke den Wunsch nach einer »Klärung« im Keim. Denk daran: Im wichtigsten Augenblick werden sie dir eh nicht zuhören, die Ehefrauen stehen nicht sonderlich darauf, einem zuzuhören.

54. NOCH EIN WEITERER GRUND

Der Lärm, den Sandro vor Anas Tür erzeugte, hatte eine recht unoriginelle Folge. Normalerweise blieb Ana ihrer Wut lange treu (zum Beispiel währte der Zorn auf ihren Exmann ganze drei Jahre), aber mit diesem Typen hier vertrug sie sich zu ihrem eigenen Erstaunen im rekordverdächtigen Tempo. Als hätte es den gestrigen Tag (und die Tage davor) nicht gegeben. Sandro verlangte seelenruhig nach Kaffee, versank sehr vertraut in seinem Sessel und stellte leise die folgende Frage:

»Wieso hast du ihr geschrieben?«

»Was wiederholst du die Frage wie ein Besessener?«, antwortete Ana ebenfalls vollkommen ruhig.

»Beantworte sie mir, und ich schwöre dir bei meiner Mutter, ich frage nicht noch einmal.«

»Wieso hast du mir dein Passwort gegeben?«

»Du zuerst.«

»Wieso hast du mich angelogen, dass Keti im Krankenhaus war?«

»Habe dich nicht angelogen.«

»Demnach hast du auch Keti nicht belogen, als du sagtest, dass ich im Krankenhaus wäre?«

»Ich wusste nicht, was ich ihr sagen sollte.«

»Warum lügst du ständig, Sandro? Was willst du? Wieso beruhigst du dich nicht ein für alle Mal und gehst nach Hause? Kotzt es dich nicht selbst an?«

»Wieso schreibst du Keti?«
»Es macht mir Spaß. Eine herzensgute Frau. Sie liebt dich.«
»Ich meine es ernst.«
»Warum sollte ich ihr nicht schreiben? Sie tut es – und soll ich ihre E-Mails vielleicht unbeantwortet lassen? Wieso hast du mir dein Passwort gegeben? Damit ich dir vertraue? Oder um mir zu zeigen, dass diese armen Weiber wegen dir den Verstand verlieren?«
Ana wollte am liebsten vergessen, wie sehr sie sich aufgeregt hatte, als sie sich in Ketis alten E-Mails an Sandro wiedererkannte. Ergeben und mit einem erstaunlichen Eifer kochte sie für Sandro Kaffee und sagte lächelnd (keineswegs zynisch) in einem naiv-versöhnlichen Tonfall:
»Ich habe dich von dem Zwang zu lügen befreit, jetzt wissen alle – alles. So unschuldig und ehrlich wie jetzt warst du noch nie. Du solltest mir dankbar sein.«
»Ja«, Sandro nippte an seinem Kaffee, »alle wissen ganz genau, was ich bin und was ich anstelle.«
»Weiß denn Keti, dass du gerade hier bist?«
»Wahrscheinlich hast du es ihr längst mitgeteilt.«
»Nein, das hätte ich rein zeitlich nicht geschafft, aber keine Sorge, ich hole es nach.«
»Ich mache mir keine Sorgen. Aber was wolltest du von dieser Unglückseligen? Sie schreibt und flucht ...«
»Wir brauchen nicht noch eine Dritte. Das hat mich eifersüchtig gemacht. Was hast du mit dem armen Kind angestellt? Sei doch wenigstens uns beiden treu.«

»Ich bin dir treu, du bist es mir nicht.«
»Weil ich dir mein Passwort nicht gebe?«
Ana watschelte Richtung Badezimmer. Der Hintern wackelte dabei optimistisch auf und ab, passend zu ihrem triumphierenden Tonfall. Sandro breitete sich auf dem Sofa aus und berührte seinen von Keti verhöhnten Pimmel – er war neugierig, ob er gerade zu etwas zu gebrauchen war. Wobei er starke Zweifel hatte, dass Ana dazu bereit wäre.
Ana drehte den Wasserhahn auf.
»Unsere Beziehung liegt in den letzten Atemzügen«, verkündete sie stolz.
»Wie meinst du das?«
»Wie ich das eben sagte«, Ana zündete sich eine Zigarette an. »Ich habe nicht vor, weitere E-Mails zu schreiben. So abgebrüht bin ich nun auch nicht. Wir hatten unseren Spaß, jetzt ist es gut. An meiner Stelle hätten dich manch andere die Treppen runtergeschubst.«
»Mach doch ...«
»Nein, du wirst freiwillig gehen. Das ist ja genau dein Pech, dass dich keine endgültig rausschmeißt. Ich bin damit durch.«
»Ich kann nicht ohne dich.«
»Sollen wir etwa heulen? Okay, wie du magst. Aber mach daraus jetzt kein Drama.«
Sandro setzte sich auf und begann, Ana in die Augen zu starren.
»Ich sage dir eine Sache und bitte dich sehr darum, das nicht mit Keti zu besprechen.«
Er hatte ein ernstes, übermüdetes Gesicht. Die Asche von Anas Zigarette fiel herunter, auf ihr Knie.
»Versprich es mir«, bat Sandro.

»Es interessiert mich nicht.«
»Kannst du es mir also nicht versprechen?«
»Was willst du?«
»Schreib das Keti nicht.«
»Was sollte ich ihr nicht schreiben?«
»Das, was ich dir jetzt sagen will. Sie tut mir leid ...«
»Oha, ich glaube, ich habe dich dazu gebracht, dass du deine Frau wieder liebst. Ich bin echt super.«
»Bitte.«
»Worum bittest du mich, Sandro? Willst du mir noch ein Passwort geben?«
»Nein ...«
»Ist es also was Ernstes? Wieso hast du mir nicht dein Skype-Passwort gegeben?«
»Ich habe meinen Account gelöscht. Kannst es checken.«
»Nein, will ich nicht. Du hast so gut angefangen und am Ende alles versaut. Es ist echt traurig, wirklich.«
»Hör mir zu, eine Sekunde, bitte ...«
»Worum bittest du mich?«
»Keti ist schwanger.«
»Gratuliere. Das denkst du dir also dieses Mal aus?«
»Nein, tue ich nicht. Wieso sollte ich mir so etwas ausdenken?«
»Keine Ahnung, weil du krank im Kopf bist.«
»Nein, bisher glaubte sie mir nicht wirklich, dass ich gehen will ... Aber ich kann nicht. Mit welchem Gefühl soll ich dieses Kind erwarten ... Soll ich mich freuen oder Angst haben ...«
»Du solltest dich freuen. Wo willst du denn hin? Und vor allem wieso?«
»Seit zwei Monaten habe ich sie nicht mehr angerührt, und dann hat sie mich betrunken gevögelt.«

»War Keti betrunken?«
»Ich.«
»Also solltest du nicht trinken.«
Ana warf einen Blick auf ihre Brust.
»Ich glaube, ich habe Ausschlag«, sie schmunzelte, »du gehst mir auf die Nerven, regst mich auf.«
»Dieses Kind wird nicht auf die Welt kommen«, sagte Sandro.
»Wenn sie wirklich schwanger ist, warum erzählst du mir das?«
»Keine Ahnung. Sie wird abtreiben. Ich muss es ihr morgen sagen ...«
»Wieso?«
»Was ... wieso?«
»Wegen mir etwa? Oh, ich weine gleich.«
»Schreibe ihr das nicht ...«
»Sie wird es mir selbst schreiben, sollte es wirklich der Fall sein.«
»Wird sie nicht.«
»Wird sie doch.«
Sandro bekam wässrige Augen.
»Lass mich nicht gehen«, sagte er.
»Was willst du? Mich ebenfalls schwängern und es dann Keti mitteilen? Mein Gott, Sandro, komm, lass uns jetzt einen Punkt dahinter setzen, geht das bitte? Was ist los mit dir? Was ist das für eine Besessenheit?«

***

Keti ist zu ihrer Mutter gezogen. »Ich will dich nicht mehr sehen«, hat sie gesagt, »ich habe begriffen, dass ich ohne dich besser dran bin.«

»Ich auch«, wollte ich ihr eigentlich sagen.
Das war schlimmer als ein Streit.
Sie hat eine große Tasche mitgenommen. Sie wusste wohl selbst nicht so recht, was sie alles da reinstopfte. Ich rief an, sie ging nicht ans Telefon. Dann schrieb sie mir: »Lass mich in Frieden, Sandro.« Das hat gesessen. Fast hätte ich ihr geglaubt. Ich dachte, okay, das ist jetzt eine echte Pause ...
Wie lange bahnte sich die Trennung von Keti an ... Ich glaube, es begann an dem Tag, an dem wir geheiratet haben.
Kein einziges Mal rief sie mich an. Ich dachte schon: Bin ich jetzt allein? War es etwa wirklich so einfach?
Keti hat alles dafür getan, dass ich Ana ernster nahm als wirklich nötig.
Und die ganze Zeit hatte Tiko nicht herausfinden können, ob ich es war, der ihr schrieb, oder jemand anderer. Sie nahm an, dass diese anderen auch bei unserer Onaniererei zugeschaut haben! Ständig dieses: »Ich bringe dich um, ich bringe dich um!«, und das Gefluche. Ich hatte ihr gesagt, dass man mein Passwort geknackt hat.
Bei Ana zu Hause saß wieder dieser Verrückte herum, der damals über Pferdeschwänze gesprochen hat. Sie schienen leicht angetrunken. Ich wollte schon sagen: Wann schaffst du es bitte, bei all dem auch noch an Keti zu schreiben? Was sollte ich denn tun? Ich hätte aufstehen und mich abseilen sollen. Aber ich kriegte es nicht hin: Ich dachte, wenn ich jetzt gehe, dann lasse ich sie ja mit ihm zurück, und dann würden sie auf jeden Fall ficken ... Auf was hätte ich dabei eifersüchtig sein dürfen, auf wen? Als wäre ich in meine Kindheit zurückgekehrt, in die Schulzeit, wo man mit den Mädchen irgendwas spielen muss, worauf man keinen Bock hat, irgendwas tun, was man nicht will, irgendwas sagen, was man nicht will und wo man sie nicht sehen kann, wenn man es will ... Ich musste jetzt vorgeben, dass es mir scheißegal war.

Um sich herum hatte sie so komische Leute versammelt, bei denen einem nicht wirklich klar war, ob sie schwul waren, mit ihr einfach nur befreundet oder ob sie versuchten, sie flachzulegen, oder sie bereits flachgelegt hatten. Man sollte einem Menschen ansehen, was er will. Diesen hier konnte man gar nichts ansehen. Wollte sie wirklich, dass es zwischen uns aus war? Vielleicht lief es doch auf so eine banale Tour: Sie würde mit jemandem vögeln, und für mich wäre sie dann durch. Keine Ahnung.
Ich saß dort bis in die späte Nacht – bis dieser Gaul weg war, habe ich mich nicht vom Fleck gerührt. Ana gab sich empört, so nach dem Motto, mit welchem Recht ich denn eifersüchtig sei: »Du hast doch eine Frau!« Wie oft hätte ich denn Keti leugnen sollen, damit ich die Erlaubnis bekomme, mich aufzuregen. Ich antwortete ihr: »Gib mir dein Passwort, meines hast du schon bekommen!« »Deswegen also hast du es mir gegeben?«, belustigte sie sich. Ich wieder: »Gib her, ich bin auch neugierig!« – »Mein Gott, Sandro, vertraust du mir nicht?« Wieder das Gleiche ...

55. WANN KOMMT DER STEINERNE GAST ZU BESUCH?

Es war der durch beide Fenster pfeifende Wind, der ihn weckte. Draußen herrschte die schlimmste Wetterkombination, die es geben kann: Regen mit Wind. Keti. Mit dem Namen seiner Frau kehrte Sandros Bewusstsein zurück, und obwohl er sonst schnell aus dem Bett sprang, erlaubte er sich dieses Mal, in Ruhe die schlafende Ana zu begutachten, die ein trauriges und verwirrtes Gesicht hatte. Sandro spürte Rührung in sich aufsteigen, als er Mückenstiche auf ihrem Arm entdeckte. Ana rieb sich auf eine kindliche Art die Augen. Dann standen sie auf. Ana rauchte eine. Es war unverkennbar, dass sie den äußerlichen Frieden dieses Morgens gierig einsog.

»Ich mag den Regen«, verkündete Sandro. »Zieht man den Wind mal ab, ist es super.«

»Und zieht man dich mal ab.« Ana lächelte.

»Ich hätte dir nicht erzählen sollen, was ich dir gestern erzählt habe«, sagte Sandro.

»Ist doch egal.« Ana zuckte mit den Achseln.

Sie verabschiedeten sich wie ein Ehepaar voneinander. Der Mann ging zur Arbeit, und die Frau stellte die schmutzigen Tassen in die Spüle. Sandro schrieb ihr vom Fahrstuhl aus:

Versteck dich nicht vor mir.

Seine Frau rief er auch gleich an, nachdem er aus dem Treppenhaus war (und sah dabei zu Anas Fenstern hoch – nicht, dass sie ihm nachsah). Keti ging nicht ran. Er hatte sie zuletzt vor drei Tagen gesehen. Noch zwei Mal versuchte er, sie zu erreichen, dann fuhr er nach Hause, er musste sich umziehen, sonst konnte er nicht in den neuen Tag starten. Der Wind hatte das Küchenfenster aufgedrückt und der Regen fiel direkt auf Ketis Fernseher.

Erwartungsvoll schaute er in seinen Posteingang, aber etwas Neues und Skandalöses fand er dort nicht vor – sich ein neues Passwort auszudenken, das traute er sich aber auch noch nicht.

Später fuhr er bei Ana vorbei. Seltsam, aber Ana war nicht verschwunden. »Mann, wir haben uns doch getrennt, was willst du denn noch?«, fragte sie.

Sie fuhren dann gemeinsam Richtung Digomi.

»Sie versteckt sich grade«, sagte Sandro. »Ganze neun Monate wird sie sich verstecken und dann in irgendeiner Höhle gebären.«

Beim erstbesten Restaurant fanden sie Zuflucht vor dem Regen. Die Tischdecke roch nach nassem Hund, aber sie blieben trotzdem.

Sie aßen und taten es so, als wäre es für sie das letzte Mal.

Sie betranken sich.

Bereits im Restaurant überkam ihn die riskante Idee. Und als sie wieder im Auto saßen, lenkte er den Wagen in Richtung seiner Wohnung.

»Wo fährst du denn hin?«, fragte Ana erschreckt.

»Zu Besuch«, antwortete er. »Zu mir.«

»Keti wird doch kommen.«

»Wir legen sie flach.«

»Nein, ich will Keti nicht, ausgeschlossen.«

»Nein, sie kommt nicht, jetzt, um zwei Uhr morgens!«

»Ich will nicht. Will nicht. Will nach Hause. Ich muss pinkeln.«
»Kannst bei mir pinkeln.«
»Will nicht ...«
»Willst du was Größeres?«
»Was Größeres?«
»Das Geschäft ...«
»Was denn Größeres, ich will dort nicht, ich will zu mir.«
»Sie kommt nicht. Sie schläft. Und versteckt sich vor mir. Ich bin doch nicht verrückt.«
»Doch.«
»Nein.«
»Sie ist zu Hause.«
»Nein, ist sie nicht. Nur zwanzig Minuten.«
»Für zwanzig Minuten will ich nicht.«
»Okay, dann zehn Minuten. Du pinkelst, und dann fahren wir los.«
Sie gingen trotzdem zu ihm hoch. Ana war zu müde, um sich weiter zu wehren. Und aufs Klo wollte sie tatsächlich auch. Alle fünf Minuten öffnete Sandro die Tür. Ana hatte das eine Bein angehoben, zitterte und klapperte mit den Zähnen.
»Wo ist eure goldene Kloschüssel?«, hatte sie gleich beim Reinkommen aufgeschrien. Nach und nach wurde sie nüchterner. Mit großem Interesse hatte sie sich die Wände mit den Fotos von Keti und dem Kind angeschaut und versucht, sich Sandros Leben vorzustellen. Wie auch nicht anders zu erwarten, fiel ihr Urteil über Keti äußerst streng aus: »Sie hat einen flachen Kopf und den Hals eines Ringers.«
Sandro hatte es auf eine Nummer vor dem großen Spiegel abgesehen (deswegen hatte er sie überhaupt

hierher gebracht), und so presste er sich eifrig gegen Ana.
»Warte mal …«, versuchte sie ihn loszuwerden.
Ins Schlafzimmer wollte sie ihm erst recht nicht folgen.
»Nein, dort auf keinen Fall.«
Sandro bekam Lust, Hausschuhe anzuziehen (ein Instinkt bleibt stets ein Instinkt, immerhin war er zu Hause).
»Wo sperrst du deine Exfrauen ein?«, wollte Ana wissen.
»Ich begrabe sie im Hof.«
Sie knutschten rum.
»Du bist so glitschig«, sagte Ana. »Wie ein Wasseraffe.«
Sandro setzte sich ans Klavier. Es gefiel ihm, betrunken zu sein.
»Was soll ich dir vorspielen?«, fragte er.
»Selbstverständlich die dritte Etüde von Chopin.«
Ana schmunzelte.
Sandro spielte irgendwas im Stil einer Beerdigung.
Ana war es unangenehm nachzufragen, was er da spielte, und so setzte sie einen Gesichtsausdruck auf, als käme ihr die Melodie bekannt vor. Dann, auf einmal, ärgerte sie sich aber, dass sie überhaupt Scham vor ihm verspürte, und so rief sie ihm streng zu:
»Was spielst du da?«
»Kommt es dir nicht bekannt vor?«
Ana zuckte mit den Achseln.
»Ist ein Trick.« Sandro freute sich. »Bei den Doofen funktioniert es. Es ist Chopin. Ich spiele das Stück extrem langsam, und so wirkt es, als wäre es eine andere Melodie.«

»Vielleicht solltest du dir etwas Neues beibringen?«
»Nein, kann nicht, ich muss der Melodie treu bleiben.«
Der Regen war so stark geworden, dass plötzlich der Strom ausfiel.
»Was ist das für ein Land«, Sandro erhob sich, »dass der Regen einen Stromausfall verursacht!«
Nur mit Mühe fand er die Gläser und die Flasche – Weiß- oder Rotwein (das konnte er im Dunklen nicht erkennen) – und setzte sich auf den Boden.
»Trinkst du?«
»Keine Ahnung«, wieder zuckte Ana mit den Achseln, »mir ist kalt.«
Er wollte schlafen. Sie tranken. Ana verzog das Gesicht.
»Ist vergiftet.«
»Gefällt dir nicht?«
»Nein.«
Sie hatte keine Lust auf Sex.
»Nach dem Essen kann ich nicht«, sagte sie. Sandro zog sein Oberteil aus.
»Willst du mich etwa scharf machen?«, fragte sie.
»Genau.«
»Das schaffst du nicht.«
Ana gab ihm einen Kuss auf den Hals.
»Nimm mich in den Arm«, sagte sie.
Sandro schob seine Hand in ihre Hose.
Ana drehte sich um.
Sandro presste sich gegen ihren Rücken.
Sie legten sich auf den Boden. Ana legte ihren Kopf in seinen Arm. Sandro versuchte dagegen anzukämpfen, spürte aber auf einmal eine bleierne Müdigkeit.
»Sex?«, fragte er.

»Morgen.«
»Wirklich?«
»Ich schwöre es dir.«
Sie sprachen bereits im Halbschlaf.
»Komm, wir krabbeln hoch ins ...«
»Geht nicht ...«
»Es ist kalt hier.«
Das Telefonläuten weckte sie. *Qiqi* leuchtete auf dem Display. Es war noch nicht einmal eine Stunde vergangen.
»Was?« Ana setzte sich auf. »Geh nicht ran.«
Sandro überkam ein bestimmter Verdacht, der sein Blut gefrieren ließ. Und zugleich hörte man, dass jemand die Tür aufzusperren versuchte. Sandro erhob sich.
»Warte ...«
Auf dem Display leuchtete erneut *Qiqi* auf.
»Geh nicht ran!« Ana sprang hoch. Sandro ging Richtung Tür.
»Sandro«, es war die bekannte Stimme, »bist du zu Hause? Ich bin hier ...«
Sie weiß, dass Ana hier ist.
»Es ist Keti«, sagte er. »Sie steht draußen.«
»Wieso?«
»Ist einfach gekommen ...«
»Wie, sie ist gekommen? Hast du den Verstand verloren? Es reicht mir ... Du hast doch gesagt, sie würde nicht kommen!«
»Verfickte Scheiße!« Sandro kratzte sich verzweifelt am Kopf.
»Weiß sie, dass ich hier bin? Reich mir die Tasche ...«
»Nein, ich glaube nicht ...«
»Musst du aufmachen?«

»Sie weiß es ...«
»Was weiß sie?«
»Das Auto steht unten. Gib mir zwei Minuten, und dann schicke ich sie wieder weg.«
»Wieso hast du mich zu dir gebracht? Spinnst du?«
»Komm her, bitte ...«
Er könnte sie in Nikuschas Zimmer verstecken.
»Wie schleust du mich wieder raus?«
Man hörte ein Klopfen an der Tür.
Ana nahm erschrocken neben dem menschengroßen Kuschelbär Platz.
Wenn sie kommt, dann soll sie kommen, mir doch egal, was wird sie mir schon antun.
Sandro zog sich die Hose und die Socken aus, versteckte die Flasche und die Gläser unter dem Tisch und ging zur Tür.
»Ich komme schon«, brüllte er.
Der Regen spritzte in die Wohnung. Der Blitz ließ die durchnässte Keti im silbernen Schein erstrahlen. Das nasse Haar klebte an ihrer Stirn. Ihr Gesicht war kreidebleich. Sie sah aus wie eine Leiche. Irgendein Gegenstand leuchtete in ihrer Hand auf – ein Messer, ging Sandro durch den Kopf, und er trat ein wenig zurück.
»Ich konnte die Tür nicht öffnen. Hast du von innen zugesperrt?«, fragte ihn Keti.
In der Hand hielt sie den Schlüssel.
Keti traute sich nicht einzutreten. Der Regen ließ ihre Kleidung schwärzer erscheinen.
»Hast du geschlafen?«, wollte sie wissen.
Man konnte es nicht erkennen, ob sie weinte oder ob es Regentropfen waren, die ihr die Wangen herunterliefen. Sandro trat etwas näher an sie ran.

»Wo warst du? Was ist mit dir los?«
»Nichts«, Keti zog ihren Regenmantel aus. »Ich wollte nicht, dass es in die Wohnung rein regnet ... Irgendwas ist explodiert. Überall Stromausfall ...«
Nein, es sah nicht nach Wasser aus, dieses Wasser schmeckte nach Salz. Wie ein Gebet wiederholte Ana das Gleiche ...
Sie ärgerte sich darüber, dass ihr die Tränen in die Augen schossen.

56. IN WELCHEM REGISTER?

Keti war wieder trocken, Sandro schwitzte Blut und Wasser.

Seine Frau lag neben ihm, Ana ... hinter der Wand.

Mit ihren Monologen und sinnlosen Fragen machte Keti ihr idiotisches Beisammensein noch unerträglicher. Und das Blödeste an der Sache war, dass Sandro ab und an auch etwas sagen musste: mit glaubwürdiger Familienstimme Ketis Fragen beantworten und gleichzeitig auch die zwischen Nikuschas Spielzeugen versteckte Ana unter Kontrolle halten. Das einzig Beruhigende war das Prasseln des Regens: Alle unerwünschten Laute würde er übertönen.

Alle paar Sekunden hielt Keti ihre Hand vor den Mund (als hätte sie Angst, irgendwas Dummes zu sagen) und gab ein enervierendes, unterdrückt-fiependes Niesen von sich. Sandro hatte ihr mehrfach angeboten, ins Schlafzimmer zu gehen und sich dort umzuziehen (in der Hoffnung, Ana könnte in der Zwischenzeit aus der Wohnung schleichen. Wenn sie sich nicht allzu blöd anstellte, müsste sie es eigentlich bewerkstelligen können), aber Keti willigte nicht ein. Sie wollte reden.

»Wie ein Trottel sitze ich bei meiner Mutter und überlege mir irgendwelche Strategien: ›Heute rufe ich ihn nicht an, morgen rufe ich an ...‹ Derweil rufst du dann an ...«

»Pst.«

»Heute hat es mir schließlich einfach gereicht. Ich dachte mir, er ist doch Sandro, mein Sandro, wieso sollte ich nicht mit ihm reden? Was tue ich da? Kann sein, dass andere sagen, ich sollte dich dafür bluten lassen ... und auch dieser Frau irgendwo auflauern ... Aber es ist mir egal, Sando, ich schwöre bei Nikuscha ... Anscheinend habe ich ein Problem, ich habe irgendwas an mir, dass du wie ein Irrer davonrennen musst ...«

»Wieso hast du ihr diese E-Mail geschrieben?«

»Ich hätte es nicht tun sollen, ich bin so blöd ...«

»Wie konntest du so einen Schwachsinn schreiben, es sei dir egal, wo dein Mann seinen Pimmel reinsteckt?«

»Ich hätte nicht deine E-Mails lesen sollen. Ist totaler Schwachsinn! Es frustriert mich nur ... Vielleicht bin ich wirklich blöd, aber ich glaube, dass du mich auf andere Weise liebst ... Was für ein Quatsch! Soll ich mich gleich morgen mit ihr treffen und mich bei ihr entschuldigen? Ist sie nicht hier?«

»Wo hier?«

»Na ja, zu Hause ...«

»Ich muss mein Passwort ändern. Sie kennt es auch.«

»Ja, du hast auch den Verstand verloren ... du hättest es ihr nicht geben sollen. Wieso hast du es getan? Um mich zu ärgern? Skype checke ich schon gar nicht mehr ... ich kann es nicht mehr sehen. Mir wird dabei übel.«

»Hast du sie kontaktiert?«

»Wen?«

»Dieses Mädchen ...«

»Ich bin durchgedreht, ich werde noch verrückt. Ich habe keine Ruhe mehr, du tust mir leid ...«
»Wie hast du mein Passwort rausgefunden?«
»Habe einen Typen engagiert. Mamuka ... Habe ihm zweitausend Lari dafür bezahlt.«
»Was für ein Mamuka?«
»Mamuka, so ein Hacker, habe Sopo gefragt, er arbeitete bei ihrem Bruder ...«
»Was für ein Mamuka? Bist du völlig von Sinnen?«
»Ändere deine Passwörter. Mir ist es egal.«
»Du bist echt nicht bei Verstand ...«
»Ich weiß, aber es ist deine Schuld, ich schwöre es dir ... Ich spiele keine Spielchen, du kennst mich doch ... Ich hätte das alles nicht haben müssen ... ich weiß doch, dass du später darüber lachen wirst ... Ich schwöre bei Nikuschas Leben, ich will dein Passwort nicht mehr ... Hast du es schon geändert?«
»Nein ...«
»Ändere es. Damit du wieder deine Ruhe hast. Lass mich dich nicht weiter darum bitten.«

57. LOHNT ES SICH, AUF DIESE STIMME EIFERSÜCHTIG ZU SEIN?

Kannst jetzt los. Sie schläft, kam von Sandro. Mit dem obligatorischen Smiley dahinter.
:)
Danach:
Verzeih mir
Ana passierte lautlos den Korridor und rannte auf die Straße.
Es wurde hell.
Als Sandro anrief, fühlte sie sich schon einigermaßen sicher und gefasst: Sie war zu Hause und trank Grünen Tee.
Sandro versuchte zu scherzen: »Wir hätten eine Orgie veranstalten können.«
Ana lachte gequält.
»Du Vollidiot«, sagte sie. »Hätte ich mir nicht wann anders eure Teppiche anschauen können?«
Was blieb ihr anderes übrig, als zu lachen. Wobei sie sich natürlich gedemütigt fühlte (noch gedemütigter, als sie es einige Tage zuvor beim Durchstöbern von Sandros Posteingang war), und dies nicht unbedingt deswegen, weil sie die Nacht in Nikuschas Zimmer hatte verbringen müssen – sie bekam Sandros verständnisvolle Stimme einfach nicht mehr aus dem Kopf. Und der staubige und haarige Teddybär hatte auch schrecklich gerochen ...
Um über die Kränkung hinwegzukommen oder viel-

leicht einfach so aus Spaß oder gar aus Selbstschutz oder Gott weiß aus welchem Grund, zeigte sie Ana Maia Achba die Feindesmail (diejenige, in der Keti über das Geschlechtsorgan ihres Gatten schrieb, welches über einen freien Willen verfüge) und vergaß obendrein auch nicht zu erwähnen, wo und wieso sie sich hatte verstecken müssen. (»Wenn ich nicht getrunken hätte, wäre ich niemals mitgegangen.«)
Dann gewährte sie Maia Einblick in Sandros ungeschützten Posteingang, legte gänzlich unzensiert das Privatleben ihres Liebhabers frei und berichtete sogar von jenen Details, die sie (schon allein um ihr Selbstwertgefühl zu bewahren) besser im Verborgenen hätte belassen sollen. Und dabei hatte sie so viel gekichert, so hysterisch und ängstlich, dass Maia beschloss, über Nacht bei ihrer Freundin zu bleiben. (»Ich muss zusehen, dass du schläfst, du Ärmste.«)
»Kriegt sie nun das Kind?«
»Keine Ahnung. Vielleicht belügt er mich. Ich will es gar nicht mehr wissen. Er ist einfach krank ...«
»Er soll dich in Ruhe lassen, ist das denn zu viel verlangt? Sollst du etwa das Kind großziehen, oder was erwarten sie? Bitte schreib ihm nichts mehr, bitte, du wirst sonst noch wahnsinnig ... Bei solchen Spielen kann man in ernsthafte Schwierigkeiten geraten ... Er hat einen Hau, kapier das endlich!«
»Ich bin durch mit dem Schreiben.«
Maia verschwieg ihrer Freundin, wie sehr sie sich über ihr Äußeres erschrocken hatte: Ana hatte Augenringe, die Rippen stachen sichtbar hervor, und sie wirkte um zehn Jahre gealtert.
»Nur noch Haut und Knochen«, sagte sie, »was vögelt ihr denn bitte so dermaßen?«

»Er saugt mir das Blut aus.« Ana lachte. »Aber ich bin wirklich durch mit ihm.«

Mit dem Ausschlafen klappte es nicht so recht. Zumindest bei Ana, denn Maia halfen nicht einmal drei Tassen Türkischer Kaffee zum Wachwerden. Sie hatte zwar behauptet, dass sie gar nicht müde sei, aber gegen vier Uhr morgens war sie dennoch mit weit offenem Mund eingeschlafen. Ana selbst musste alle zehn Minuten auf ihr Handy starren, um schlussendlich – als das Warten sie irgendwann doch mehr ermüdet hatte als das Reden zuvor – von Sandros E-Mail-Adresse aus eine *abschließende* E-Mail an Keti zu schreiben. Und gleichzeitig eine kurze Nachricht an Sandro:

Ich habe Keti alles erzählt. Bitte ruf mich nicht mehr an. Ich werde so oder so nicht antworten. Ich habe kein Vergnügen mehr an der ganzen Sache. Echt nicht. Rede ihr nichts aus. Es ist mir auch egal, ob du mich belügst oder nicht. Das ist nicht mein Leben und auch nicht meine Wahl. Ich fühle mich einfach nur sehr gedemütigt. Deswegen – ich bin durch damit.

58.

Die Chronik der verregneten Nacht

Keti, meine Liebe, ich gestehe, dass ich diese Mail eher an mich schreibe als an dich. Trotzdem schicke ich sie dir. Vielleicht bin ich dir gegenüber grausam, aber glaub mir, ich kann nicht anders. Irgendwie muss das Ganze enden, und wenn wir die Augen davor verschließen (egal welche ernst zu nehmenden Gründe wir hierfür haben), werden wir nur noch tiefer in dem Sumpf versinken. Ich fühle mich unendlich erniedrigt. Wie konnte das passieren? Und was eigentlich genau? Ich weiß, dass ich mit dieser E-Mail deinen Mann sehr verletze, aber es ist besser so. Auch du wirst verletzt sein, aber nur vorübergehend, denn ich verspreche: Meinen Namen wirst du danach einfach nicht mehr zu hören bekommen, ich setze einen Schlusspunkt. Endgültig. Ich weiß, dass ich mich egoistisch verhalte, aber was soll ich machen, irgendwie muss ich heile davonkommen :). Es ist deine Sache, ob du Sandro verzeihst oder nicht, aber ich denke nicht mehr über ihn nach. Ich bin zu meinem eigenen Problemfall geworden. Deswegen reicht es mir! Ich wollte das nicht! Denn, ich stimme dir zu, Sandro kann man nicht ändern. Seine Psyche ist so gestrickt, und man kann nichts machen. Er ist in Wirklichkeit ein Mann voller Komplexe. Der durch mich, dich und andere versucht, ein Kindheitstrauma zu kompensieren. Wir sind nur ein Resultat der vielen »Neins« seiner Kindheit – nichts weiter :). Und sei nicht gekränkt. Verstehe ihn doch :). Bei mir redet er mit einer anderen Stimme, als er es bei dir tut. Im wörtlichen Sinne :). Er ist wie die Hauptfigur in einem Drama ...

Wieso ich dir nun all das schreibe? Ich habe vorgestern die Nacht in eurer Wohnung verbracht. Du warst ebenfalls da. Sandro hatte mich in das Kinderzimmer eingesperrt, zusammen mit dem Teddy :), und ließ mich im Morgengrauen rausschleichen, als du geschlafen hast. Ich habe gehört, wie du geweint hast und ob du es glaubst oder nicht – ich konnte verstehen, was mit dir los war. Und ich bin mir sicher – wärst du zufällig in das Kinderzimmer gekommen, wäre dieser Brief jetzt vollkommen unnötig. Man hätte gleich dort hinter alles einen Punkt setzen können. Aber das tue ich nun. Du weißt, dein Mann wird mir diese »Beichte« niemals verzeihen, und ich sage ehrlich: Mir ist es scheißegal. Ich will ja genau dies, dass er wütend wird und mich in Ruhe lässt. Wer er ist – das interessiert mich nicht mehr. In keiner Weise! Und ich bitte dich aufrichtig: Wenn du etwas bewahren willst, dann tu es, aber lass dich nicht demütigen; von Sandro weiß ich, dass du schwanger bist. Es sei denn, er belügt mich auch diesbezüglich :). Bitte bringe ihn dazu, dass er mir nicht mehr schreibt. Ich bin wirklich ausgebrannt. Wir machen uns langsam lächerlich.

***

Das war die sinnloseste und idiotischste Woche meines Lebens. Erst landeten wir alle zusammen in einer Art Familiengruft (alle drei unter einer Decke – betrunken und durchnässt), dann tauchten einige Typen aus dem Büro für Computersicherheit und Netzwerk-Expertise des Innenministeriums bei mir im Büro auf und machten sich dort breit.

Irgendwelche fies schnaufenden Typen besetzten meine Etage. Menabde war leichenblass, als ich am Montag ins Büro kam, ich dachte schon, er hätte eine Lebensmittelvergiftung (er hat so etwas ständig, frisst ja auch nur Müll in sich hinein). Er teilte mir dann mit: »Aus den Konten sind hunderttausend verschwunden!« Ich nur: »Was heißt denn bitte ›verschwunden‹?«

Wir mussten die Konten sperren. Am gleichen Tag wurden die Spezialisten aus dem Innenministerium herbestellt. Meine fastenden Mädels standen alle an die Wände gepresst. »Wir müssen die Mitarbeiter befragen«, sagten sie. »Mich auch?«, fragte mich Ninutsa, die leicht Dümmliche. »Was soll ich denen denn sagen?« – »Sag das, was du weißt«, antwortete ich ihr. »Und was weiß ich?« – »Woher soll ich wissen, was du weißt.« – »Bitte sagen Sie es mir, ich will in keine peinliche Lage kommen.« – »Wenn Sie weiter so wirr reden, dann werden Sie unweigerlich in solch eine Lage kommen.«

Ich war umgeben von lauter unzurechnungsfähigen Menschen. Tamuna (die arme Jungfrau, die ich nicht zum Oralsex hatte überreden können) meinte: »Wenn ich doch bloß letzte Woche Urlaub genommen hätte.« Oder gleich eine Kündigung eingereicht hätte, vervollständigte ich ihren Satz im Kopf.

Ich war bei der Befragung als einer der Letzten dran. Zuerst war ich gar nicht drauf gekommen, aber auf einmal hatte ich Ketis Worte im Kopf: »Ich hatte einen Typen da, habe ihm zweitausend gegeben.« Ja, vielleicht Schwachsinn, ich weiß – aber der hatte ja schließlich meine persönlichen Passwörter geknackt. Also hatte unser Buchhaltungsprogramm damit nichts zu tun. Keti und Ana wühlten Tag und Nacht in meinem virtuellen Leben herum (und höchstwahrscheinlich auch dieser Hacker-Arsch, das wurde mir in dem Augenblick zum ersten Mal klar), aber es war ausgeschlossen, dass das irgendetwas mit meinen Firmenprogrammen zu tun hatte. So neben der Spur war mein Realitätsempfinden nun auch wieder nicht, dass ich die beiden jetzt anprangern müsste. Wobei, auf wen oder was hätte ich in dieser Situation kommen sollen, wenn nicht auf Ketis Mamuka? Sollte ich den Staatsanwalt davon nicht in Kenntnis setzen? War das ein bloßer Zufall? Immer noch konnte ich mich nicht dazu entschließen, mein Passwort zu ändern, zuerst musste ich den Staatsanwalt fragen ...

Keti war bereits zu Hause. Meine Stressdosis hatte ich ja schon verabreicht bekommen: 1. Die letzte Nachricht von Ana. 2. Tikos Drohungen. 3. Keti, bleib! Keti, geh!

Zum wievielten Mal packte sie eigentlich schon ihre Tasche? Ich wusste wirklich nicht mehr, auf was ich reagieren sollte und was mir hätte egal sein können – alle wussten über alles Bescheid. Ich erzählte Keti, was im Büro vor sich ging, und fing unweigerlich an zu fluchen (dabei hatte sie doch vorgehabt, mit mir zu schimpfen! So ungerecht kann das Leben sein!).

»Hunderttausend sind verschwunden.«

Sie bekam es mit der Angst zu tun. Ich wollte schon sagen: Ich bringe dich morgen zur Polizei, und du wirst ihnen alles beichten. »Wechsele endlich dein Passwort aus! Ich habe es dir doch gesagt, wechsele es endlich aus!«, schrie sie. Jetzt also auf einmal, ja?

24-Stunden-Nanny Nana fühlte sich wie im Paradies. Sie

schaute ihre Serien nicht mehr, sie war jetzt selbst Teil einer niemals endenden Daily Soap. Ich schlief unten im Erdgeschoss.

Um vier Uhr morgens erhielt ich die letzte Nachricht von Tiko: »Zieh beim Onanieren wenigstens den Bauch ein!«

Am nächsten Morgen sprach ich mit dem Staatsanwalt. Wir sperrten uns in meinem Büro ein, und ich erzählte ihm von Ketis Mamuka. Ich habe nichts für mich behalten. Ich berichtete völlig zwanglos, nahezu vergnügt, mit rachsüchtigem Genuss von allen idiotischen Details meines Privatlebens. Als befände ich mich bei einer Beichte. Null Selbstzensur (du merkst, jetzt ist es genau so).

»Ehefrauen sind manchmal eifersüchtig, ja, das kommt vor«, meinte der Staatsanwalt. Sonst nichts. Er wirkte nicht sonderlich erstaunt. Solche Geschichten bringen niemanden mehr zum Staunen. Wir einigten uns darauf, dass die Spezialisten noch am selben Tag meinen persönlichen Rechner überprüfen sollten. »Muss ich euch den mitgeben?«, fragte ich. »Ja, wir brauchen die Fingerabdrücke.« – »Nun ja, es werden vor allem meine sein«, sagte ich. »Andere haben auch Finger.« – »Müssen Sie auch meine Frau befragen?« – »Das muss leider sein.«

Am gleichen Abend wurde Keti befragt. Sie saßen bei uns in der Küche. Nana hatte sich mit Nikuscha ins Kinderzimmer zurückgezogen. Eigentlich hätte ich meinen Anwalt anrufen sollen, aber ich tat es nicht. Ich schrieb Ana: »Keti wird gerade verhört, weil sie meine Passwörter geknackt hat.« Sie schrieb nichts zurück, bekam wohl Schiss. Ich wollte ihr am liebsten schreiben: »Ich schicke sie bei dir auch vorbei.«

Ich ging in die Küche.

Keti hatte einen verschreckten Gesichtsausdruck, aber sie besaß noch genügend Willenskraft und Energie, um mich hasserfüllt anzuschauen.

Ich glaube, in dem Augenblick trennten wir uns wirklich voneinander ... So, ganz ohne Worte, in Anwesenheit der ganzen fremden Menschen.
Die Nacht verbrachte ich im Wohnzimmer (einige Tage zuvor hatten Ana und ich genau hier auf dem Boden gelegen). Keti schlief bei der 24-Stunden-Nanny und Nikuscha. Das Schlafzimmer betraten wir beide nicht. Den nächsten Tag verbrachten wir beide zu Hause und wechselten kein Wort miteinander. Ich ging nicht zur Arbeit (die Leute von der Staatsanwaltschaft hatten die ganze Etage besetzt). Irgendwann meldete sich Ana, endlich! »Wie geht's dir?«, schrieb sie. »Mach dir keine Sorgen.«
Abends rief der Staatsanwalt an und bestellte mich zu sich. »Habt ihr etwas klären können?«, wollte ich wissen. »Kommen Sie vorbei, wir unterhalten uns dann hier.«
Ich wollte nicht in der Staatsanwaltschaft gesehen werden, man würde denken, dass es in der Firma Schwierigkeiten gab. Ich zog mir eine Mütze über den Kopf. Ich traf denselben Staatsanwalt an, mit dem ich mich am ersten Tag unterhalten hatte. Er war allein.
»Und wie steht's?«, fragte er mich.
»Hunderttausend sind verschwunden.« Ich lächelte.
»Oh, was Sie nicht sagen!« Er lachte. »Ist ja wirklich viel ...«, und dann auf einmal: »Wir haben ihn!«
»Den Hacker?«
»Nein«, er sah in seine Unterlagen. »Bliadze, Mamuka.«
Er war ein lustiger Kerl, mit über die Glatze gekämmten Haaren, grünlicher Haut und – zwischen seinen dichten Augenbrauen – tief sitzenden, spitzbübischen Augen ...
»Er hat früher mal bei uns gearbeitet ... Half uns während des Krieges 2008, als die Cyberattacke verübt wurde ... Aber das Geld befindet sich nicht auf seinem Konto. Wir durchsuchen gerade seine Wohnung.«

Plötzlich bereute ich es: Hatte ich die Festnahme eines unschuldigen Menschen verursacht?
»Was hätte er aus meinem Posteingang mitnehmen sollen?«, sagte ich. »Er wird es nicht gewesen sein.«
»Hat er bei Ihnen auch andere Passwörter geknackt?«
»Ja.«
»Im Auftrag Ihrer Frau …«
»Ja, aufgrund ihrer Bitte.«
Ich bekam es mit der Angst zu tun. Ist es juristisch gesehen eine Straftat, wenn die Frau für zweitausend Lari die Passwörter ihres Mannes knacken lässt?
»Dieses Jahr ist es bereits das elfte Mal, die Frauen machen das mit den Männern – und die Männer mit den Frauen. Kinder sind auch dabei, diese Ärmsten.«
»Ist wohl gerade angesagt«, sagte ich.
»Eine führte dem eigenen Ehemann seinen Betrug im Fernsehen vor. Sie wusste, dass er sie in einem bestimmten Hotelzimmer betrog, und ließ ihn dabei filmen. Monatelang stritt er alles ab, und erst versuchte sie, ihn ohne das Video zu einem Geständnis zu kriegen … bis sie sich eines Nachts vor den Fernseher setzten und sie das Video laufen ließ …«
»Den Sex?«
»Ja … Und die Frau saß neben ihm. Aber damit war die Sache nicht beendet. Die Frau, mit der ihr Mann sie betrogen hatte, hatte auch einen Gatten, und dem hat sie auch das Video geschickt, mitsamt der Botschaft, er solle es sich anschauen.«
Der Staatsanwalt erzählte es lachend, und ich lachte mit. Besser als diese üble Geschichte war das Hin- und Hergeschreibe bei mir allemal. Er schien ein guter Kerl zu sein, hatte mich wohl zu sich bestellt, um mit mir zu plaudern.
»Manche Firmen haben Kameras in den Fernsehern installiert, filmen einen wohl durch den Bildschirm, ist das ein

Gerücht? Haben Sie etwas darüber gehört?«, fragte ich ihn. »Eine Kamera im Bildschirm?« Er wunderte sich. »Nein. Nein, man filmt sich gegenseitig. Einer brachte seine Frau zum Ausrasten, ließ sie schreien, fluchen, filmte es dann und zeigte es allen rum, als Beweis dafür, dass sie verrückt war. Er wollte ihr die Kinder wegnehmen. Dann hat die Frau angefangen, ihn zu filmen. Er landete dann später im Gefängnis. Die Frau hatte ihn verklagt ...«
Ob er meine Skype-Pornos auch gesehen hatte, fragte ich mich.
»Was wird man mit Mamuka machen?«, wollte ich wissen.
»Wir müssen abwarten.«
»Wie kann ich helfen?«
Mir wurde nicht so recht klar, wieso er mich zu sich bestellt hatte.
Plötzlich bekam er einen strengen Gesichtsausdruck: »Vielleicht geht es uns nichts an und mich auch nicht, aber ... Wir haben uns vom Netzbetreiber seine Anrufliste ausdrucken lassen. Ab und an taucht die Nummer Ihrer Frau auf.«
»Ja, er kontaktierte sie.«
»Nein, sind auch Kurznachrichten dabei, hier, sehen Sie«, er reichte mir die Blätter, »die rot markierten sind die Nachrichten, die an Ihre Frau gingen.«
Ich sah es mir an. Auf sieben Seiten – nur drei Mal markiert. Zweimal mit dem folgenden Text: ***Hast du Zeit?*** *Und daraufhin Ketis Antwort:* ***Schulde ich dir noch etwas?*** *Mit einem Smiley dazu. Noch eine Nachricht:* ***Bin bei dir ums Eck.*** *Diesmal fehlte Ketis Antwort. Der Staatsanwalt hatte einen väterlich-besorgten Blick.*
Was sollte das? Versuchte dieser Arsch sie rumzukriegen? Und diese dumme Kuh hatte es anscheinend auch drauf, zweideutige Smileys zu verschicken. Und dieser Idiot – Iago! Was glaubte er, damit beweisen zu wollen? Genau das hatte

noch gefehlt ... Eine vollkommen neue Figur! Der Staatsanwalt Chajalia oder irgendwas in der Art.

»Ist bestimmt nichts Ernstes«, sagte er. »Wenn es etwas Ernsteres gewesen wäre, würde ich es Ihnen nicht zeigen.«

Keti begann mir leidzutun. Eine stille Verschwörung ...

Der bemitleidenswerte Chajalia hatte anscheinend auch Spaß daran, jemandem dabei zuzusehen, wie er auf die Schnauze flog ... Würde er anderen meine Geschichte weitererzählen?

»Sie hätten es mir nicht zeigen sollen«, sagte ich vorwurfsvoll.

»Ich glaube nicht, dass ich Ihnen etwas Beleidigendes offenbart habe.« Er wirkte gekränkt.

Ich war auch gekränkt ...

»Was zeigen Sie mir denn diesen Ausdruck? Was soll ich daraus für Schlüsse ziehen: Irgendein Typ wartet auf meine Frau vor unserem Haus? Was soll ich nun machen? Ich sollte ihn demnach dann umbringen, ja?«

Er schwieg.

Der geschwätzige Bastard!

Keti schickte Nikuscha zu ihrer Mutter. Und leerte erneut den Schrank. Diesmal schien sie die Sachen radikal zu packen. Das Schlafzimmer war voller blauer Plastiktüten mit Kleidung. Wann hatte sie bloß diese Tüten angeschafft? Früher hätte ich ihr die Säcke aus der Hand gerissen, jetzt regte ich mich nicht, sagte nichts – ich wartete ab, bis sie gepackt hatte. Dabei spürte ich einen Kloß im Hals – ich war Zeuge, wie etwas eindeutig zu Ende ging: Sie packte unsere gemeinsamen sechs Jahre in diese Tüten. Und zwar zerstückelt in kleine Portionen.

Und wozu das Ganze? Es war mit Ana wirklich nichts Ernstes, verliebt war ich auch nicht! Das weiß ich genau. Hatte sie vor, Nikuscha mitzunehmen? Wie sollten wir es dem Kind erklären? Und wohin ging sie? Eigentlich müsste ich ja ausziehen ... Sie packte auch ihren Bademantel ein (der ihren Geruch trug), aber ich wollte es mir nicht erlauben, sentimental zu werden, denn ihre Anwesenheit weiter zu ertragen und ständig Rücksicht auf sie zu nehmen – das ertrug ich auch nicht mehr. War mir doch scheißegal, dass diese Möbel mich an Keti erinnern würden!

»Was hast du bloß angerichtet?«, sagte ich. »Hast dich ja voll in deine Rolle reingesteigert!«

»Das liegt an meiner Tollwut.«

»Ich ziehe aus, oder ich miete dir vorübergehend eine Wohnung an.«

»Ja, natürlich, klar ...«

Ich wollte sie streicheln, in den Arm nehmen. Sie tat mir leid. Plötzlich war sie so würdevoll.

»Du wolltest mit ihm vögeln, stimmt's?«, sagte ich. »Jetzt kannst du ihn im Knast besuchen. Hier, sieh her.« Ich zeigte ihr den Ausdruck mit den Nummern und Nachrichten.

Keti sah mich erstaunt an. Ich begann zu brüllen: »Hattest du ihn hier, ja? In meiner Wohnung?«

Sie schlug mir mit der Innenfläche der Hand ins Gesicht. Ja, das war mein Verdienst: die tollwütige Keti mit Schaum vorm Mund und gefährlich weit aufgerissenen Augen ...

Ich rannte los.

Ich lief bis zum Stadtrand am Mtkvari-Fluss entlang. Am Ende beschloss ich: Sollte ich Keti zu Hause antreffen, würde ich vor ihr auf die Knie fallen und sie ein für alle Mal um Verzeihung bitten.

Ich traf sie dort nicht an.

Die Plastiktüten waren noch vor Ort. Sie war also nur zum Teil weg.

Unter anderen Umständen, wenn Keti noch geblieben wäre, hätte ich Ana auf jeden Fall erzählt, dass ich ausgezogen sei, aber jetzt war die Lage so ernst, dass ich keinerlei Wunsch verspürte, irgendwem irgendwas zu sagen. Vergeblich wartete die Siegerin auf mich. Was dachte sie sich denn – dass ich gleich bei ihr einziehen würde? Nein, das hatte ich wirklich nicht vor. Das erste Mal, seit ich mit dem regelmäßigen Masturbieren aufgehört hatte, blieb ich allein zurück.

Ich saß drei Tage zu Hause. Ana leitete eine Flut von Nachrichten an mich weiter. Keti hatte Ana all meine SMS an sie geschickt. Es war so, als ob ich mir selbst schrieb.

Zwischendurch schaltete ich sogar mein Handy aus, aber immer wenn ich es wieder einschaltete, schien es unter meinem Berg an Wörtern nahezu entzweizubrechen (mir war nicht klar, dass ich Keti in letzter Zeit so viele Entschuldigungsnachrichten geschickt hatte):

Qiqi antworte bitte sonst drehe ich durch

Am meisten macht mich wahnsinnig dass ich dich nicht von meiner Liebe überzeugen kann

Soll ich sie vor deinen Augen anrufen und beschimpfen

Ich werde alles vergessen aber dass du Nikuschas Augen hast das killt mich

Ich kann nicht ohne dich Qiqi

Dass die Schlampe ihre Fotze nicht im Griff hat ich werde dich niemals gegen jemanden tauschen egal welch ein Arsch ich auch bin

Wenn du die meinst dann solltest du doch auch erfahren dass sie einen Lover hat und am 30. heiratet

Das muss ein Ende haben du musst mich aus diesem Scheiß rausziehen sonst passiert nichts

Ich liebe dich Qiqi

Qiqi antworte mir

Qiqi ich beschwöre dich bei Nikuschas Leben ant-

worte mir du siehst doch in welch einem Zustand ich bin dass ich dich bei unserem Kind beschwöre
Schreib dieser blöden Tussi nichts mehr erniedrige dich nicht
Ich habe ihr mein Passwort nicht gegeben sie hat es geknackt
Das ist nicht meine E-Mail die ist von jemand anderem
Qiqi sei nicht gekränkt sie provoziert dich und du lässt dich darauf ein und in Wirklichkeit kann es sogar sein dass sie sich hinter unserem Rücken über uns lustig macht
Sie ist einfach eine verhätschelte Frau und nachtragend obendrein
Wenn ich bloß wollte könnte ich sie so ficken dass du es nicht einmal mitbekommst aber ich will es nicht
Qiqi verzeih mir
Qiqi antworte ihr nicht analysiere mich nicht mit irgendeiner Schlampe
Ich werde das Passwort ändern und schreib ihr nicht mehr ich habe schon richtig Schiss
Qiqi du musst mir glauben
Qiqi ich liebe dich
Qiqi
Qiqi hilf mir
Ich vermisse euch
Kein einziger Smiley. Nicht einmal Punkte oder Kommata. Wenn man sich ernsthaft Sorgen macht, dann sollte man nicht an die Rechtschreibung denken können! Wer hat bitte in solch einer Situation Zeit für Grammatik?
Die Kurzmitteilungen wollten nicht enden. Ana habe ich auch einige Male geschrieben: Sie denkt sich das selbst

aus, sie macht dich irre, und bitte drehe nicht gleich durch. *(Diesmal mit Smiley und unter Einhaltung der Rechtschreibung.)*

Ana wollte nicht mit mir reden, nur einmal schrieb sie mir zurück:

Ich bin doch bloß eine verhätschelte Frau und nachtragend obendrein und meine Fotze habe ich ja auch nicht im Griff, also wozu willst du dann so eine?

Ich antwortete:

Sie erfindet alles. Als ob ich diese Nachrichten geschrieben hätte. Ist es so schwer zu glauben? Wir haben uns getrennt, Ana. Es ist aus. Sie ist ausgezogen. Sie ist frustriert und weiß nicht, wohin damit.

Daraufhin von Keti eine Nachricht:

Ich erfinde alles, ja, du Armer? Wie arm du dran bist, Sandro ... Wie dumm!

Ana hatte wohl meine letzte Nachricht an sie weitergeleitet. Es war an der Zeit, die beiden zu vergessen ...

Ich schrieb den gleichen Text an beide ... von meiner E-Mail-Adresse aus.

59.

Sandros Lobpreisung an Keti und Ana

Ich weiß, es ist verrückt, dies zu schreiben, aber ihr seid echt gut, alle beide! Jede für sich (oder gemeinsam, was macht das schon für einen Unterschied). Und hundert Mal besser als ich! Denn gemein seid ihr nur in eurer Koexistenz, jede für sich genommen ist ein wahrer Schatz: lieb, ruhig, unterstützend, fürsorglich (im besten Sinne). Ich bin der Arsch. Ich bin der Bastard, der das nicht zu schätzen weiß. Aber ich kann nichts dafür. Und ich schwöre bei Nikuscha, auf gewisse Weise genieße ich es auch, dass ich für euch beide wichtig bin, und ich spüre gleichzeitig: Danach werdet ihr mich umso mehr verachten, deswegen schreibe ich euch beiden. Schleime mich bei beiden ein, wie ein Vollidiot. Aber einmal, da kann ich euch doch auch schreiben?! Morgen werde ich es löschen. Ihr seid einfach geile Frauen, werdet meine, wir leben dann alle unter einem Dach - ich würde das tun, wäre ich ein muslimischer Onkel, aber sorry, kann meinen Glauben nicht verraten ... Schschsch ... Ich höre euer Zischen ... Aber ich liebe euch wirklich beide. Jede auf ihre Art und doch auch gleich. Und keine andere kann ich mir an eurer Stelle vorstellen. Und es verletzt mich, dass ihr euch solche Gemeinheiten an den Kopf werft und solche Beleidigungen aussprecht. Es verletzt mich stellvertretend für euch. Wirklich, ihr könnt euch nicht vorstellen, wie ehrlich ich grade bin – wie ich euch liebe und schätze. Bin halt nur gefangen ... wie ich das doch hasse ... ich kann mich nicht entscheiden, welche von euch ich anrufen sollte. Schimpft mit mir. Ich bin verliebt. Nicht auf eine arschige Art, auf eine menschliche. Sorry. Sorry. Sorry.

Anas Antwort auf Sandros Lobpreisungs-E-Mail

Das sollte ich veröffentlichen – ist ein phänomenaler Brief :)). Eröffnet neue Horizonte. Besser als ein Dreier. Solch eine Perversion habe ich nun wirklich nicht erwartet, bravo, Sandro, bin stolz auf dich.

Sandros E-Mail an Keti und Ana (Schimpf-Mail)

Qiqi und Ana, ich bin glücklich, dass ich mir dies zu schreiben erlaube: Ich wäre euch sehr dankbar, wenn ihr mich aus euren kultivierten Beschimpfungen rauslassen und die E-Mails nicht an mich schicken würdet – ebenso wenig meine Nachrichten. Und genauso möchte ich an der Stelle mitteilen, dass mein männliches Ego ein für alle Male befriedigt ist – ich sehe, wo ich euch hingetrieben habe, und bin glücklich: Alle meine Komplexe sind überwunden, ich bin voller Energie, ihr habt mich geheilt! Nur – wenn es möglich ist – kommuniziert bitte nicht mehr mit mir, mir ist wirklich langsam übel. Ich habe jeden Respekt verloren. Physisch und moralisch. Ihr seid wie zwei boshafte alte Weiber. Ich verstehe, dass ich euch nichts mehr bedeute, aber bitte nehmt ein klitzeklei-

nes bisschen Rücksicht. Wirklich. Zumindest hier. Wobei auch das egal ist … Lasst mich einfach außen vor! Nehmt meinen Namen nicht mehr in den Mund! Erwähnt auch nicht besondere Körperteile von mir! Das ist nicht lustig … Kümmert euch um euren Kramm! Kümmert euch um eure Fotzen!
Damit habt ihr angefangen, das habe ich nicht gewollt. Wirklich. Ich bin nicht euer Schlachtfeld! Ich bedanke mich im Voraus … Ich weiß, ihr habt kein Mitleid, aber ich habe wirklich Mitleid verdient … Ihr gefallt mir nicht. Keine von euch! In Ehren und stets zu Diensten, euer Schwanz.

***

… ich änderte meine Nummer und schloss mich zu Hause ein. Im Büro waren immer noch die Leute von der Staatsanwaltschaft zugange. Dem Staatsanwalt schickte ich meine neue Nummer. Den Rechner hielten sie noch zurück. In dieser einen Woche wäre ich fast – zumindest was meine Grundsätze angeht – schwul geworden. Denn ich war unfähig, auf jemand anderen umzuswitchen. Ich begann mich zu sorgen.
Bei Gia hing ich auch ein paar Tage ab. Er erinnerte sich an seine eigenen Geschichten und versuchte mich davon zu überzeugen, dass sich durch das Austauschen der jeweiligen Frauen nicht viel an der Gesamtsituation ändern würde. Gia war Tag und Nacht am Skypen, wobei ich mich nicht entsinnen kann, ob in der Zeit Chatuna anrief. Er las mir einen Auszug aus seinem Roman vor … Offenbar schrieb er an einer Art Parodie über mich, aber wollte es nicht zugeben. In dem Roman führe ich eine Liste über Frauen, habe eine Frau, ein Kind, eine Nanny für das Kind, blöde Ge-

liebte, werde von einem Fahrer rumchauffiert und habe etwas zu lang geratene Koteletten ...
Ab und an hielt er beim Vorlesen inne und prüfte, ob ich lachen musste oder nicht. Manchmal musste ich lachen und manchmal nicht. »Schick es an meine E-Mail-Adresse«, schlug ich ihm vor. Er konnte es nicht glauben, was ich ihm erzählte. Ständig löcherte er mich mit Fragen: »Wieso hast du ihr dein Passwort gegeben? Hast du dich in sie verliebt? Hat sie dir ihres auch gegeben? Hast du ihr vielleicht auch die Geheimzahl zu deiner Kreditkarte ausgehändigt, du Volldepp?!«
Einmal kehrte ich erst um drei Uhr morgens heim. Und realisierte, dass in meinem Leben, das nur von Pflichterfüllung bestimmt war, zum ersten Mal niemand auf mich wartete, dass mich niemand anrief, um zu kontrollieren: »Wo bist du?« – »Ich bin gleich da ...« – »Nein, ich mache nichts Bestimmtes ...« – »Ja, komme schon los.« Es war nicht nötig, etwas zu verheimlichen oder umzumodeln. Die Aufseher waren verstummt.
Genau in dem Moment begriff ich: Ich ertrage keine Einsamkeit. »Die Wohnung kann dir jede Schlampe sauber halten, mach dir da keinen Kopf«, hatte mir einmal Gia gesagt. Verwandte bedeuten mir grundsätzlich nichts (wobei es Zeiten gab, da habe ich für zwei von ihnen zum Teil Lebenshaltungskosten bezahlt), aber auf einmal spürte ich eine unangemessene Wärme für sie. Und als ich mich aufmachte, einigen von ihnen einen Besuch abzustatten, fiel mir wieder ein, dass der Schwiegervater meiner Tante letztes Jahr gestorben und ich nicht einmal zur Beerdigung gegangen war (dabei wähnte ich ihn, bis ich mich auf den Weg machte, lebendig und ärgerte mich schon im Vorfeld, dass ich seine idiotischen Witze über mich ergehen lassen würde), und mein eigenartiger Cousin Zaza – mittlerweile mit einem Flaum

über den Lippen – hatte bereits die dunklen Augenringe eines aktiven Onanisten. Über Keti erfand ich irgendwelche dummen Lügen: Ihre Mutter hat Nierensteine, ihr Vater liegt im Sterben ...

Ich wollte einfach nicht nach Hause.

Sicherheitshalber rief ich bei Ana an (dabei war ich mir ziemlich sicher, dass sie nicht rangehen würde) und ließ es eine ganze Weile klingeln. Sie ging ran. Solche wie sie vergessen meist nach höchsten fünf Tagen, dass sie beleidigt waren. Wahrscheinlich war sie jetzt endlich meiner Trennung von Keti sicher (die bindungsorientierte Maia Achba hatte sicherlich auch ihren Beitrag geleistet). In dem Augenblick gab es für mich niemand Näherstehenden, und das sagte ich ihr auch in aller Offenheit. Das Leben kann sich offenbar binnen eines Tages ändern ... Sie sagte: »Sandro, ich bin nicht bereit für diese Beziehung.« Was du nicht sagst? Und das nach dem ganzen Hin- und Hergemaile? »Wegen meiner E-Mail?« – »Ich kann einfach nicht ... Und ich kenne dich in Wirklichkeit auch nicht.« Ach was. Aus ihren Worten versuchte ich den siebzehnten Hintergedanken herauszuhören. Wir legten auf. Innerhalb von ein paar Minuten folgten drei Kurznachrichten von Keti (eine Art Nachhusten, wie die Reste von etwas Großem und Giftigem):

Qiqi ich sah dir gestern beim Schlafen zu und stellte fest dass ich ohne das nicht leben kann

Wenn du mir sagst dass du mich nicht mehr liebst

Was soll ich noch tun soll ich sie eigenhändig umbringen oder jemanden bitten sie zu bumsen damit du dich beruhigst

Diese Idiotin schickte wohl weiterhin meine Nachrichten an Ana.

Ich fuhr sofort zu Ana.

Sie ließ mich rein.

Ich verhielt mich wie ein Sadist, ich rief Keti von Anas Handy an.
»Schick ihr keine Nachrichten mehr. Ich bin hier.« Dann legte ich auf.
Ana erschrak.
»Lasst mich in Ruhe!«, schrie sie. Sie war wohl zufrieden.
Ich setzte einen Schlusspunkt hinter Keti. Ich dachte daran, Gia anzurufen: »Schreib dir das auf!«
Dann aber, auf dem Klo, als mir einfiel, wie still sie wurde, als sie meine Stimme hörte, dachte ich, dass ich ihr eine SMS hinterherschicken sollte. Tut mir leid. Tut mir leid. Tut mir leid. Tut mir leid.
»Du brauchst jemanden, der dich mit allem drum und dran akzeptiert, ich werde dir wehtun«, verkündete mir Ana.
»Das wollte ich wirklich nicht, hast irgendwelchen Irrsinn gemacht und Lügen erzählt ...«
Auf einmal zeigte sie sich großmütig.
»Du kannst nichts dafür, ihr riss nur zufällig bei dir der Geduldsfaden ...«
Ich sagte ja wohl nicht die Unwahrheit, oder?
Am nächsten Morgen kehrte ich nach Hause zurück (purer Instinkt!). Irgendjemand hatte in unserer Einfahrt einen Slogan hingeschmiert: »Und holst du dir immer noch vor Skype einen runter?«
Ich sah mich um. Niemand in der Nähe. Ich überlegte, die Polizei zu kontaktieren. Ich tat es nicht. Ich musste die Schrift unbedingt entfernen – sonst las es noch die ganze Straße. Die Putzfrau war erst gegen Ende der Woche bestellt. Ich rief Omar an mit der Ansage, dass diese Schrift in fünfzehn Minuten verschwunden sein sollte.
»Wie denn?«, fragte er mich. »Woher soll ich das wissen?«, antwortete ich ihm, »ruf deine Frau an oder irgendeine Putzkolonne.«

Eine alte Frau beobachtete mich aus dem Fenster.
Ich ging zur Arbeit. Ana gab mir, wie meine tägliche Essensration, meine SMS an Keti mit auf den Weg (mein Anruf hatte anscheinend nichts bewirkt):
Qiqi ich habe Tickets gebucht ich weiß wenn wir fahren wird das Ganze enden
»Bitte lass diesen sadistischen Quatsch«, rief ich Ana an. »Schick mir diesen Blödsinn nicht mehr.«
»Sie schickt sie mir.«
»Lösch sie. Sie denkt sie sich aus.«
»Sie denkt sich nichts aus, Sandro. Das sind deine Texte.«
Sie legte auf.
Wieder ließ sie mich mit Ketis blauen Plastiktüten zurück ... Was wollte sie? Dass ich ihr bewies, dass ich Keti nicht mehr liebte? Ich rief Keti doch aus Angst, nahezu unbewusst an ... Und außerdem war sie die Kultivierteste von allen, mit denen ich in den letzten sechs Jahren Sex gehabt hatte.
Ich rief nicht mehr an. Ich stand nachts auf, aß, duschte mich und legte mich wieder hin, und das alles so normal und unaufgeregt, als ob es weder diese letzten Monate noch die E-Mails, Passwörter oder meine Nachrichten gegeben hätte.
Am nächsten Morgen war mein Auto beschmiert: »Hast du etwa einen Fremden in die Kamera gehalten? Auf dem Bildschirm sah er größer aus!«
Wurde ich beobachtet? Keti? Nein, das war ausgeschlossen ... Was hatte eine Kamera damit zu tun? Hatte diese blöde Tiko jemanden losgeschickt? Oder war sie selbst hergekommen?
Mit größter Mühe konnte ich das Auto von dem Schriftzug reinigen. Ich schickte Omar zu mir in die Straße. Ich wollte wissen, ob ich irgendwas übersehen hatte.
»Keine Ahnung«, sagte er, als er zurückrief. »Es gibt ...«
»Was?«

»Nika – diese Nutte ...«
»Wer?«
»Nika ...«
»Wo steht das? An meiner Wand?«
»Nein, vorne, bei dem Laden ...«
»Das geht mich nichts an ...«
Gegen fünf meldete sich Ana bei mir.
»Komm bitte, wenn du kannst«, sagte sie.
»Was ist los?«
Sie antwortete nichts. Legte auf.

60. DURCH WESSEN HAND?

Am 24. Mai, gegen drei Uhr nachmittags, lief in Anas Treppenhaus eine mittelalte Dame schnurstracks auf Ana zu.

»Ana?«, rief die Frau. »Bist du Ana?«

»Ja.« Ohne sich etwas dabei zu denken, bejahte sie dies lächelnd und bekam daraufhin sofort eine geknallt. Es gelang ihr nicht einmal, das Gesicht der Angreiferin zu erblicken – das Einzige, woran sie sich erinnerte, war, dass diese Frau eine rote Hose anhatte und darin ein riesiger runder Hintern steckte. Die Frau griff urplötzlich in Anas Haare, riss daran, zog Anas Kopf herunter und schlug von unten mit der flachen Hand hart gegen Nase und Mund. Aus Anas Lippe spritzte Blut, und noch bevor sie aufschreien konnte, bekam sie bereits eine Faust ins Auge geschlagen.

»Lässt du jetzt endlich diese Familie in Ruhe?«, fragte die Frau leise, unnatürlich ruhig, und schlug mit der Handtasche gegen Anas Bauch. »Der Teddy vom Kind hat dir also missfallen, was? Komm, na los, geh jetzt doch zum Fernsehen und erzähl alles …«

Die Frau ohrfeigte sie gekonnt, schnell und mit Schwung, auf beide Wangen (Ana schaffte es immerhin, die Augen zuzukneifen) und zerkratzte ihr zum Schluss, bevor sie verschwand, auch die Nase (an den Fingern trug sie monströse Ringe). Anscheinend hatte sie bei der Schlägerei ziemlich viel Energie verbraucht, denn sie ging keuchend davon.

Ana rutschte zu Boden und fing vor Fassungslosigkeit an zu weinen: Zuerst dachte sie, dass man sie wegen ihrer Artikel oder eines aktuellen Fernsehauftritts schlug (aggressive Menschen hatten sie auch schon früher auf der Straße beschimpft, und einer hatte sogar eine Flasche nach ihr geworfen), aber der Teddy brachte sie auf Keti ...

Doch das war nicht Keti.

Leila trat mit kurzen Schritten hustend auf die Straße und setzte sich in das Auto ihres Neffen (am Tag zuvor hatte sie ihn gebeten, sie zu einer wichtigen Sache zu fahren).

»Fertig?«, fragte dieser.

»Was? Ja, wunderbar«, lächelte Leila (der Lippenstift war verschmiert und hatte ihre Zähne rot gefärbt). »Fahr los ...«

61. WIE SOLLTEN WIR ZU BODEN GEHEN?

Für Sandro änderte sich in den letzten Tagen ständig der Anlass für seine Gereiztheit. Zuerst ging es damit los, dass Maia Achba auf ihrem öffentlichen Profil sämtlichen Nutzern das komplette Fotomaterial präsentierte, welches dieses verzogene Mädchen vor drei Monaten mit einem beneidenswerten Enthusiasmus aufgenommen hatte. (Das Ganze versehen mit ordinären, mehrdeutigen Kommentaren, sicherlich um Keti zu provozieren.) Dann erhielt er von irgendwelchen Durchgeknallten idiotische Fragen und Drohungen. Wer schrieb denn jetzt diese Fragen? Gia vielleicht? Gia war ein Fan von solchen geschmacklosen Witzen. Okay, die Fotos hätte man ja noch löschen können, aber dass Keti nun eine neue Mail bekam (**Die Chronik einer verregneten Nacht ... Wie ich die Nacht mit dem Teddy verbrachte**), hatte er nun wirklich nicht mehr erwartet. Dabei hatte er die größte Überraschung für Ana ausgerechnet für den heutigen Tag geplant: »Ich habe sie so weit: Keti hat der Abtreibung zugestimmt.« Doch Anas Bericht brachte ihn dermaßen zur Weißglut, dass er zum ersten Mal in seinem Leben beschloss, eine Frau zu schlagen. **Ich hacke dir die Hände ab, du Miststück, ich mache dich fertig**, schrieb er an Ana, sie wiederum antwortete prompt: **Komm her, wenn du kannst.** Sandro rief sie sofort zurück:

»Was ist los?«, wollte er wissen.
Ana kostete es anscheinend Mühe zu reden.
»Ich weiß es nicht«, murmelte sie.
»Isst du gerade?«
»Ich habe Watte im Mund.«
»Was für eine Watte?«
»Ich habe Watte im Mund liegen.«
»Wieso denn das?«
»Ich wurde zusammengeschlagen.« Ana legte auf.
Wollte sie auf diesem Wege Mitleid erzeugen?
In Anas Treppenhaus traf er auf Maia Achba.
»Was ist denn los?«, wollte er wissen.
Maia gab keine Antwort.
Als ob er auf einer Beerdigung gelandet wäre. Irgendwelche wütenden Mädchen gingen im Zimmer wie Schatten auf und ab. In der Mitte des Raumes hatten sie die lebendige Ana wie eine Leiche drapiert. Anas Wangen war zickzackförmig zerkratzt, die aufgeplatzte Lippe war unnatürlich blau angeschwollen.
»Was ist mit dir passiert?« Sandro versagte die Stimme.
Ana versuchte zu lächeln.
»Frag mal deine Frau«, sagte sie.
Sandro wankte wortlos, rot angelaufen, mit einem aufgesetzten Lächeln Richtung Ausgang.
Er fuhr zu Ketis Mutter.
»Öffne mir!«, rief er von draußen.
Die Frauen in der Wohnung begannen alle gleichzeitig zu kreischen.
»Was treibst du da? Mach sofort die Tür auf!«, brüllte Sandro.
Die Tür wurde von Leila geöffnet (wahrscheinlich

hatte sie gerade zu hohen Blutdruck, denn das linke Auge fiel ihr zu).

»Wo ist sie?«, fragte Sandro und rannte in die Küche.

»Fass sie nicht an!«, schrie Leila.

Dort traf er aber nur Gogi an.

»Aaa«, wedelte er mit der funktionierenden Hand.

Sandro ging zurück in den Flur, Keti stand hinter Leilas Rücken versteckt.

»Wie konntest du es wagen, sie in unsere Wohnung mitzunehmen?«, begann Keti zu kreischen. »Was schreibt sie mir da?! Was, du Wichser! Sie war *da*? Hockte da bei dir? Und ich habe in der Nacht so viel mit dir geredet. Wieso hast du mich nicht zum Schweigen gebracht? Wieso hast du mich nicht gestoppt?«

»Was hast du mit ihrem Gesicht angestellt?« Sandro wollte über Leila hinweg von oben auf sie draufhauen.

»Ich war es!«, schrie Leila. »Und das war noch zu wenig, ich hätte sie windelweich prügeln sollen ...«

»Wessen Gesicht?«, brüllte jetzt Keti.

Später sollte sich Sandro nicht erklären können, was dann geschah – aber als er die kreischende Leila packte, zog er ihr mit einer *Geisterhand* die orangefarbene Jogginghose herunter (dass er mit den beiden anderen ihr puddingartiges Fleisch festhielt, dessen war er sich sicher) und presste sich gegen ihren in eine weiße Unterhose gezwängten Arsch. Leila glich einer wabbeligen feucht-weichen Teigmasse. Auf dem T-Shirt zeichnete sich unter den fast bis zum Boden hängenden Brüsten eine bläuliche Schweißlinie ab ... Sandro wollte ihr die Kleider vom Leib reißen, aber er schaffte es nicht, denn 24-Stunden-Nanny Nana

zerschlug ein Kompottglas auf seinem Kopf ... Sie hatte Nikuscha ins Bad gesperrt und hatte sich von hinten angeschlichen.
Sandro fiel auf Leilas Rücken.
»Ich habe ihn umgebracht!«, jetzt begann Nana zu schreien.

62. WENN DER STEINERNE GAST ZU KOMMEN VERGISST

Sandro bekam zwei Nähte auf der kreisförmigen abrasierten Stelle am Nacken verpasst. Omar tat immer wieder sein Erstaunen kund:

»Wie haben Sie es bloß geschafft, mit solcher Wucht gegen die Lampe zu stoßen?« (Sandro hatte ihm erzählt, er wäre mit dem Kopf gegen Leilas Lampe gestoßen.)

Das Zwicken der Nähte und die unruhigen Gedanken ließen Sandro um Mitternacht aus dem Schlaf hochschrecken. Er war bereits zu Hause.

»Keti!«

»Ja?«, antwortete Omar.

Sandro rief Keti an. Keti hatte eine unerträglich leidenschaftslose Stimme.

»Ich komme morgen und nehme die restlichen Sachen mit«, dann plötzlich: »Wieso hast du sie angelogen, ich wäre schwanger? Was erfindest du denn noch alles, du Armseliger?«

»Was soll ich erfunden haben?« Sandro schrak ängstlich zusammen.

Keti legte gänzlich unerwartet auf.

Noch fünf weitere Male versuchte er es in dieser Nacht bei ihr und schlief dann – durch Nanas hinterlistige Attacke gekränkt – ein. Wie auch hätte er damit rechnen können, dass diese blöde Kuh seinen Kopf zertrümmern würde.

Er ging nicht zur Arbeit (von seinem Fahrer ließ er ausrichten, er habe Grippe). Seiner Frau schickte er eine lange Nachricht:

Qiqi, ich will mich umbringen ... Ich habe mich noch nie so schlimm gefühlt. Ich weiß nicht, was in mich gefahren ist ... Irgendwas ist über mich gekommen. Auch jetzt noch höre ich die Kinderstimme ... Wo war Nikuscha? Hatte Nana ihn ins Bad gesperrt? Was habe ich euch angetan ... Als wäre ich – nicht ich. Ich bin solch ein Schwein ... ich habe alles zerstört. Wobei ich selbst nicht weiß wie, wann und wieso ... Die Wärme, ja, die kann man nicht durch zwei teilen, die Wärme gibt man nur einem Menschen ... Man kann physisch mit zwei Menschen sein, aber die Wärme gibt es nur für einen. Man kann jemanden berühren und dabei an jemand anderen denken, der wirklich zu einem gehört und den man wirklich liebt ... Was habe ich bloß getan? Wie geht's deiner Mutter? Bitte verzeih mir ... Verzeih mir ein letztes Mal ...

Von Keti kam keine Antwort.

Ende der Woche stattete er Ana einen Besuch ab.

»Es ist aus«, sagte er. »Endgültig.«

63. WIE WIR BLEIBEN KÖNNEN

»Wieso hast du ihr die Hose runtergezogen?«, fragte sie ängstlich. »Wolltest du sie vergewaltigen?«

»Ich war betrunken«, log Sandro.

Ana begriff nicht so recht, ob sie sich als Gewinnerin wähnen durfte – *was hätte sie mit so einem Mann gewinnen können* –, aber selbstverständlich tat sie so, als wäre es ihr ziemlich egal, wer bei ihr blieb und wie lange.

»Scheinst echt ein Problem zu haben, dass du bei deiner Schwiegermutter einen Ständer kriegst.«

»Nein, ich hab keinen Ständer bekommen.« Sandro war beleidigt.

Ana riet ihm, einen Psychologen aufzusuchen. Er reagierte gereizt: »Rede nicht mit mir wie mit einem Fremden.« Er war ernstlich empört. Aber blieb trotzdem. Für ganze acht Tage. Ana hatte Zweifel, dennoch nahm sie ihn auf. Auch ihr Auge schwoll langsam ab. Von morgens bis abends waren sie zusammen.

Ana machte sich Gedanken, ob diese Beziehung, trotz allem, was passiert war, vielleicht doch noch eine Chance bekommen sollte. Und sollte ihre Verbindung nicht allzu flüchtig sein, würde sie ihn vielleicht auch ihren Freunden präsentieren. Obwohl sich Sandros Gesicht bereits bei der Erwähnung von Maia Achbas Namen verfinsterte.

»Vergiss nicht, sie hat diese Fotos ins Netz gestellt, auf denen sie meinen Schwanz berührte.«

»Was berührte?«

»Na ja, als sie neben mir saß, damals, da berührte sie mich dort.«

Nein, es war ausgeschlossen mit solch einem Irren zusammen zu sein!

Seit er zu Ana gezogen war, waren Sandros Tage um einiges länger: Jetzt wachte er früher als gewohnt auf, denn er musste vor der Arbeit unbedingt zu sich nach Hause, um im eigenen Badezimmer zu duschen. Auch brachte er es weiterhin nicht über sich, Anas Klo zu benutzen. Doch seine Hauptmarotte waren die Anrufe bei Keti: zwanzig, dreißig oder vierzig Mal rief er bei ihr an (immer mit der Angst, dass Leila anstelle von Keti antworten würde), aber bekam nur Nikuscha an den Apparat (Keti sprach durch den Mund ihres Sohnes): »Mama schläft.« – »Mama ist nicht da.« – »Mama füttert Opa.« – »Mama macht Aa.« (Auch das teilte er ihm mit, im Hintergrund hörte man Keti kichern.)

Als geschähe es ganz unüberlegt, ließ er in den Gesprächen mit Ana auffallend oft Ketis Namen fallen (»Keti und ich liebten es, da und da essen zu gehen.« – »Ich hasste es, wenn Keti schwarze Kleidung trug.« – »Keti hörte mit Nikuschas Geburt auf zu rauchen.« – »Keti hasst es, früh aufzustehen.« – »Keti ist nicht nachtragend, sie vergisst leicht.« – »Übrigens hat Keti ein ziemliches Nachahmungstalent.«) und tat es so oft und so unbewusst, dass Ana ihn eines Tages ganz beiläufig – als wäre das ganz normal – vollkommen ironiefrei, nahezu mitfühlend fragte:

»Vermisst du sie?«
Und dann – lachend, aber ehrlich – fügte sie hinzu: »Eigentlich warst du viel interessanter, als du dich vor deiner Frau versteckt hast. Du bist ziemlich banal geworden.«
Am neunten Tag gab es Streit. Sandro war pseudoeifersüchtig. Wieder auf den Kerl, der vom Pferdephallus erzählt hatte …
»Hat er dich auch so gevögelt?«, fragte er sie.
Ana spuckte ihn an.
Sandro ohrfeigte sie.

64. SPAM

»Was stimmt mit mir nicht, dass ich keinen psychisch gesunden Menschen finden kann?«, fragte Keti.

Dann belustigten sie sich: Als er hier so reingestürmt ist, hat Gogi fast den zweiten Schlaganfall erlitten.

Sandro kam seine Reue ziemlich teuer zu stehen: Er schickte Leila gemeinsam mit ihrer Freundin Nely auf eine Italienreise (das Ausmaß der Sünde des Schwiegersohns deckte auch die Kosten für die Freundin) und reiste ihr dann später gemeinsam mit Keti hinterher. Alle vier genossen den Urlaub, als wäre nichts geschehen. Ana schickte ihm seine eigenen Liebesnachrichten mit den fehlenden Punkten und Kommata zurück.

Habe ich mich in dich verliebt? :)

Ich stehe vor deinem Treppenhaus und ziehe den »Prozess des Hochkommens« extra in die Länge :)

Du hast mich keines Blickes gewürdigt

Ich hätte nicht gehen dürfen ich vermisse dich

Wo bist du

Ich habe begriffen dass ich wirklich nicht ohne dich kann

Es ist so eine Art Fixierung :)

Ich liebe dich schlaf nicht :)

Ich ertrage die Gerüche der anderen nicht mehr

Ich will deine Zunge an meinem Schwanz spüren
Wieso rufst du mich nicht an machst du es extra
Bin los endlich hat sie sich verpisst
Anaaaaaa :)
Gib mir endlich dein Passwort
Ich vermisse dich will nicht hier sein
Sandro war gezwungen seine eigenen Nachrichten erst zu lesen, um sie dann löschen zu können. Direkt nach der Rückkehr aus Italien überkam ihn erneut der Wunsch, zu Ana zu gehen. (»Du musst mir verzeihen.«)
»Nein«, verkündete Ana. »Völlig ausgeschlossen. Hast dir eine Orgie gegönnt, was?«
»Wo denn?«
»Du wurdest am Flughafen mit einer ziemlich ordinären Gruppe gesichtet.«
»Von wem?«
»Von deinen Feinden. Bist ziemlich tief gesunken.«
Er hatte keine Muße, sich eine Lüge einfallen zu lassen. Anscheinend war er mit Keti, Leila und dieser Frau gesichtet worden. Stattdessen rutschte ihm ein idiotischer Satz raus:
»Schenk mir diesen Juni. Bitte ...«
Ana musste lachen: »Gib dir keine Mühe, bitte. Schreibst du mir weiter irgendwelche Nachrichten, dann geh davon aus, dass ich sie deiner Frau schicken werde. Du weißt, dass ich es tun werde.«
»Wieso hast du dich dann mit mir getroffen?«
»Nur so, aus Langweile.«
Selbstverständlich schrieb er ihr trotzdem.
Ana reagierte erst mit einer ziemlichen Verzögerung.
Sorry, ist wohl im SPAM gelandet.

Ist echt einfallslos, dir nicht angemessen, antwortete Sandro samt Smiley.
Kurze Zeit später bekam er den gleichen Text per E-Mail, diesmal von Keti.

65.

Sandros letzte E-Mail an Ana

Ich habe nicht gedacht, dass ich so schwach sein würde. Ich habe keine Kraft in mir gefunden, es dir direkt ins Gesicht zu sagen, und deswegen habe ich beschlossen, dir zu schreiben. Ich will wirklich keine andere außer dir. Mehr als alle und alles liebe ich dich und kann nicht ohne dich. Wie oft hast du mir bereits Kredit gewährt, aber ich bitte dich noch einmal, mich zu verstehen ... Du sagtest einmal, du seist mir moralisch nicht verpflichtet, und natürlich hattest du recht ... Ich darf nichts einfordern, wobei ... Ich will nicht darüber nachdenken, es macht mich wahnsinnig ... Wenn ich mir vorstelle, dass jemand anderer auftauchen und dich berühren könnte, wäre ich zu allem bereit ... Du kennst mich doch ... Manchmal werde ich von so einer Nervosität übermannt und denke, dass jemand anderes deine Brust berührt oder dich küsst oder neben dir schläft ... Das macht mich irre ... Wenn ich mich vor etwas fürchte, dann davor ... Mein Herz bleibt stehen, jetzt, wo ich dir dies schreibe (und dabei weiß ich nicht einmal selbst, was ich von dir erbitte): Ich werde Unheil über uns beide bringen, wenn ich auch nur diesen Verdacht haben muss. Ich werde ihn fertigmachen, ich lasse ihn nicht am Leben ... Glaubst du mir nicht ... Da brennt eine Sicherung durch, und das war's. Du weißt es … Alles, was ich an dir liebe, sehe ich wie Bilder vor meinem inneren Auge … Dich aufzuwecken, als ich einmal zu spät zu dir kam – wie du mich erstaunt angesehen hast … Wie du mich ganz nass im Bad umklammert hast, unter der Dusche … Als du auf dem Bauch lagst und ich dich dazu genötigt habe, die Beine zu spreizen: wie du mich über die Schulter angesehen hast – genau so, wie ich es liebe … Wie du am Morgen in mein Bett reingekrochen kamst … Du kannst es dir nicht vorstellen, wie sehr ich dich will. Bevor wir Sex hatten, sah ich dich fast jede Nacht davor im Traum. Ich berührte dich, und als ich aufwachte, war ich frustriert. Und dann wieder von vorne … Sobald wir anfingen, miteinander zu schlafen, hörten diese Träume schlagartig auf. Ich schwöre bei Nikuscha … Es ist ein Wunder … Und deshalb will ich nicht wieder diese verfickten alten Träume :). Verzeih, dass ich dir schreibe. Ich bin feige :). Aber ich musste doch auch einmal schreiben. Weißt du, was ich begriffen habe? Ich habe so ein großes Bedürfnis, immer im Recht zu sein, dass ich ständig lüge … Alle lassen mich hängen. Ich dachte, alle würden mich wollen, aber so cool bin ich wohl doch nicht gewesen … Auch du hast mich verstoßen. Ich habe begriffen, dass du mich wirklich nicht mehr brauchst – und mir ist schlecht geworden … Was habe ich dir so Schlimmes getan? Alle wühlen in mir mit ihren Händen, kriechen in mich rein … Nur du nicht. Du musst mir verzeihen. Zum letzten Mal. Und bitte schick ihr das nicht. Nicht jetzt :)). Ich weiß, du wirst es nicht tun.

66. WIE KÖNNEN WIR SIE/IHN ÜBERZEUGEN?

(5. Juni)

1. Ich weiß, das kann ich echt nicht bringen, aber mir ist auch langweilig :). Ich kann diesen Tag nicht vergessen ... ich schäme mich so. Wie konnte ich dich schlagen ... du musst mir verzeihen

2. Was denkst du denn, dass ich komme und dir die Tür einrenne? Du bist eine gewöhnliche Schlampe, und ich scheiße auf mich, wenn ich dich jemals anrufe

3. Wem schickst du das? Bist du jetzt völlig von Sinnen? Ich habe dich doch gebeten?!

4. Ist das alles, was du drauf hast? Du Arme. Ihr ist egal, was ich dir schreibe.

(6. Juni)

5. Qiqiiii, ich liebe dich

(7. Juni)

6. Schick ihr das nicht, bitte. Ich flehe dich an! Wenn du mich ein bisschen liebst, dann sei wenigstens für

eine kurze Weile mit mir! Bitte. Mir platzt gleich das Herz, mir geht's so beschissen. Wirklich. Ich kann so nicht ... Es ist so unnatürlich, das Ganze so zu beenden. Ich packe es nicht. Ja, ich bin ein Arschloch, habe euch alle so gequält, aber mich am meisten. Du weißt nicht, wie es mir geht. Man kann mir nicht bei lebendigem Leib das Fleisch vom Körper reißen. Bitte, schick es ihr nicht. Bitte. Ich rufe dich grade an ... geh ran. Bitte, Ana. Ich will nur deine Stimme hören, und dann lege ich auf. Ich rufe an ...

7. Fick dich. Ich mache dich fertig, du dreckige Fotze! Du hast mich studiert, was? Weißt, wie man mich fertigmacht, ja? Über wen sagst du das, du Psychopathin, du Miststück ... Ich könnte kotzen, wenn ich an dich denke ...

(8. Juni)

8. Verzeih mir, wenn du kannst

9. Du spinnst.

10. Wer schreibt mir? Ich glaube, Sie haben die Nummer verwechselt?

11. Erst wenn ich es sage, kannst du dich verpissen. Erst wenn ich es so will, wirst du gehen.

12. Zahlst du etwa deinen blöden Freundinnen Geld? Haben sie einen Beobachtungsposten eröffnet, oder was? Habt ihr außer mir kein anderes Thema, ihr Loser?

13. Keti, Sandro weiß nicht Bescheid, dass ich dir schreibe. Ich habe sein Handy. Wenn du willst, ruf an und prüfe es. Ich bin es ebenfalls leid.

14. Keti, bitte sag Sandro, dass er mich anrufen soll. Bitte. Ich brauche was, wirklich. Er geht nicht ran, wenn ich anrufe.

15. Schick es ihr nicht. Mir geht es beschissen. Bei uns steht ein Krankenwagen, ich schwöre es.

16. Wie arm du dran bist, du tust mir echt leid!

17. Ich will ein Kind von dir.

***

Meine Worte hatten ihre Glaubwürdigkeit eingebüßt. Egal was ich sagte, niemand nahm es ernst. Deshalb beschimpfte ich die Freunde meiner Sexpartnerin – wenn auch nicht mit allzu großem Ernst! Maia Achba veröffentlichte auf ihrem Profil unsere Fotos (die, auf denen ich mich zwischen Wand und Sessel quetschte) und versah sie mit mehrdeutigen, einerseits aggressiv-beleidigten und gleichzeitig glücklichen, gelben Hintern ... Ich habe keine Ahnung, ob Keti sie zu Gesicht bekam.
»Veröffentliche doch lieber irgendwas über deinen Mann!«, schlug ich Maia vor. Es war mir scheißegal, ob es sie verletzen würde oder nicht.
Es verletzte sie nicht.
»Mein Mann ist ein Heiliger«, sagte sie. »Seine Genitalien sind zum Himmel aufgefahren.«
Ich wollte sie trotzdem verletzen: »Es scheint, ich habe

eurem Leben einen Sinn verliehen. Was würdet ihr bloß ohne mich machen? Worüber würdet ihr reden? Wie man einen Pferdepenis hält?«

Vulgarität zieht immer. Schlussendlich war sie doch verletzt. Ihr Lachen war nur noch künstlich. Wenn man es sich überlegt: Kann man eigentlich sein ganzes Leben wegen eines Hinterns und wegen des eigenen Hochmuts auf den Kopf stellen? Anscheinend ja. In meinem Fall war es ja so. Habe mein ganzes Leben wegen Anas afrikanischem Hintern und ihrer passionierten Interviews umgekrempelt. Denn die größte Leistung der asozialen Keti bisher war ja die Freundschaft mit Prinz Charles im sozialen Netzwerk.

Keti schickte die ganze Flut meiner aktuellen Nachrichten an Ana weiter. Und die tauchte wieder unter. War nicht mehr zu Hause, nistete sich wohl bei jemandem ein. Und auch Maia Achba wollte mir nichts verraten. »Ich glaube, sie ist die meiste Zeit im Studio, hat viele Aufnahmen, keine Ahnung.«

Was für Aufnahmen!

Mit wem hätte ich über all das sprechen können!

Keti schrieb ich, dass ich ihr – sollte sie das Gleiche noch einmal durchziehen – eigenhändig den in meinem Büro wohnenden Staatsanwalt auf den Hals hetzen würde. An die zwanzig Nachrichten schickte ich an Keti, in der Hoffnung, dass sie diese an Ana weiterleiten würde, denn nur Keti konnte momentan Ana wieder milder stimmen. Aber sie leitete keine einzige weiter.

»Nicht, dass sie dich das Kind nicht mehr sehen lässt.« Meine Mutter zeigte sich besorgt.

Sie hatte Keti nie besonders gemocht (na gut, wen konnte meine Mutter überhaupt besonders gut leiden?), aber diesmal schien sie in echter Besorgnis und verstand nicht so recht, warum ich mich von so einer »geräuschlosen« Frau scheiden

lassen wollte (genau das waren ihre Worte). Ja, gute Frage, wusste ich auch nicht so recht, hatte sich so ergeben.
Jetzt konnte ich wenigstens ohne Handy aufs Klo gehen und musste mir keine Sorgen machen. Wem war ich jetzt noch bitte Rechenschaft schuldig? Doch nein, ich war das Ganze leid: alles von vorne, jemanden für sich einnehmen, reden, die Harmonisierung mit einer neuen Beziehung. Diese Irrsinnigen hatten mir den letzten Rest an Kraft geraubt! Ich war unter Ketis Kontrolle ehrgeiziger gewesen als jetzt. Das ist doch völlig bescheuert und ungerecht?! Sollte ich vor Keti auf den Knien kriechen, damit ich Lust bekam, jemand anderen zu bumsen? Damit ich bei anderen Frauen einen hochkriegte, musste ich also Keti eifersüchtig machen?
Aber Ana versteckte sich vor mir, und Keti konnte ich auch nicht mehr zurückgewinnen. Für Maximalforderungen taugte ich definitiv nicht mehr. In dieser Situation erwarteten sie von mir irgendwas Radikales – einerseits versteckten sie sich vor mir, und gleichzeitig ließen sie mir den Raum, um wegen ihnen durchzudrehen. Hysterisch sollte ich werden, mich wie ein Verrückter bei allen entschuldigen und mit Schweiß und Blut beweisen, dass ich das alles niemals wiederholen würde ... Ich schwöre es bei meiner Mutter, ich schwöre es bei meiner Mutter, ich schwöre es bei meiner Mutter ... Und dann nochmals das Gleiche von vorne, wieder der alte Kreis, wieder reden mit der Familienstimme ... Bin in einem Meeting, bin in einem Meeting, bin in einem Meeting ...
Noch eine erfreuliche Nachricht: Keti stritt bei ihrem Verhör rundweg ab, mein Passwort geknackt zu haben, und gab an, ich hätte es ihr freiwillig gegeben. Dieser Mamuka sei einfach ein guter Bekannter von ihr, und sie habe ihn mal nach Hause bestellt, damit er unseren Rechner reparierte (als Erklärung für seine Fingerabdrücke auf meinem Laptop). Sie

hatte ja von Grund auf verneint, meinen Account geknackt zu haben. Es gab aber auch weder Druck noch Folter noch Schläge während dieses Verhörs ... Der Staatsanwalt teilte uns stattdessen mit, dass zwischen dem Verschwinden des Geldes und der von mir genannten Person keinerlei Verbindung bestünde. Dafür war ich zur Befragung einbestellt worden ... (Diesmal ging ich ohne die Mütze.) Mit drohendem Unterton in der Stimme. Und vom alten Staatsanwalt – keine Spur.

Derweil wurde Gia vierzig.

Niemand fragte mich an dem Abend nach Ketis Verbleib, das weckte in mir den begründeten Verdacht, dass alle über unsere Trennung Bescheid wussten. Es war also sinnlos, weiter etwas zu verheimlichen. Jetzt würde der eine oder andere auch in meiner Anwesenheit anfangen, über sie herzuziehen. Sie würden frecher werden ...

Gia redete ununterbrochen. Ich betete, dass er den Mund hielt. Ich wollte, dass man mich beachtete!

Anscheinend hatte ich zuerst das Klavier laut aufgeklappt, dann wieder knallend zugeschlagen (das fehlte dem verstimmten Klavier von Gias Oma gerade noch), um es dann wieder zu öffnen und in die Tasten zu hauen ...

»Don Giovanniii!«

Die Finger trafen aber andere Tasten.

Ich glaube, die anderen lachten.

So betrunken war ich nun auch nicht, wie man mir unterstellte, als man später den von mir herbeigeführten Skandal beschrieb. Aber ich erinnere mich, dass mich – glaube ich – Lado ziemlich wütend gemacht hatte (Gias Nachbar und unser Bekannter seit Kindertagen), der aber im Prinzip nichts Besonderes gesagt haben wird, vielleicht: Hör auf oder spiel endlich! – oder so etwas in der Art. Und in dem Moment wirkte er mit seiner Nilpferdfrau so verwachsen, als

hätten sie einen gemeinsamen Körper: Lados Hintern und die Schenkel seiner Frau bildeten eine Einheit ...
Ich stand offenbar an der Wand (ich erinnere mich, dass ich aufs Klo wollte) und protestierte gegenüber Gia, da ich anscheinend nicht neben ihm sitzen wollte. Keine Ahnung, warum ich beschloss, eine Rede zu halten.
»Ich bin der allerletzte Arsch, ich werde jetzt alles beichten! Sucht von allen die SMS durch, sie sollen ihre Handys auf den Tisch legen!«
Ich wunderte mich, wohin mich dieser Idiot von Gia zerrte ... Er muss hinter meinem Rücken aufgetaucht sein.
»Anstatt mir deine Schreibübungen zu schicken, solltest du einen Roman darüber schreiben, wie es ist, als Ehemann hier zu hocken, während die Frau im Ausland weilt und alle sich die Mäuler darüber zerreißen, dass sie dort faktisch geheiratet hat ... Sie schläft wahrscheinlich auch mit dem Kerl, aber der Ehemann ahnt davon nichts.«
Meine Lippe platzte auf. Es wurde dunkel.
Wurde ich verprügelt? Von den Männern? Glaube ich nicht, sie waren feige wie ich. Ich tippte schon wieder auf Frauen ... Die Frauen droschen auf mich ein!
Daraufhin dann: Entschuldigungen. Entschuldigungen. Entschuldigungen.
Ich rief danach auch bei Gia an, aber er ging nicht mehr ran.
Im Netz entdeckte ich ein Foto von Ana – auf ihrem persönlichen Profil –, wie sie mit Freunden im Kreis stand und tanzte. Vor ihr stand irgendein Mädchen, hinter ihr ein unbekannter Kerl, der sie an der Taille festhielt.
Wie gut sie es doch anscheinend hatte! Wie viel Spaß sie hatte! Wie leicht und kindlich sie doch ohne mich sein konnte ...
War sie die gleiche Person, die solch aggressive Nachrichten verfasst hatte? Hatte sie dieses Foto mit Absicht veröffent-

licht? Für mich? Oder für andere? Oder lebte sie bereits dieses Leben? Keti besiegt und alles wieder in Ordnung?
Ich verkaufte mich unter Wert: Ständig rief ich ihre dämlichen Freunde an, am Ende kam ich wieder über Maia Achba an sie ran. Sie verriet, dass Ana dieses eine bestimmte Schwimmbad aufsuche. Sie hatte sich am Ende für mich erweicht.
Am Ausgang traf ich sie dann an. Schon seit dem frühen Morgen hatte ich strammgestanden. Ich muss einen Gesichtsausdruck gehabt haben, der sie unweigerlich erschrecken oder belustigen würde.
Das Letztere war der Fall. Zum ersten Mal ... Das war der erste glückliche Moment im letzten Jahr. Das Tanzbild hatte ich vom Bildschirm per Handy abfotografiert und hielt es ihr direkt vors Gesicht: »Wo tanzt du da?« Endlich kam ich wieder mit Maximalforderungen, aber ich war mir nicht sicher, ob es ihr imponierte. Dieses Verhalten sollte eine bestimmte psychotische Liebe zu ihr offenbaren, und das wiederum sollte zeigen, dass ich sie für niemand anderen hergeben würde.
Wir fuhren zu mir, und hätte ich nichts gesagt, wären wir auch noch länger dort geblieben. Aber meine Worte weckten in uns den Wunsch zu streiten. Fast einen Monat später simste sie mich an (gewöhnlich verkündete sie das Wichtigste schriftlich): »Meine Tage bleiben aus.« Doch dazu später ...
Aber bis dahin waren wir bei mir eingezogen und lebten zwei Wochen lang in der Wohnung, deren Wände mit Ketis und meinem Leben getränkt waren. Keti gab ihren Schlüssel partout nicht ab, und zwei Mal tyrannisierte sie Ana sogar. Das erste Mal hatte sich Ana im Bad eingesperrt, und das zweite Mal hatte sie es geschafft, rechtzeitig die Haustür von innen zu verrammeln.
»Diese Irre soll mich in Ruhe lassen«, klagte sie bei mir, »ich

lasse sie sonst verhaften!« Ich wusste nicht, was ich tun sollte. Keti konnte halt nicht mit dieser Wohnung abschließen, als liege das Geheimnis unseres Zusammenseins in diesen Wänden, Fenstern, Gabeln, Handtüchern, Laken, Kissenbezügen und Schubladen verborgen.
Wieder schrieben sie einander.
Und wieder das Gleiche.
Ana zog zurück in ihre Wohnung. (»Bis sie dich dazu gebracht hat, diese Wohnung zu verkaufen, bis dahin wird sie keine Ruhe geben.«)
Diese Ärsche hielten Nikuscha vor mir versteckt, ich überlegte mir, Keti zu treffen und sie ganz ohne jeglichen Streit zu bitten, das Kind zu holen. Also trafen wir uns. In unserer alten Wohnung, und ich erinnere mich nicht einmal mehr, worüber wir alles gesprochen haben: Ich habe sie in den Arm genommen und gestreichelt. Keti ging ins Badezimmer, und ich hörte das Wasser rauschen. Ich begriff, dass sie sich wusch, da sie anscheinend davon ausging, dass wir miteinander Sex haben würden. Als ob sie sich darauf vorbereitete. An dem Tag unternahm ich aber nichts. Dann aber später, da trafen wir uns erneut und prüften auf eine ganz bestimmte Art und Weise, ob wir einander weiterhin als Mann und Frau wahrnahmen. Der Sex ergab sich quasi von selbst. Doch diesmal rannte ich vor Ana davon.
Versteckte mich vor ihr.
Ana trieb ab. Ich tauchte zwei Wochen unter. Ich hatte weder Ja noch Nein gesagt. Eine Zeit lang war ich hinter einer französischen Journalistin her, die georgisch sprach. Ich war recht angeturnt – es schien wieder, als ob mich nichts von all dem tangierte, was um mich herum geschah.
Diesen Mamuka ließen sie laufen. Mich bestellten sie noch einmal in die Staatsanwaltschaft. Den Laptop hielten sie weiterhin zurück.

Zwei Monate lang begleiteten mich die Fragen nach Keti als eine Art Refrain: »Wo ist Keti? Wo ist Keti? Wo ist Keti?« Als ob man mir nicht gönnen wollte, dass ich frei war.
Ich befolgte Anas Rat, suchte einen Psychologen auf (ein phlegmatisches Muttersöhnchen mit einer karierten Decke über den Knien), erzählte alles und bereitete ihm, schätze ich, viel Freude ...
Ich erzählte auch sonst alles – allen und überall. Man konnte mich einfach nicht zum Schweigen bringen. Aber langsam beschlichen mich Zweifel, ob dieser Mamuka wirklich existierte. Ich hatte ihn noch nicht einmal zu Gesicht bekommen. Vielleicht war er die Verkörperung von Ketis unerfüllten Sexfantasien? Oder von meinen?
Ich wusste nicht, wie ich mich vor, sagen wir mal, sechs Monaten, zehn Tagen oder zwei Wochen hätte verhalten sollen. Was hätte ich tun sollen, damit mein Leben anders verlaufen wäre? Alle waren mir zu Feinden geworden. Meine arme Gattin, die ihre blöden Freundinnen bat, Gerüchte in die Welt zu setzen, dass sie bereits einen anderen hätte. Und diese verrückte Ana, die so urplötzlich Lust bekommen hatte, von mir (ihrem größten Feind) ein Kind zu bekommen. Aber dem bereitete ich ein Ende. Ein endgültiges Ende. Keine A.-s.
Du kriegst mein Passwort. (Sollte es dir wichtig sein und ich weiß – es ist dir wichtig! – und nicht aus dem gleichen Grund, warum ich es der einen oder anderen gegeben habe.) Dieses Passwort kennst jetzt nur du. Du musst reinschauen. Nicht zur Kontrolle, um mir zu vertrauen. Du musst dieses verfluchte Jahr von mir abwaschen, diese Leute, diese verfluchten Tage ... Diese Bastarde, die sich in mir eingenistet haben und mir die Haut vom Leib reißen ... Das muss enden. Ich muss mit dir frei sein. Guck nach, alles, was du willst. Dich habe ich niemals angelogen und werde es auch niemals tun.

Ich habe nichts zu verbergen. Denn ich liebe dich. Du bist in mein Leben eingetreten, und ich habe wirklich noch niemanden wie dich geliebt. Keine dritte Etüde mehr. Habe ich dir niemals vorgespielt. Weder langsam noch schnell. Lächele jetzt nicht. Ich weiß – du wirst nicht lächeln, denn du bist anders! Guck dir alles an, ich habe nichts zu verheimlichen. Log dich ein.

67. WIE SOLLTE MAN ANFANGEN?

Diesmal wurde Keti wirklich schwanger und brachte zwei zusammen ganze sieben Kilo wiegende Mädchen auf die Welt (»Kinder wie regelrechte Bomben«, wie es Ana kommentierte). Diese Kinder fegten wirklich nahezu wie Bomben alle Skeptiker und Neider hinweg.

Ana leitete die restlichen Nachrichten an ihren Geliebten weiter.

Sandro löschte den Account nicht, sondern witzelte rum: »Die Leute können es als ihren Spamordner nutzen.«

Hinzu kam, dass es eines Tages, es war bereits Herbst, dem Technischen Direktor der Firma nicht gelang, sich in sein Postfach einzuloggen, auch den Leiter der Marketingabteilung überkamen Zweifel, ob nicht jemand sein Passwort benutzte. Er schien ziemlich verängstigt: Seiner Meinung nach handelte es sich hierbei entweder um einen Virus oder um einen Hacker.

»Der Typ von Keti«, fiel Sandro ein.

Man ließ alles prüfen – es war aber nichts Ernstes vorgefallen. Er beschimpfte Keti, allerdings nur gegenüber Gia. Und das am Ehefrauentag. Sandro war unterwegs, Keti war bei den Kindern geblieben (zu Nana war noch eine weitere Nanny gekommen). Die anwesenden Ehefrauen unterhielten sich ruhig mit-

einander, die Männer gingen zum Rauchen auf den Balkon. Mit jeweils drei Minuten Pause. Gia betrank sich besinnungslos, beschimpfte jeden wüst, den man erwähnte. Kurz vorm Aufbruch flüsterte er Sandro unvermittelt ins Ohr:
»Ich muss eine Frau ficken, ich kann nicht mehr ...«
»Was ist mit dir los?« Sandro war verwirrt.
»Schau mich nicht so an«, er verzog das Gesicht (nebenbei blies er eine ziemliche Weinfahne aus), »glaubst du, ich weiß nicht, was diese Arschlöcher alles reden? Ich werde mir ab morgen deren Weiber schnappen ... werde sie alle in den Hintern ficken. Diese Ärsche können mir gar nichts ... Sag mal ...«
Was sollte er sagen? Sandro hatte eh ein schlechtes Gewissen wegen des Skandals, den er damals betrunken verursacht hatte.
Man verbreitete Übles über Gia. In dieser Hinsicht konnte Sandro seinem hoffnungslos aufgewühlten, langweilig-ernsten, von seinem Zynismus verlassenen Freund kaum helfen.
Er selbst jedoch landete auf einer Orgie. Zuerst dachte er, er sei in einem Restaurant, dann stellte sich heraus, dass es sich hierbei um eine Sauna handelte: Man hatte eine Höhle in einen Berg geschlagen.
»Nicht, dass man hier auch Kameras reinmontiert hat«, sagte er. Er betrank sich nahezu bis zur Ohnmacht. Saß inmitten der nassen nackten Körper. Gequält steckte er irgendeiner Lockigen sein Glied rein.
»Herr Sandro, haben Sie mich nicht erkannt?«, fragte diese. Ja, er erkannte sie, Salome oder irgendwas in der Art. Die Freundin seines Kommilitonen, die damals mit ihrer überdrehten Freundin Verstecken gespielt hatte. »Klar«, meinte er, »tut mir leid.« Worüber

sollte er jetzt mit ihr reden? Und das ausgerechnet jetzt, unter diesen Umständen? Er erkundigte sich nach seinem Kommilitonen. »Er ist in Finnland«, berichtete Salome. »Nicht, dass er gekränkt ist, dass wir hier waren.« Sandro gab sich besorgt.

Am nächsten Tag schrieb er Ana eine SMS.

»Schreib ihr nicht mehr«, erregte sich Keti. »Sie leitet alles an mich weiter.«

»Ich war's nicht«, sagte er. »Wir müssen uns neue Handynummern zulegen.«

Er eröffnete einen neuen Mailaccount. Neue Passwörter gab es auch.

Zu Weihnachten fiel ihm Ana wieder ein. Er sah sie flüchtig im Fernsehen. »Die habe ich auch schon gebumst«, ging ihm emotionslos durch den Kopf. Obwohl er eine ganze Weile darüber nachdachte, ihr zu schreiben. Am Ende schrieb er auch:

Habe dich gerade im TV gesehen und habe dir in allem zugestimmt :)

Bis zu diesem Zeitpunkt hatte Ana alles getan, damit Sandro von einem neuen Kerl an ihrer Seite Wind bekam. Maia Achba veröffentlichte dazu Fotos auf ihrer Seite. Der Unbekannte hieß Felix und sah aus wie ein Ausländer.

Sandro war beleidigt.

Ende Januar bekamen sie in der Firma eine neue Mitarbeiterin (»1,76 groß, Körbchengröße: B, Taille: fast 60 cm!«, teilte ihm Menabde mit).

Ein paar Tage später erhielt diese 1,76 von Sandro eine Nachricht:

Wollen wir zusammen einen Tee trinken? :)

Mit irgendwas musste man ja anfangen.

Titel der Originalausgabe
LUCRECIA515
by Lasha Bugadze

The book is published with the support of the Georgian National Book Center and The Ministry of Culture and Monument Protection of Georgia.

GEORGIAN NATIONAL BOOK CENTER

MINISTRY OF CULTURE AND MONUMENT PROTECTION OF GEORGIA

FSC
www.fsc.org
MIX
Papier aus verantwortungsvollen Quellen
FSC® C014496

Deutsche Erstausgabe

Herstellung und Umschlaggestaltung: Laura J Gerlach
unter Verwendung eines Umschlagmotivs von © Mathilde Unseld
Satz: psb, Berlin
Druck und Bindung: GGP Media GmbH, Pößneck
Printed in Germany
ISBN 978-3-627-00243-5

Neue Literatur in der Frankfurter Verlagsanstalt
(eine Auswahl)

Sven Amtsberg. SUPERBUHEI. Roman
„SUPERBUHEI ist eine makabre und dunkel schimmernde Ode an die Tristesse des Kleinbürgerlebens und gleichzeitig eine von mal leiserem, mal lauterem Humor getragene Problemstudie eines Mannes in der Krise.“ HAMBURGER ABENDBLATT

Claire Beyer. REFUGIUM. Roman
„Ein spannender Roman, der sich zur Geschichte einer Frau entwickelt, die sich selbst sucht. Gefunden hat sie am Ende sehr viel mehr, als sie vermisste: ihr Selbstbewusstsein und die Kraft dazu.“ FRANKFURTER ALLGEMEINE ZEITUNG

Britta Boerdner. AM TAG, ALS FRANK Z. IN DEN GRÜNEN BAUM KAM. Roman
„Drei ereignisreiche Tage in einem Dorf am Ende eines Jahrzehnts. Präzise beobachtet und atmosphärisch dicht aus unterschiedlichen Perspektiven erzählt. Weit entfernt am Horizont zeichnet sich so etwas wie eine neue Zeit ab.“ WDR2

Nora Bossong. WEBERS PROTOKOLL. Roman
„Ein Roman voller literarischer Untiefen und menschlicher Abgründe, der nicht allein für kommende Bücher ihrer Generation eine unübersehbare Wegmarke setzt.“ DEUTSCHLANDFUNK

Hans Christoph Buch. BOAT PEOPLE. LITERATUR ALS GEISTERSCHIFF. Berner Poetikvorlesung
„Buch macht mit seiner assoziativen Entdeckungsreise längst versunkenes Kulturgut sichtbar. Wer hätte gedacht, dass sich in einem Buch über Geister- und Totenschiffe eine solch philosophische Erkenntnis versteckt.“ 3SAT KULTURZEIT

Lasha Bugadze. DER LITERATUREXPRESS. Roman
„Schelmisch und selbstironisch, satirisch und sehr lustig: Bugadze hat Talent für humoristisch überzeichnete Szenen und einen Sinn fürs Absurde.“ DER TAGESSPIEGEL

Ruth Cerha. BORA. EINE GESCHICHTE VOM WIND. Roman
„Bildstark, sinnlich und mit einem überaus musikalischen Grundton spürt Cerha den Sehnsüchten und Ängsten zweier Enddreißiger hinterher.“ STUTTGARTER ZEITUNG

Margaux Fragoso. TIGER, TIGER. Roman
„Es ist ein schockierendes Buch, das die Amerikanerin Margaux Fragoso über ihre jahrelangen Erfahrungen mit einem Pädophilen geschrieben hat. *Tiger, Tiger* verharmlost nichts, beschönigt nichts. Ein Triumph des Erzählens über das Schweigen. Ein Triumph der Literatur.“ FRANKFURTER ALLGEMEINE SONNTAGSZEITUNG

Anna Galkina.
DAS KALTE LICHT DER FERNEN STERNE. Roman
„Romantisch verspielt, schonungslos brutal, absurd komisch.“ SWR2

Ernst-Wilhelm Händler. WENN WIR STERBEN. Roman
„Ernst-Wilhelm Händler vollzieht in seinem raffinierten Roman nichts Geringeres als die feindliche Übernahme der deutschen Gegenwartsliteratur (...) Wenn es noch Zweifel geben sollte, ob Ökonomie überhaupt literaturfähig sei, dann sind sie hiermit endgültig entkräftet.“ FRANKFURTER ALLGEMEINE ZEITUNG

Nino Haratischwili. MEIN SANFTER ZWILLING. Roman
„Nino Haratischwili hat das Zeug zur neuen Heldin der zeitgenössischen deutschen Literatur. Mein sanfter Zwilling ist ein Text von beinahe klassischer Wucht: Erst liest er sich wie ein Krimi, dann wie ein Familiendrama, später wie eine romantische Liebesgeschichte – und schließlich wie ein Kriegsepos.“ LITERARISCHE WELT

Nino Haratischwili.
DAS ACHTE LEBEN (FÜR BRILKA). Roman
„Die Geschichte des europäischen Jahrhunderts als georgische Familiensaga erzählt. Wie hat sie das gemacht? Deutscher Roman des Jahres. Phänomenal.“ FRANKFURTER ALLGEMEINE SONNTAGSZEITUNG

Christa Hein. DER GLASGARTEN. Roman
„Christa Hein ist eine Seelenmalerin, die sich auf das Legen literarischer Hochspannungsleitungen versteht. Gekonnt verschränkt sie Familiendrama, Liebesaffären und Krimi." BRIGITTE WOMAN

Zoë Jenny. SPÄTESTENS MORGEN. Erzählungen
„Es scheint, als habe Zoë Jenny mit der Short Story die ideale Form für ihr Schreiben gefunden. Es sind makellose Geschichten dabei, perfekte Ausführungen des klassischen Hemingwayschen Modells: die Dramatik eines Lebens, konzentriert in einem kurzen Augenblick." LITERARISCHE WELT

Fee Katrin Kanzler. STERBEN LERNEN. Roman
„*Sterben Lernen* ist eine intensive Reise zwischen den Genres mit vielen Überraschungsmomenten." RADIO FRITZ RBB

Tanja Kinkel. GÖTTERDÄMMERUNG. Roman
„Der ‚weibliche Noah Gordon' hat einen brisanten Wissenschaftsthriller in bester Crichton-Tradition verfasst." ABENDZEITUNG

Bodo Kirchhoff. DIE LIEBE IN GROBEN ZÜGEN. Roman
„Ein fulminantes Buch über die Menschen von heute und über das, was sie umtreibt, verstört, weiterbringt, überleben lässt, über die Liebe also – in groben Zügen." DENIS SCHECK, ARD DRUCKFRISCH

Bodo Kirchhoff. VERLANGEN UND MELANCHOLIE. Roman
„Bodo Kirchhoff ist auf der Höhe seiner Kunst angelangt, ein souveräner Meister in der Beherrschung seiner Mittel. Das ist es, was man gemeinhin als Virtuosität bezeichnet." FRANKFURTER ALLGEMEINE ZEITUNG

Bodo Kirchhoff.
BETREFF: EINLADUNG ZU EINER KREUZFAHRT
„Eine philosophische Reflexion mit Mitteln der Literatur. Bodo Kirchhoff macht klar, dass die Aufgabe des Schriftstellers ist, das Fiktive der Wirklichkeit zu entlarven. Sehr stark, tolles Buch." GERT SCOBEL, 3SAT BUCHZEIT

Bodo Kirchhoff. WIDERFAHRNIS. Novelle
„Bodo Kirchhoff ist ein Meistererzähler; sein Widerfahrnis trifft uns alle.“ Literarische Welt

Sabine Kray. DIAMANTEN EDDIE. Roman
„Eddie erscheint als Hochstaplerfigur vom Kaliber eines Felix Krull. Vor- und Rücksprünge in der Chronologie, lebendige, glaubwürdige Dialoge und das differenzierte Einbetten der großväterlichen Biographie in eden zeitgeschichtlichen Rahmen lassen *Diamanten Eddie* zu einem psychologisch facettenreichen Buch werden.“ Frankfurter Allgemeine Zeitung

Ulla Lenze. DIE ENDLOSE STADT. Roman
„Ulla Lenze hat in ihrem enorm gegenwärtigen Großstadtroman eine Sprache für die Verwirrung zwischen Nähe und Ferne, Kunst und Kapitalismus gefunden. *Die endlose Stadt* ist die Zeichnung einer globalisierten Epoche, in der die Differenzen in einer universalen Warenwelt eingeebnet sind, gleichzeitig aber die sozialen Unterschiede immer bedrängender werden.“ KulturSpiegel

Thomas Martini. DAS KIND MIT DEM SPIEGEL. Novelle
„Thomas Martini ist ein Sprachbastler, einer, der der Schöpfung von Wortkreationen eifrig frönt, der seinen Fantasien freien Lauf lässt.“ Oberösterreichische Nachrichten

Sylvia Plath. DIE TAGEBÜCHER
„Ein großartiges Stück autobiographische Literatur. Kraftvoll und poetisch, klug und sprachlich ausgefeilt.“ Brigitte

Marion Poschmann. HUNDENOVELLE
„Es ist die präzise Komposition, die neben der geschliffenen, glitzernd polierten Sprache dieser Prosa besticht.“ Die Zeit

Corinna T. Sievers. DIE HALBWERTSZEIT DER LIEBE. Roman
„Ein Frauentypus, wie ich ihn in der Schweizer Literatur noch nicht gelesen habe. Eine interessante und intelligente Erzählerin.“ Deutschlandfunk

Thomas von Steinaecker.
WALLNER BEGINNT ZU FLIEGEN. Roman
„Ein Roman über die Zeit, über ihre Geschwindigkeit, ihre Langsamkeit und vor allem die Tatsache, dass dem Leben des Menschen die Rückspultaste fehlt – in einer Sprache, die hundert Jahre zu einem einzigen, schnellen, unvergesslichen Leseerlebnis macht." JULI ZEH

Helmut Kuhn. OMI. Roman
„Tiefgründig, spannend und anrührend." RBB STILBRUCH

Jean-Philippe Toussaint. M.M.M.M. Eine Romantetralogie
„Selten wurde in der aktuellen Literatur böser, lustiger, lakonischer und klüger über eine große und ratlose Liebe geschrieben. Nächster Nobelpreis, der nach dem für Modiano in die französischsprachige Welt geht, bitte an Toussaint." NIKLAS MAAK, FRANKFURTER ALLGEMEINE SONNTAGSZEITUNG

Sandra Weihs. DAS GRENZENLOSE UND. Roman
„Sandra Weihs ist eine Erscheinung. Einer dieser Rilke'schen Engel. Das Schreckliche und das Schöne in totaler gegenseitiger Bedingung. Vor ihr kann man sich nur verneigen." ANDREAS MAIER

Julia Wolf. ALLES IST JETZT. Roman
„Sätze wie offene Wunden. Wolf hat ein Buch geschrieben, das mitreißt, verstört und berührt." FRANKFURTER RUNDSCHAU

Julia Wolf. WALTER NOWAK BLEIBT LIEGEN. Roman
„Ein mitreißender Roman. (...) Der eigenwillige Sog, den *Walter Nowak bleibt liegen* entwickelt, gründet darauf, dass die Autorin hier Fallhöhen eines Lebens auslotet, gegen die ein Sprung vom Zehnmeterbrett harmlos erscheint." FRANKFURTER ALLGEMEINE ZEITUNG

Marcia Zuckermann. MISCHPOKE! Ein Familienroman
„So quirlig wurde ein Familienroman selten erzählt. (...) Ein lebendiges Stück Zeitgeschichte." RBB BÜCHER UND MOOR